COLLECTION JULES VERNE

COLLECTION JULES VERNE
BAND 19

Eine schwimmende Stadt –
Die Blockadebrecher

Pawlak Taschenbuch Verlag, Berlin, Herrsching

Nachdruck mit freundlicher Genehmigung des
Verlages A. Hartleben, Inh. Dr. Walter Rob, Wien I.
Die Vorlagen für die Umschlagillustrationen der
Collection Jules Verne sind Jules Verne Bänden,
erschienen im A. Hartleben's Verlag, Wien, entnommen.
Umschlaggestaltung: Bine Cordes, Weyarn
Die Orthographie wurde der heutigen Schreibweise angeglichen.

Gesamtherstellung: Elsnerdruck GmbH, Berlin
Printed in Germany
ISBN: 3-8224-1019-5

Inhalt

Eine schwimmende Stadt

Erstes Kapitel *Der Great-Eastern* 7

Zweites Kapitel *Vorbereitungen zur Abfahrt* 11

Drittes Kapitel *Die Bewohner der schwimmenden Stadt. – Hauptmann Mac Elwin* 17

Viertes Kapitel *Ankerlichten. – Böses Omen* 22

Fünftes Kapitel *Die Mersey hinaus und durch den St.-Georgs-Kanal* 26

Sechstes Kapitel *Hauptmann Corsican – Fabians Reisepläne – Ein Lunch auf dem Great-Eastern – Der Leuchtturm von Fastenet* 29

Siebtes Kapitel *Konstruktion und Maschinen des Schiffes* 34

Achtes Kapitel *Rollen des Great-Eastern – Dean Pitferge als Unglücksrabe* 38

Neuntes Kapitel *Das Wrack* 44

Zehntes Kapitel *Das Leben an Bord und physiognomische Studien mit Randglossen von Doktor Pitferge* 47

Elftes Kapitel *Fabian schaut in das Kielwasser* 55

Zwölftes Kapitel *Corsicans Enthüllungen über Fabians Vergangenheit – Harry Drake* 57

Dreizehntes Kapitel *Ein Sonntag an Bord* 62

Vierzehntes Kapitel *Die schwarze Dame* 65

Fünfzehntes Kapitel *Schnellere Fahrt – Unser Brautpaar* 67

Sechzehntes Kapitel *Abendunterhaltung und musikalische Soirée* 69

Siebzehntes Kapitel *Hohe See und Nebel – Entertainment des Kapitän Anderson* 73

Achtzehntes Kapitel *Ankunft auf der Breite von Neufundland* 76

Neunzehntes Kapitel *Fabian und die schwarze Dame* 78

Zwanzigstes Kapitel *Ellen – Die Lootsen-Poule – Der Mormonen-Prediger* 81

Einundzwanzigstes Kapitel *Das Wettrennen – Die beiden Feinde geraten aneinander* 88

Zweiundzwanzigstes Kapitel *Die Wahnsinnige* 89

Dreiundzwanzigstes Kapitel *Subscription für die Verwundeten – Gymnastische Übungen. – Der Sternenhimmel* 94

Vierundzwanzigstes Kapitel *Der Sturm* 96

Fünfundzwanzigstes Kapitel *Der Puppenfabrikant – Doktor Pitferges praktische Ideen* 101

Sechsundzwanzigstes Kapitel *Die Minstrels – Die Spieler im Smoking-room – Kritische Szene zwischen Fabian und Harry Drake* 104
Siebenundzwanzigstes Kapitel *Unterredung mit Hauptmann Corsican – Fabians Verzweiflung* 107
Achtundzwanzigstes Kapitel *Ein zweiter Sonntag an Bord* 109
Neunundzwanzigstes Kapitel *Die Zeugen Harry Drakes* 112
Dreißigstes Kapitel *Eine Leiche an Bord* 116
Einunddreißigstes Kapitel *Land! – Der Donner als Pitferges Freund und Medizin* 117
Zweiunddreißigstes Kapitel *Lösung der Lootsenfrage und Edelmut des Hauptmanns Corsican* 120
Dreiunddreißigstes Kapitel *Das Duell und sein kritischer Ausgang* 124
Vierunddreißigstes Kapitel *Ankunft in New York* 129
Fünfunddreißigstes Kapitel *Eine Weltstadt* 132
Sechsunddreißigstes Kapitel *Fahrt auf dem »Saint-John« – Eine amerikanische Eisenbahn* 135
Siebenunddreißigstes Kapitel *Am Niagara* 139
Achtunddreißigstes Kapitel *Unerwartete Begegnung – Ellen erwacht aus ihrem Tiefsinn* 145
Neununddreißigstes Kapitel *Der Ingenieur – Rückfahrt nach New York – Dean Pitferge abermals auf dem Great-Eastern – Das Telegramm – In der Studierstube* 151

Die Blockade-Brecher

Erstes Kapitel *Der Delphin* 154
Zweites Kapitel *Ankerlichten* 161
Drittes Kapitel *Auf hoher See* 167
Viertes Kapitel *Crockstons Bosheiten* 175
Fünftes Kapitel *Die Kugeln des Irokesen und Miß Jennys Beweisgründe* 183
Sechstes Kapitel *Das Seegatt der Insel Sullivan* 191
Siebtes Kapitel *Ein General der Südstaaten* 197
Achtes Kapitel *Die Flucht* 202
Neuntes Kapitel *Zwischen zwei Feuern* 212
Zehntes Kapitel *Saint-Mango* 220

Erstes Kapitel

Der Great-Eastern

Am 18. März des Jahres 1867 kam ich in Liverpool an, um mich dort auf dem Great-Eastern, der in einigen Tagen nach New-York abfahren sollte, als Passagier einzuschiffen. Ich wollte auf diesem riesenhaften Dampfer, zu keinem andern Zweck als meinem speziellen Vergnügen, eine Tour über den Atlantischen Ozean machen. Nebenbei hatte ich dann auch die Absicht, dem nördlichen Amerika, diesem von Cooper so sehr gefeierten Lande, einen Besuch abzustatten; aber das war, wie gesagt, nicht der eigentliche Zweck meiner Reise; in erster Linie gedachte ich dem größten Meisterwerk der Schiffsbaukunst, dem Great-Eastern, mein Interesse zuzuwenden. Man kann diesen Dampfer kaum noch ein Schiff nennen; es ist wohl mehr eine schwimmende Stadt, ein Stück Grafschaft, das sich von englischem Grund und Boden loslöst, um nach einer Fahrt über das Meer mit dem amerikanischen Festlande zusammenzuwachsen. Ich stellte mir vor, wie diese ungeheure Masse auf den Fluten einhergleiten müßte, wie sie mit den ihr gegenüber machtlosen Winden ringen würde; wie kühn durfte solch ein Schiff die Wogen an sich abprallen lassen, wie indifferent bleiben inmitten des Elementes, das einen Warrior und einen Solferino wie Schaluppen auf- und niederschwanken ließ. Auf all diese Eindrücke hatte mich meine Einbildungskraft vorbereitet, und all dies und noch vieles andere, was nicht mehr in das seemännische Fach gehört, sah ich während meiner Fahrt. Wenn der Great-Eastern nicht nur eine nautische Maschine ist, wenn er einen Mikrokosmos darstellt, der eine Welt in sich trägt, so wird es den Beobachter nicht überraschen, dort, wie auf einem großen Theater, allen Neigungen, Leidenschaften und Lächerlichkeiten dieser Welt zu begegnen.

Als ich den Bahnhof verließ, begab ich mich in das Hotel Adelphi, denn die Abreise des Great-Eastern war erst auf den 20. März festgesetzt. Um jedoch die letzten Vorbereitungen zu derselben genauer verfolgen zu können, suchte ich bei dem Oberbefehlshaber des Dampfschiffes, Kapitän Anderson, um die Erlaubnis nach, mich sogleich an Bord begeben zu dürfen, und erhielt hierzu seine bereitwillige Genehmigung.

So stieg ich am folgenden Morgen zu den Bassins herab, die auf den Ufern der Mersey einen doppelten Saum von Docks bilden, und die Drehbrücken gestatteten mir, den Kai New-Prince zu erreichen. Es ist dies eine Art bewegliches Floß, welches dem Fallen und Steigen der Flut folgt, und das für die zahlreichen Boote aus Birkenhead, einer am linken Ufer der Mersey gelegenen Vorstadt von Liverpool, zum Einschiffungsorte dient.

Die Mersey ist gleich der Themse ein unbedeutendes Wasser, das, obgleich es sich ins Meer ergießt, kaum den Namen eines Flusses verdient. Eigentlich ist sie nichts anderes, als eine mit Wasser angefüllte Senkung des Bodens, ein ungeheures Loch, das sich durch seine Tiefe dazu eignet, Schiffe vom stärksten Tonnengehalt aufzunehmen, und so auch den Great-Eastern, dem die meisten übrigen Häfen streng untersagt sind. Dank dieser natürlichen Beschaffenheit, sahen Bäche wie die Themse und die Mersey nahe an ihrer Mündung unermeßliche Handelsstädte, London und Liverpool, emporblühen, und ebenso, oder doch aus ähnlichen Rücksichten entstand Glasgow am Clyde-Fluß.

An der Werft von New-Prince wurde ein Lichterschiff, ein für den Dienst des Great-Eastern bestimmtes kleines Dampfschiff, geheizt. Ich begab mich auf das Verdeck, wo sich bereits viele Handwerker und sonstige Arbeiter befanden, die an Bord des Dampfers gehen sollten, und richtete mich dort ein. Als vom Victoriaturm die siebente Morgenstunde erklang, löste das Lichterschiff seine Anker und folgte eilig der steigenden Flut der Mersey.

Kaum hatte es sich in Bewegung gesetzt, als ich auf der Werft einen hochgewachsenen, jungen Mann mit jener eigentümlich aristokratischen Physiognomie bemerkte, wie sie englischen Offizieren eigen zu sein pflegt. Ich glaubte in ihm einen mir befreundeten Hauptmann im indischen Heere, den ich seit Jahren nicht gesehen hatte, zu erkennen, doch kam ich bald zu der Überzeugung, daß ich mich hierin täuschte, denn Hauptmann Mac Elwin konnte Bombay nicht ohne mein Wissen verlassen haben. Außerdem war mein Freund ein heiterer, sorgloser Mensch, ein munterer Kamerad gewesen, und dieser junge Mann schien von der trübsten Stimmung beherrscht, ja, gleichsam von einem geheimen Schmerze niedergedrückt. Obgleich er äußerlich Mac Elwin sonst sehr ähnlich zu sein schien, hatte ich jetzt doch nicht Muße, ihm weitere Aufmerksamkeit zu schenken, denn das Lichterschiff entfernte sich mit großer Schnelligkeit, und bald hatte sich der durch diese Ähnlichkeit hervorgerufene Eindruck in meinem Geiste verwischt.

Der Great-Eastern lag etwa drei Meilen stromaufwärts, nahe den ersten Häusern Liverpools vor Anker. Von dem Kai New-Prince hatte man ihn nicht bemerken können, und jetzt, bei einer Wendung des Flusses, zeigte sich plötzlich die imponierende Masse meinen Blicken. Zuerst präsentierte sich der Riesendampfer mit seinem Vorderteil, das der Flut zugekehrt war, und erschien mir wie eine halb im Nebel verschwimmende Insel; aber bald machte der Fluß abermals eine Wendung, und wir bekamen das Gebäude von seiner ganzen Längenseite in Sicht. Es machte einen ungeheuren Eindruck! Drei oder vier Kohlenschiffe von gewöhnlicher Größe, die an seiner Seite angelegt hatten und ihm ihre Ladung durch über der Wasserlinie geöffnete Stückpforten einschütteten, sahen neben dem Great-Eastern wie winzige Barken aus. Ihre Schornsteine reichten nicht einmal bis zu der ersten Reihe seiner im Rumpf befindlichen Luken; ihre Bramstengen gingen nicht über seine Schanzbekleidung hinaus. Der Riese hätte sie mit seinem ungeheuren Kran als Dampfschaluppen aufhissen können.

Inzwischen näherte sich unser Lichterschiff; es fuhr unter den rechten Vordersteven des Great-Eastern, dessen Ketten sich gewaltsam unter dem Drängen der Flut spannten; dann wendete er leewärts und hielt unter der mächtigen Treppe, welche sich auf beiden Seiten emporschlängelte. In dieser Stellung streifte das Verdeck unseres Schiffes eben nur die Wasserlinie, welche der Riesendampfer bei vollständiger Ladung erreichen sollte, und die jetzt noch mehr als zwei Meter über dem Wasserspiegel emporragte.

Indessen stiegen die Handwerker eiligst aus und erklommen

die zahlreichen Stufen, die in verschiedenen Absätzen bis zu der Erhöhung am Hinterdeck hinaufführten. Ich selber schaute mir noch immer mit zurückgebogenem Haupt und Oberkörper die Räder des Great-Eastern an, wie etwa ein Tourist irgendein hohes Gebäude betrachtet hätte.

Von der Seite gesehen, schienen diese Räder dünn und schlank, obgleich die Länge ihrer Schaufeln vier Meter betrug; von vorn gewährten sie indessen einen förmlich monumentalen Anblick. Ihr zierlicher Beschlag, die Einrichtung der soliden Radnabe als Stützpunkt des ganzen Systems, die sich durchkreuzenden Streben, welche dazu bestimmt waren, den Abstand der dreifachen Felge zu erhalten, diese Krone roter Strahlen, dieser halb im Schatten der großen Radkasten verlorene Mechanismus – das ganze Ensemble wirkte auf den Geist mächtig ein und rief den Gedanken wach, als arbeite hier eine wilde, geheimnisvolle Macht.

Mit welcher Energie mußten Schaufeln, die in dieser Weise solide mit Bolzen befestigt waren, das Wasser peitschen, das in diesem Augenblick noch seine Wogen an ihnen brach! Welch' ein Brodeln und Sieden mußte entstehen, wenn diese mächtige Maschine Schlag auf Schlag den flüssigen Wasserteppich durchfurchte! Was für ein Donner würde in der Höhle der Radkasten erdröhnen, wenn der Great-Eastern sich mit voller Dampfkraft unter den Drehungen dieser Räder vorwärtsbewegte, die dreiundfünfzig Fuß im Durchmesser und hundertundsechsundsechzig Fuß im Umfange maßen, neunzig Tonnen* wogen und sich in der Minute elfmal drehten.

Das Lichterschiff hatte seine Passagiere ausgesetzt, und auch ich betrat jetzt die eisernen, gerieften Stufen, um nach wenigen Minuten die Erhöhung am Hinterdeck des Dampfschiffes zu überschreiten.

*1 Tonne = 2000 Pfund, also 1800 Zentner.

Zweites Kapitel

Vorbereitungen zur Abfahrt

Das Verdeck konnte man gegenwärtig einer ungeheuren Werft vergleichen, auf der ein ganzes Heer von Arbeitern beschäftigt war; nichts erinnerte daran, daß man sich an Bord eines Schiffes befand. Mehrere tausend Mann, darunter Handwerker, Schiffsmannschaft, Maschinenbauer, Offiziere, Arbeiter und Neugierige gingen so dicht aneinander vorüber, daß sie sich mit den Ellenbogen berühren konnten. Die einen machten sich auf dem Verdeck, die anderen an den Maschinen zu tun; diese liefen an den Deckzimmern entlang, jene saßen hie und da im Mastwerk verstreut, alle in einem unbeschreiblichen, wirren Durcheinander. Hier hoben Dampfkräne große Stücke Gußeisen empor, dort wurden schwere Eisenbohlen mittels großer Winden in die Höhe gezogen; über dem Maschinenraum schwebte ein eiserner Zylinder wie ein riesiger Stamm von Metall. Vorn stiegen die Segelstangen ächzend längs der Marsmasten empor; hinten erhob sich ein Gerüst, das zweifellos ein in der Einrichtung begriffenes Gebäude verbarg. Man baute, takelte, malte, richtete und zimmerte inmitten einer unbeschreiblichen Verwirrung.

Mein Gepäck war mit an Bord geschafft worden, und ich fragte jetzt nach Kapitän Anderson. Der Kommandant war indessen noch nicht angekommen; einer der Stewards übernahm es, für meine häusliche Einrichtung zu sorgen, und ließ meine Effekten nach einer der hinteren Kajüten bringen.

»Guter Freund«, redete ich ihn an, »die Abreise des Great-Eastern war auf den 20. März festgesetzt, aber selbstverständlich können all diese Vorbereitungen nicht in vierundzwanzig Stunden beendet sein. Wissen Sie mir vielleicht zu sagen, wann wir Liverpool verlassen werden?«

Über diesen Punkt wußte mir jedoch der Steward keine Auskunft zu geben, und so verließ er mich. Ich beschloß nun, alle Löcher dieses kolossalen Ameisenhaufens zu durchstöbern, und begann meinen Spaziergang, wie ein Tourist die Rundreise in einer ihm noch unbekannten Stadt antritt. Überall auf dem Verdeck sah man den eigentümlichen schwarzen Schmutz, den man in allen britischen Städten findet; übelriechende Bäche schlängelten sich hier und da entlang, und man hätte fast glauben können, daß man sich auf einer der schlechtesten Passagen in der Upper-Thames-Street an den Zugängen der Londoner Brücke befände. – Ich ging weiter und streifte an den Deckzimmern hin, die sich auf dem Hinterteil des Schiffes erstreckten. Zwischen ihnen und den Schanzverkleidungen zeigten sich auf beiden Seiten zwei breite Promenadenwege, auf denen eine zahlreiche Menschenmenge hin- und herging. Endlich gelangte ich zum Mittelpunkt des Fahrzeuges und zu den durch ein System von schmalen Brücken vereinigten Radkasten.

Hier öffnete sich der Schlund, welcher die Organe der Rädermaschine umschloß, und das bewunderungswürdige Lokomotionswerk lag vor meinen staunenden Blicken. Einige fünfzig Handwerker waren über die Öffnungen des gußeisernen Rahmengestells verteilt; diese klammerten sich an die langen, unter verschiedenen Winkeln geneigten Zugstangen, jene hingen an den Pleuelstangen, andere richteten die Exzenter, und wieder andere zogen mit ungeheuren Schlüsseln die Muttern der Zapfen an. Der Stamm von Metall, welcher langsam durch die Verdeckluke nach unten ging, war eine neue liegende Welle, die dazu bestimmt war, den Rädern die Bewegung der Kurbelwelle mitzuteilen. Aus diesem Abgrund drang ein scharfes, disharmonisches Geräusch empor.

Nachdem ich auf diese Regulierungsarbeiten einen schnellen Blick geworfen hatte, nahm ich meinen Spaziergang wieder auf und gelangte bald auf das Vorderteil des Schiffes. Hier waren Tapezierer damit beschäftigt, ein ziemlich großes, mit dem Namen »Smoking-room« bezeichnetes Deckzimmer zu dekorieren; es sollte dies die eigentliche Tabagie dieser schwimmenden Stadt werden, ein prächtiges, durch vierzehn Fenster erhelltes Café, mit einem in Weiß und Gold prangenden Plafond und zitronenfarbenen Feldern getäfelt. Nachdem ich sodann einen kleinen, dreieckigen Platz überschritten hatte, der den anderen Teil des Verdecks bildete, erreichte ich den Vordersteven, der sich nach der Oberfläche des Wassers neigte.

Von diesem äußersten Punkt des Verdecks aus sah ich, als ich mich umwandte, durch einen nebelfreien Strich der Atmosphäre das Hinterteil des Great-Eastern in einer Entfernung von über zwei Hektometern liegen. Das kolossale Bauwerk verdient wohl, daß man, ihm zu Ehren und um seine Dimensionen abzuschätzen, derartige Maße anwendet.

Ich machte mich nun auf den Rückweg, indem ich dem Steuerbordgeländer folgte, zwischen den Sälen und den Schanzbekleidungen hinging und achtsam hier einen Flaschenzug, der in der Luft schwebte, dort den Peitschenhieb eines Arbeiters vermied, jetzt den Stößen eines Krans auswich und mich dann wieder den Funken entzog, die wie ein feuriger Sprühregen von einer Schmiede entsendet wurden. Kaum konnte ich den Gipfel des zweihundert Fuß hohen Mastes aus all dem Nebel und dem dunklen Rauch herauskennen, mit welchem die diensttuenden Dampfer die Luft verdichteten. Nachdem ich an dem großen Shine-Light (Oberlicht, nach dem Verdeck zu) der Rädermaschine vorbeigegangen war, bemerkte ich zu meiner Linken ein kleines Hotel, dann die lange Seitenfassade eines Palastes mit einer vorspringenden Terrasse, deren Geländer soeben poliert wurden. Endlich erreichte ich das Hinterteil des Dampfschiffes und kam an dem von mir bereits erwähnten Gerüst an. Dort waren Maschinenbauer damit beschäftigt, zwischen dem letzten Deckzimmer und dem mächtigen Gräting, über welchem sich die vier Räder des Steuerruders erhoben, eine Dampfmaschine einzurichten. Dieselbe bestand aus zwei horizontalen Zylindern und bildete ein System von Triebrädern, Balanciers und Druckfedern, das mir außerordentlich kompliziert vorkam. Ich begriff zunächst nicht, wozu die Maschinerie bestimmt war, aber auch hier schien es mir, als seien die Vorbereitungen noch sehr fern von ihrer Vollendung.

»Warum«, fragte ich mich, »all diese Verzögerungen? Warum all diese neuen Einrichtungen an Bord des Great-Eastern, eines verhältnismäßig noch neuen Schiffes?« Als Antwort auf diese Frage sei es uns gestattet, hier einige Worte einzuschalten.

Nach etwa zwanzig Fahrten zwischen England und Amerika, deren eine sich durch schwere Unfälle auszeichnete, hatte man die Verwendung des Great-Eastern vorläufig aufgegeben. Das kolossale Transportschiff war somit außer Kurs gesetzt und fand sich von den Seereisenden verschmäht und zur Ruhe verdammt. Als dann die Versuche, das transatlantische Kabel zu legen, gescheitert waren, ein Mißerfolg, der großenteils an der Unzulänglichkeit der dazu benutzten Schiffe lag, dachten die Ingenieure zuerst wieder an den Great-Eastern. Er allein hatte die erforderlichen Dimensionen, um die 3400 Kilometer Metalldraht im Gewicht von 4500 Tonnen zu lagern, und nur *er* konnte, dank seiner Indifferenz gegen die Gefahren des Meeres, diesen enormen Greling abrollen und versenken. Um das Kabel im Schiffsraum zu stauen, bedurfte man jedoch besonderer Vorrichtungen, und so ließ man zwei der vorhandenen sechs Dampfkessel und einen der drei Schornsteine sprengen. An ihrer Stelle entstanden ungeheure Rezipienten, um das Kabel aufzunehmen, welches seinerseits durch eine Wasserfläche vor den Luftveränderungen geschützt wurde. Der Draht konnte auf diese Weise ins Meer gehen, ohne der Berührung atmosphärischer Luft ausgesetzt zu sein.

Der Plan gelang, und die Legung des Kabels ging mit Erfolg vonstatten; nach diesem Resultat jedoch schien man die Tätigkeit des Great-Eastern abermals als beendet anzusehen, und er wurde von neuem in seine kostspielige Dienstuntätigkeit versetzt. Sodann zog die Weltausstellung von 1867 am Horizont der epochemachenden Ereignisse herauf, und es bildete sich eine Gesellschaft mit beschränkter Verantwortlichkeit, »Société des Affréteurs du Great-Eastern«* genannt, die mit einem Kapital von zwei Millionen Franken das Riesenschiff zum Transport der überseeischen Besucher verwenden wollte. Aus diesem Grund wurde es notwendig, den Dampfer großen Veränderungen zu unterwerfen, die Rezipienten auszufüllen, die Kessel wieder herzustellen, die Salons, die mehreren tausend Personen zur Wohnung dienen sollten, zu vergrößern, und die Deckzimmer, welche zu Dependancen des Speisesaales bestimmt waren, zu bauen; außerdem mußten mit möglichstem Komfort 3000 Betten plaziert werden, und hierzu sollten

*Gesellschaft der Reeder des Great-Eastern.

die Seitenteile des riesenmäßigen Schiffsrumpfes dienen.

Der Great-Eastern wurde zum Preise von 25000 Franken pro Monat gemietet, und infolgedessen zwei Kontrakte mit G. Forrester u. Comp. in Liverpool abgeschlossen. Der erste auf den Betrag von 538 750 Franken lautend zur Einrichtung neuer Kessel für die Schraube; der zweite auf die Summe von 662 500 Franken für allgemeine Reparaturen und sonstige Einrichtungen auf dem Schiffe.

Der Board of Trade verlangte, daß, ehe diese letzteren Arbeiten unternommen würden, das Schiff auf den Helgen gebracht würde, damit sein Rumpf genau untersucht werden könnte. Nachdem diese sehr teure Operation vorgenommen war, wurde ein langer Riß des äußeren Bordes mit großen Kosten sehr sorgfältig repariert, und dann schritt man zur Einfügung der neuen Kessel; auch mußten die Triebradwellen, welche sich während der letzten Reise verbogen hatten, gerichtet werden. Diese Welle, in der Mitte doppelt gekröpft, um die Lenkstangen der Pumpen aufzunehmen, wurde durch eine mit zwei Exzentern versehene Achse ersetzt, wodurch die Solidität dieses wichtigen Teiles, auf welchem die ganze Kraft ruht, als gesichert anzusehen war. Endlich sollte, und zwar zum ersten Mal, das Steuer durch den Dampf bewegt werden.

Diese heikle Aufgabe hatte die vorher erwähnte Maschine zu lösen, welche die Maschinenbauer am hinteren Ende des Schiffes einrichteten. Der Untersteuermann, auf dem Steg des Zentrums zwischen den Signalapparaten für die Maschinen der Räder und der Schraube stehend, hatte vor seinem Auge einen mit beweglicher Nadel versehenen Quadranten, der ihm in jedem Augenblick die Stellung des Ruderbaumes angab. Um ihn zu modifizieren, brauchte er nur ein kleines Rad von kaum einem Fuß im Durchmesser, das im Bereich seiner Hand vertikal aufgerichtet war, zu bewegen. Sofort öffneten sich Ventile; der Dampf schoß aus den Kesseln durch lange Leitröhren in die beiden Zylinder der kleinen Maschine, die Kolben bewegten sich mit großer Schnelligkeit, die Übertragungen spielten, und das Steuer gehorchte augenblicklich den unwiderstehlich fortgezogenen Steuerreepen. Bewährte sich dieses System, so konnte man mit dem Druck eines Fingers die kolossale Masse des Great-Eastern regieren.

Fünf Tage lang wurden die Arbeiten mit rastloser Tätigkeit fortgesetzt, und obgleich diese Verzögerung den Unternehmern keinen geringen Schaden brachte, konnten diese doch nichts tun, um die Instandsetzung des Great-Eastern noch mehr zu beeilen. Die Abreise wurde auf den 26. März festgesetzt, und am 25. März war das Verdeck des Schiffes noch von dem gesamten Herstellungsgerät eingenommen.

Endlich wurden während dieses letzten Tages die Laufbretter, die Stege, die verschiedenen Deckzimmer allmählich freier; die Kräne verschwanden, die Aufstellung der Maschinen wurde als beendet erklärt; die letzten Bolzen saßen fest, und alle Schrauben taten ihre Schuldigkeit. Die glatten Stücke waren mit einem Anstrich von Bleiweiß und Talg bedeckt, der sie unterwegs vor dem Oxydieren durch das Seewasser schützen sollte; die Ölbehälter hatten ihre Füllung erhalten; die letzte Platte ruhte auf ihrem metallenen Lager, und endlich machte sich der Oberingenieur an die Probe mit der Maschine. Eine ungeheure Dampfmenge flutete in den Maschinenraum und hüllte mich, der ich über das Shine-Light gebeugt stand, so vollständig ein, daß ich nichts ringsumher mit meinen Augen erkennen konnte; aber ich hörte die langen Kolbenstangen durch ihre Stopfbüchsen hindurchächzen und die dicken Zylinder geräuschvoll auf ihren soliden Zapfen oszillieren. Ein lebhaftes Plätschern entstand unter den Radkasten, als die Schaufeln langsam das dunkle Wasser der Mersey schlugen; am hinteren Ende des Schiffes peitschte die Schraube mit ihrem vierfachen Flügel die Flut, und beide Maschinen, gänzlich voneinander unabhängig, waren bereit, ihre Funktion zu beginnen.

Gegen fünf Uhr abends legte eine Dampfschaluppe an, die gleichfalls für den Dienst des Great-Eastern bestimmt war. Ihre Dampfmaschine wurde gelöst und vermittelst der Gangspillen auf das Verdeck gehißt; die Aufnahme der Schaluppe selbst aber bot unübersteigliche Hindernisse dar. Ihr Eisenrumpf hatte ein so enormes Gewicht, daß die Stangen, auf welche man die Taljen geschlagen hatte, sich unter der Last bogen, was indessen jedenfalls zu vermeiden gewesen wäre, wenn man sie mit Schwingseilen unterstützt hätte. Genug, man mußte es aufgeben, die Schaluppe mitzuführen, doch blieben dem Great-Eastern noch sechzehn Boote, die bequem vermittelst Kran aufgehißt waren.

An diesem Abend wurden so ziemlich alle Vorkehrungen beendet; die Promenadenwege glänzten in Sauberkeit und Schöne, als das Heer der Straßenfeger darüber hingegangen war; und in den Kombüsen, dem Schiffsraum und den Kammern lagerten Waren und Lebensmittel. Noch war jedoch der Dampfer nicht bis zu seiner Wasserlinie eingesunken, denn er ging bis jetzt nicht die ihm bestimmten neun Meter tief. Es stellte sich hierdurch ein großer Übelstand für seine Räder heraus, deren ungenügend eingesenkte Schaufeln natürlich nur eine geringere Geschwindigkeit äußern konnten. Trotzdem war unter diesen Bedingungen ein Aufbruch möglich, und ich durfte mich mit der Hoffnung niederlegen, daß wir anderentags in See gehen würden. Am folgenden Morgen, bei Sonnenaufgang, sah ich die amerikanische Flagge an dem Fockmast, die französische am Hauptmast, und die englische Flagge an der Besanstange wehen.

Drittes Kapitel

Die Bewohner der schwimmenden Stadt – Hauptmann Mac Elwin

Der Great-Eastern schickte sich zur Abfahrt an; der Rauch begann spiralförmig seinen fünf Schornsteinen zu entströmen, ein heißer Brodem durchzog die tiefen Räume, welche unmittelbar zu den Maschinen führten; einige Matrosen putzten an den vier mächtigen Kanonen, mit denen wir Liverpool im Vorbeifahren salutieren sollten, und die Matrosen gingen auf den Rahen einher und machten Tauwerk frei. Man zog die Wanten straff auf ihren dichten, an das Innere der Verschanzungen angehakten Jungfern, und gegen elf Uhr schlugen endlich die Tapezierer den letzten Nagel ein, und die Maler waren mit dem

Anstrich fertig. Dann begaben sich die Handwerker auf das Lichterschiff, um auf ihm wieder zur Stadt zurückzukehren.

Sobald genügender Druck vorhanden, wurde der Dampf in die Zylinder der das Steuerruder bewegenden Maschine gelassen, und die Maschinenbauer konstatierten, daß der sinnreiche Apparat regelmäßig arbeite.

Das Wetter war ziemlich gut; die Sonne brach hie und da in mächtigen Streiflichtern durch die Wolken. Auf dem Meere mußte heute eine kräftige Brise wehen; ein Umstand, der den Great-Eastern glücklicherweise nur wenig zu kümmern brauchte.

Alle Offiziere waren an Bord und auf die verschiedenen Punkte des Schiffes verteilt, um das Lichten der Anker vorzubereiten. Das Offizierscorps bestand aus einem Kapitän, dem Obersteuermann, zwei Untersteuermännern, aus fünf Lieutenants, von denen einer, M. H . . ., ein Franzose war, und einem Freiwilligen, gleichfalls Franzosen.

Kapitän Anderson genießt als Seemann im englischen Handelsverkehr einen großen Ruf; ihm hat man auch die Legung des transatlantischen Kabels zu verdanken, wenn man hierbei auch in Erwägung ziehen muß, daß er unter bei weitem günstigeren Verhältnissen, als seine Vorgänger, das Unternehmen antrat, da ihm der Great-Eastern zur Verfügung stand. Wie dem jedoch sein möge, sein Erfolg in dieser Operation hat ihm den Titel »Sir« eingebracht, der ihm nach seiner Rückkehr von Ihrer Majestät der Königin verliehen wurde.

Ich fand in Kapitän Anderson einen sehr liebenswürdigen Befehlshaber. Es war ein Mann von etwa fünfzig Jahren mit einem Haarwuchs von fahlblonder Farbe, die den Vorzug hat, ihre Nuance bis ins hohe Alter nicht zu verändern; seine Gestalt war hoch und kräftig, sein Gesicht breit, ruhig und lächelnd von durchaus englischem Schnitt; er pflegte ruhig und gleichmälßig, mit blinzelndem Auge einherzuschreiten und mit sanft gedämpfter Stimme seine Befehle zu erteilen. Immer elegant in einen mit dreifachen, goldenen Tressen besetzten Überrock gekleidet, machte er sich nie des Vergehens schuldig, mit den übrigens jederzeit fein behandschuhten Händen in den Taschen umherzuschlendern. Als besonderes Kennzeichen mag noch erwähnt werden, daß stets ein Zipfelchen seines weißen Taschentuches aus dem blauen Rocke hervorlugte.

Zu Kapitän Anderson bildete der Obersteuermann einen eigentümlichen Kontrast. Man denke sich ein kleines, lebhaftes Männchen mit auffallend gebräunter Hautfarbe, etwas geröteten Augen, schwarzem Vollbart und bedenklich einwärts gekrümmten Beinen, die allen Überraschungen des Rollens Trotz boten. Ein tätiger, in allen Einzelheiten wohl bewanderter Seemann, gab er rasch mit abgebrochener Stimme seine Befehle, die der Bootsmann dann mit dem heiseren Löwengebrüll wiederholte, das der englischen Marine erb- und eigentümlich ist. Ich hielt diesen Obersteuermann namens W . . . für einen Marineoffizier, der sich besonderer Erlaubnis zufolge an Bord des Great-Eastern befand; er war durch und durch, was man »einen alten Seebären« nennt, und stammte jedenfalls aus der Schule jenes heldenmütigen, französischen Admirals, der seinen Leuten beim Kampfe zurief: »Jungens, aufgepaßt! Ihr wißt, daß ich mein Schiff in die Luft zu sprengen pflege!«

Von diesem Offizierscorps abgesehen, standen die Maschinen unter dem Kommando des Oberingenieurs, der von acht bis zehn Maschineningenieuren unterstützt wurde. Unter seinem Befehl manövrierte ein Bataillon von zweihundertundfünfzig Mann, unter ihnen Assistenten, Oberheizer, Heizer und Kohlenzieher, die die Tiefen und Abgründe des Schiffes fast nie verließen.

Dieses Bataillon hatte die Aufgabe, die Feuer der zehn Kessel – ein jeder hatte zehn Feuerungen – also im ganzen hundert Feuer zu beaufsichtigen und zu unterhalten.

Die eigentliche sogenannte Bemannung des Schiffes, wie Proviantmeister, Untersteuermänner, Bootsmänner, Matrosen, Schiffsjungen usw., umfaßte etwa hundert Mann, natürlich exklusive der zweihundert Stewards, die zur Bedienung der Passagiere engagiert waren.

Jeder befand sich jetzt auf seinem Posten; der Lotse, welcher den Great-Eastern aus dem Fahrwasser der Mersey herausbringen sollte, war bereits seit dem vorigen Abend an Bord. Außer ihm bemerkte ich noch einen französischen Lotsen von der Insel Molène bei Quessant, der mit uns von Liverpool nach

New-York fahren und bei der Rückkehr das Dampfschiff in die Reede von Brest einlotsen sollte.

»Ich beginne nach und nach daran zu glauben, daß wir heute noch abfahren werden«, bemerkte ich gegen denn Lieutenant H . . .

»Wir warten nur noch auf unsere Passagiere«, antwortete dieser.

»Ist ihre Zahl bedeutend?«

»Zwölf- bis dreizehnhundert, immerhin die Bevölkerung eines großen Marktfleckens.«

Um halb zwölf Uhr signalisierte man das Lichterschiff, welches über und über mit Passagieren beladen herankam. In den Kajüten eingepfercht, auf den Stegen lehnend, auf Bergen von Kollis thronend, auf dem Radkasten ausgestreckt, kamen sie näher und boten unseren Blicken ein buntes Bild wirren Durcheinanders. Es befanden sich, wie ich später erfuhr, unter ihnen Kalifornier, Kanadier, Yankees, Peruaner, Südamerikaner, Engländer, Deutsche und zwei oder drei Franzosen. Unter ihnen zeichneten sich aus der berühmte Cyrus Field aus New York, der sehr ehrenwerte John Rose aus Kanada, der sehr ehrenwerte Mac Alpine aus New York, Herr und Frau Alfred Cohen aus San Francisco, Herr und Frau Whitney aus Montreal und der Kapitän Mac Ph . . . nebst Gemahlin. Unter den Franzosen befand sich der Gründer der Société des Affréteurs du Great-Eastern, Herr Jules D. als Vertreter der Telegraph construction and maintenance Company, die zu dem Geschäft eine Beisteuer von 20000 Pfund geliefert hatte.

Das Lichterschiff legte am Fuß der Steuerbordtreppe an, und nun begann der Akt des Umsteigens von dem Lichterschiff auf den Great-Eastern, der sich jedoch so ruhig und ohne alle Hast vollzog, wie dies der Fall ist bei Leuten, die einen kleinen Umzug in ihrem eigenen Hause vornehmen. Franzosen hätten unter diesen Umständen jedenfalls geglaubt, sie müßten die Treppe wie im Sturm nehmen und sich hierbei wie richtige Zuaven gebärden.

Sobald ein Passagier den Fuß auf Deck des Great-Eastern gesetzt hatte, war seine erste Sorge, in die Speisesäle hinabzusteigen und hier einen Platz zu belegen, indem er ihn mit seiner

Karte oder sonst einem Stückchen Papier mit darauf gekritzeltem Namen bezeichnete. Da gerade jetzt ein Gabelfrühstück aufgetragen wurde, hatten sich in wenigen Augenblicken die Reisenden um die Tische niedergelassen und lieferten den Beweis, daß Angelsachsen es aus dem Grunde verstehen, die Langeweile einer Seefahrt mit guter Klinge zu bekämpfen.

Was mich betrifft, so war ich auf dem Verdeck geblieben, um allen Einzelheiten der Aus- und Einschiffung folgen zu können. Um halb ein Uhr war das Gepäck endlich an Bord geschafft, und Tausende von Kollis aller denkbaren Größen und Formen lagen ringsumher aufgetürmt. Hier Kisten von der Größe eines Eisenbahnwaggons, die vollständige Meublements enthalten konnten, dort kleine zierliche Reisepäckchen, Säcke, mit den wunderlichsten Zipfeln und Ecken, und dann wieder die so leicht an ihrer luxuriösen Sattlerarbeit kenntlichen Koffer und Köfferchen mit blanken Schnallen, glänzenden Kupferplatten und soliden Leinwandbezügen, von denen sich zwei oder drei große Initialen von weißem Metall abhoben. Bald war dieses ganze Chaos in den Magazinen, oder vielmehr in den Ausladestellen des Zwischendecks geordnet und untergebracht, und die Arbeiter und Träger stiegen wieder auf den Dampfer zurück, der unterdessen mit seinem schmutzigen Rauch die Beschläge und Schilder des Great-Eastern geschwärzt hatte.

Ich wandte mich, um jetzt nach dem Vorderteil zurückzukehren, stand aber gleich darauf überrascht still, denn ich sah plötzlich denselben jungen Mann vor mir, der mir bereits auf dem Kai von New-Prince aufgefallen war.

»Fabian! Du hier?« rief ich überrascht.

»Ich bin's, mein lieber Freund?«

»So habe ich mich also nicht getäuscht; ich glaubte, dich vor einigen Tagen bei der Abfahrt am Ufer zu erkennen.«

»Wohl möglich«, antwortete er, »ich habe dich nicht bemerkt.«

»Und du willst nach Amerika?«

»Gewiß! Kann man einen mehrmonatigen Urlaub besser benutzen, als sich die Welt anzusehen?«

»Welch glücklicher Zufall, daß auch du den Great-Eastern

zu deiner Reise gewählt hast!«

»Es ist dies kein Zufall, Kamerad; ich hatte aus der Zeitung ersehen, daß du dich auf dem Great-Eastern einschiffen würdest, und da wir seit mehreren Jahren nicht zusammengekommen sind, habe ich mich gleichfalls an Bord begeben, um die Reise in deiner Gesellschaft zu machen.«

»Du kommst direkt von Indien?«

»Mit dem Godavery, der mich vorgestern nach Liverpool gebracht hat.«

»Und du reisest, Fabian? . . .« fragte ich von neuem, den schwermütigen Ausdruck seines bleichen, traurigen Gesichts bemerkend.

»Um mich zu zerstreuen, wenn dies überhaupt möglich ist«, antwortete der Hauptmann Fabian Mac Elwin und reichte mir mit trübem Blick die Hand.

Viertes Kapitel

Ankerlichten. – Böses Omen

Fabian hatte mich verlassen, um das Unterbringen seiner Sachen und seine häusliche Einrichtung auf Kajüte 73, deren Nummer auf seinem Billett eingetragen war, zu überwachen. In diesem Augenblick wirbelten dicke Rauchsäulen aus den großen Schornsteinen des Schiffes, und man hörte die Kessel bis in die Tiefen des Schiffes erzittern. Der betäubende Dampf verbreitete sich durch die Dampfauslaßrohre und fiel in feinem Regen auf das Verdeck nieder. Einige geräuschvolle Gegenströmungen verkündeten, daß die Maschinen geprobt wurden. Der Ingenieur hatte richtigen Dampfdruck, und man konnte abfahren.

Zunächst mußten die Anker gelichtet werden. Die Flut war noch im Steigen, und der Great-Eastern bot ihr, als er unter ihrem Stoßen gewendet hatte, das Vorderteil; er war jetzt bereit, den Fluß abwärts zu fahren.

Der Kapitän hatte diesen Augenblick wählen müssen, um

sich segelfertig zu machen, denn die Länge des Great-Eastern gestattete ihm nicht, in der Mersey Evolutionen zu machen. Wenn er nicht von der Ebbe fortgezogen wurde, sondern der raschen Flut entgegenfuhr, war er seines Schiffes mehr Herr und konnte mit größerer Sicherheit zwischen den zahlreichen Schiffen, die den Fluß durchfurchten, hinweg manövrieren. Der geringste Zusammenstoß mit diesem Koloß wäre unheilvoll gewesen.

Es erforderte beträchtliche Anstrengungen, unter diesen Umständen die Anker zu lichten. In der Tat spannte das Dampfschiff, von der Strömung getrieben, die Ketten, auf denn es festsaß, an. Außerdem wurde die ungeheure Masse von einem heftigen Südwestwind erfaßt, der seine Kraft mit der Flut verband. Man mußte demzufolge mächtige Maschinen anwenden, um die gewichtigen Anker aus ihrem schlammigen Grunde emporzureißen. Das »Anchorboat«, ein zu dieser Operation bestimmtes Boot, hatte sich auf den Ketten gestoppt; aber seine Gangspillen genügten nicht, und man mußte sich der mechanischen Apparate bedienen, die dem Great-Eastern zur Verfügung standen.

Auf dem Vorderteil war eine Maschine von siebzig Pferdekraft zum Aufhissen der Anker aufgestellt. Man brauchte nur den Dampf aus den Kesseln in ihre Zylinder zu lassen, um sofort eine bedeutende Kraft zu erhalten, die direkt auf das Gangspill übertragen werden konnte, um die Ketten aufzuwinden. Dies geschah; aber so mächtig die Maschine auch arbeitete, sie bewies sich als unzureichend; man mußte ihr auf irgendeine Weise zu Hilfe kommen. Kapitän Anderson ließ die Spillspaken anlegen, und etwa fünfzig Leute von der Mannschaft wurden am Gangspill angestellt.

Das Dampfschiff fing an, auf seine Anker zu treiben, aber die Arbeit ging langsam vonstatten. Die Laufknoten klirrten nicht ohne Mühe in den Klüsgaten des Vorderstevens, und meiner Meinung nach hätte man die Ketten, um sie leichter anzuholen, durch einige Radumdrehungen erleichtern können.

Ich stand in diesem Augenblick mit einigen anderen Passagieren auf dem Deckzimmer des Vorderteils. Wir beobachteten alle Einzelheiten des Vorganges und die Fortschritte des Ankerlichtens. Ein Reisender, der dicht neben mir stand, zuckte, wahrscheinlich ungeduldig über die Verzögerung, häufig mit den Achseln und ließ Spöttereien über die Machtlosigkeit der Maschine hören. Es war ein kleiner, magerer, nervöser Mann mit fieberhaft hastigen Bewegungen, dessen Augen man unter ihren gesenkten Lidern kaum gewahrte. Ein Physiognomiker hätte von vornherein erkannt, daß die Vorkommnisse dieses Lebens solchen Philosophen aus der Schule Demokrits nur von ihrer scherzhaften Seite erscheinen mußten, denn die für die Aktion des Lachens notwendigen Jochbeinmuskeln konnten bei ihm keine Ruhe halten. Im übrigen war er, wie ich mich später überzeugte, ein liebenswürdiger Reisegefährte.

»Mein Herr«, redete er mich an, »bis jetzt bin ich der Meinung gewesen, daß die Maschinen den Menschen helfen sollten, und nicht die Menschen den Maschinen!«

Gerade als ich auf diese sehr richtige Beobachtung etwas erwidern wollte, ertönte ein lautes Geschrei; der Kleine wie auch ich stürzten aufs Verdeck und erblickten hier die sämtlichen, an den Spillspaken aufgestellten Männer auf dem Boden hingestreckt. Nach und nach erhoben sich einige von ihnen, andere jedoch blieben unbeweglich liegen. Ein Rädchen der Maschine war zerbrochen, und so hatte sich das Gangspill unter dem vehementen Zug der Ketten unaufhaltsam rückwärts gedreht. Die Menschen, welche von hinten erfaßt worden waren, hatten außerordentlich heftige Schläge und Stöße an Kopf und Brust bekommen. Die von ihren gerissenen Seilen befreiten Spillspaken ließen ein förmliches Kartätschenfeuer um sich her los; vier Matrosen wurden sofort getötet, und zwölf andere, unter denen ein Schotte, der Bootsmann, schwer verletzt.

Die Verwundeten wurden sofort in die nach hinten zu gelegene Krankenstube gebracht, während die vier Toten ausgeschifft wurden. Übrigens herrscht bei den Angelsachsen eine solche Gleichgültigkeit gegen das Leben der Leute, daß dies Ereignis keinen besonders tiefen Eindruck an Bord hervorrief. Die Unglücklichen, ob getötet oder verwundet, waren nur Zähne eines Räderwerks, die mit geringen Kosten ersetzt werden konnten. Man gab dem bereits eine tüchtige Strecke entfernten Lichterschiff ein Zeichen zurückzukehren, und wenige Minuten später legte es von neuem am Great-Eastern an.

Ich begab mich nach dem Fallreep (am Hinterdeck), wo die Treppe noch nicht wieder eingezogen war; die vier in Decken gehüllten Leichen wurden hier hinuntergeschafft und auf dem Verdeck des Lichterschiffs niedergelegt. Einer der Ärzte, die mit an Bord waren, begleitete die Toten bis Liverpool, nachdem ihm noch anempfohlen war, sobald wie irgend tunlich zum Great-Eastern zurückzukehren. Dann entfernte sich das Lichterschiff, und die Matrosen machten sich daran, die Blutlachen fortzuwaschen, die den Fußboden des Verdecks befleckten.

Noch muß ich bemerken, daß ein Passagier, der bei dem Unglücksfall durch einen Spillspakensplitter leicht verletzt worden war, die Gelegenheit benutzte, mit dem Lichterschiff nach Liverpool zurückzukehren; er hatte schon jetzt genug von der Fahrt mit dem Great-Eastern.

Als ich dem kleinen Boot, das sich mit voller Dampfkraft entfernte, nachsah, hörte ich in spöttischem Ton hinter mir die Worte sagen:

»Die Reise fängt gut an! Wie soll das enden?«

Als ich mich umwandte, stand der Reisende mit dem ironischen Gesicht vor mir; er hatte die Bemerkung jedenfalls an mich gerichtet.

»Es war allerdings ein böser Unfall«, antwortete ich, »mit wem habe ich die Ehre?«

»Ich bin der Doktor Dean Pitferge.«

Fünftes Kapitel

Die Mersey hinaus und durch den St.-Georgs-Kanal

Die Arbeit war wieder aufgenommen. Mit Hilfe des Anchorboats gelang es jetzt, die Ketten in die Höhe zu winden, und als die Turmuhr in Birkenhead ein Viertel auf zwei Uhr schlug, rissen sich endlich die Anker aus dem zähen Boden los. Die Abfahrt konnte nicht länger verschoben werden, wenn man die Flut dazu benutzen wollte; Kapitän und Lotse stiegen auf die Brücke, ein Lieutenant nahm bei dem Signalapparat der Schraube Stellung, ein anderer neben dem Signalapparat der Radschaufeln. Der Untersteuermann hielt sich zwischen ihnen bei dem kleinen, zur Bewegung des Steuerruders bestimmten Rade. Aus Vorsicht wachten vier andere Steuerleute auf dem Hinterdeck, um für den Fall, daß die Dampfmaschine ihre Schuldigkeit nicht tun sollte, die großen Räder über dem Gräting zu lenken. Der Great-Eastern, der jetzt dem Strom die Spitze bot, war ganz klargemacht und hatte nur noch der Flut entgegenzufahren, um auf die hohe See zu gelangen.

Der Befehl zur Abfahrt wurde gegeben, die Radschaufeln schlugen langsam auf das Wasser, die Schraube brachte dasselbe am Hinterteil in wallende Bewegung, und das ungeheure Schiff fing an, sich vorwärts zu bewegen.

Die meisten Passagiere, welche auf die Hütte des Vorderdecks gestiegen waren, schauten nach den auf beiden Ufern liegenden Städten Liverpool und Birkenhead; überall, wohin der Blick reichte, begegneten Fabrikschornsteine dem Auge. Die Mersey, auf der eine große Menge Schiffe teils vor Anker lagen, teils stromauf- oder abwärts fuhren, bot unserem Dampfer nur gewundene Durchfahrten; aber unter der Hand unseres Lotsen und genau den geringsten Andeutungen seines Steuers nachgebend, glitt er geschickt auf den engen Pfaden dahin, wie das lange, schmale Boot eines Walfischfahrers unter der Leitung eines kräftigen Steuermannes. In einem Augenblick glaubte ich, daß wir mit einem Dreimaster zusammenstoßen würden, der dwars gegen den Strom hielt, und dessen Luvbaum dicht an dem Rumpfe des Great-Eastern hinstreifte;

aber der Anprall wurde vermieden, und als ich mir dies Schiff, das nicht weniger als sieben- bis achthundert Tonnen Last trug, von den Deckzimmern herab ansah, erschien es mir gegen den Great-Eastern als ein unbedeutender kleiner Kahn, wie ihn die Kinder auf den Bassins in Green-Park oder am Serpentine-River auszusetzen pflegen.

Bald befand sich unser Koloß den Einschiffungsrampen von Liverpool gegenüber; die vier Kanonen, welche die Stadt salutieren sollten, schwiegen aus Achtung für die Toten, die das Lichterschiff eben jetzt ans Land setzte, aber ein lautschallendes Hurra ersetzte den Donner, der an Bord als Ausdruck nationaler Höflichkeit gilt. Zugleich vollführte man ein so heftiges Händeklatschen, so lebhaftes Winken mit Armen und Taschentüchern, wie dies eben nur bei Engländern gebräuchlich ist, wenn sie sich zu Schiffe verabschieden, gleichviel ob ihr Fahrzeug ein simples Kähnchen, auf dem sie eine Spazierfahrt unternehmen, oder ein großartiges Segelschiff.

Mit welchem Enthusiasmus wurden aber auch diese Grüße erwidert! Welch' ein Echo riefen sie auf den Kais hervor! Tausende von Neugierigen hatten sich auf den Mauern von Liverpool und Birkenhead eingefunden, mit Zuschauern beladene Boote schwammen massenhaft auf der Mersey umher, die Bemannung des »Lord Clyde«, eines vor dem Binnenhafen ankernden Kriegsschiffes, war auf die hohen Rahen gestiegen und begrüßte von hier aus den Riesen mit jubelndem Zuruf. Hoch oben, von den Hütten der Schiffe ließen Musikchöre ihre Harmonien zu uns herüberklingen, soweit sie nicht von dem Lärm der Hurras und sonstigen geräuschvollen Grüßen übertönt wurden. Dabei wehten unaufhörlich Flaggen und Wimpel zu Ehren des Great-Eastern. Bald jedoch begann das Geschrei schwächer zu werden und allmählich in der Entfernung zu ersterben. Unser Dampfschiff segelte am Tripoli, einem zum Auswanderertransporte bestimmten Paketboot, vorbei, das trotz einem Gehalt von 2000 Tonnen einen sehr winzigen Eindruck auf mich machte; dann wurden die Häuser auf beiden Ufern immer seltener, der alles schwärzende Rauch verschwand mehr und mehr, und das ebene Feld stach grell gegen die Backsteinmauern ab. Jetzt zeigten sich noch einige lange, einförmige Reihen von Arbeiterwohnungen, dann erblickte man hier und da eine Villa, und ein letzter Gruß, ein letztes Hurra tönte von der Plattform des Leuchtturms und von der Mauer der Bastei zu uns herüber.

Um drei Uhr hatte der Great-Eastern das Fahrwasser der Mersey hinter sich und lief in den St.-Georgs-Kanal ein. Es wehte eine starke Südwestbrise, so daß unsere Flaggen keine einzige Falte zeigten. Das Meer ging bereits in ziemlich hohen Wogen, wovon unser Dampfschiff jedoch nichts verspürte.

Gegen vier Uhr endlich ließ Kapitän Anderson stoppen; das Lichterschiff setzte mehr Dampf bei, um uns einzuholen, und führte uns den zweiten Schiffsarzt wieder zu. Als das Boot angelegt hatte, wurde eine Sturmleiter herabgelassen, auf der er, allerdings mit nicht geringer Anstrengung, hinauf- und unser Lotse ungleich behender hinabstieg, um in seine Jolle zu klettern; die Ruderer auf diesem kleinen Fahrzeug waren mit Schwimmgürteln von Kork versehen. Einige Augenblicke später begab sich der Lotse auf einen sehr hübschen kleinen Schoner, der ihn unter dem Winde erwartete.

Unsere Fahrt wurde alsbald wieder fortgesetzt; unter dem Getriebe seiner Schaufelräder und der Schraube vergrößerte sich mehr und mehr die Schnelligkeit des Great-Eastern, doch trotz des starken Windes verspürten wir weder Rollen noch Stampfen. Bald lag das Meer im Schatten, und die Küste der Grafschaft Wales, die durch die Spitze von Holy-Head bezeichnet wird, verschwand im Dunkel der Nacht.

Sechstes Kapitel

Hauptmann Corsican – Fabians Reisepläne – Ein Lunch auf dem Great-Eastern – Der Leuchtturm von Fastenet

Folgenden Tages, am 27. März, segelte der Great-Eastern mit dem Steuerbord an der unebenen Küste Irlands hin. Ich hatte meine Kajüte, ein kleines, durch zwei große Lichtöffnungen gut erleuchtetes Zimmer, auf dem ersten Rang im Vorderdeck. Sie war durch eine zweite Kajütenreihe von dem ersten Salon des Vorderdecks getrennt, so daß weder das Geräusch der Unterhaltung, noch das Schmettern der Klaviere, an denen kein Mangel war, zu mir herüberdringen konnte; ich bewohnte eine am äußersten Ende der Vorstadt gelegene Hütte, die so klein war, daß Sofa, Bett und Waschtisch sie hinreichend möblierten.

Um sieben Uhr morgens ging ich durch die beiden ersten Säle auf das Verdeck, wo bereits verschiedene Passagiere umherwandelten. Ein fast unmerkliches Rollen schaukelte den Steamer leicht hin und her; der Wind wehte heute heftig, ohne doch das von der Küste gedeckte Meer stürmisch erregen zu können, nichtsdestoweniger aber bekam ich einen Begriff von der Unempfindlichkeit des Great-Eastern.

Als ich auf dem Deck des Rauchzimmers angekommen war, bemerkte ich die lange, in klaren Umrissen daliegende Küstenstrecke, die ihre immergrüne Farbe den Namen des »grünen Erin« eingetragen hat. Hie und da belebten einige kleine Häuserkomplexe die weiße Dampfsäule eines Eisenbahnzuges, oder ein isolierter Küstentelegraf, der den Schiffern auf hoher See die wunderlichsten Grimassen zu machen schien, die einsame Gegend.

Zwischen der Küste und uns zeigte das Meer eine schmutziggrüne Nuance, etwa wie eine unregelmäßig mit schwefelsaurem Kupfer bedeckte Platte. Der Wind schien sich noch lebhafter erheben zu wollen, ab und zu sprühte ein leichter Regen, fast so fein wie Staub, hernieder; zahlreiche Schiffe, Briggs und Schoner suchten die Räumte zu gewinnen ;Steamer zogen, ihren dunklen Rauch entsendend, an uns vorüber, aber der Great-Eastern überholte sie alsbald ohne alle Mühe, obgleich er bis jetzt noch nicht eigentlich schnell ging.

Bald bekamen wir Queens-Town, einen kleinen Hafen, vor dem eben jetzt eine Flottille von Fischern manövrierte, in Sicht. Dort wirft jedes von Amerika oder aus den südlichen Gewässern kommende Schiff im Vorüberziehen einen Depeschenbeutel aus, dessen Inhalt ein regelmäßig fungierender Kurierzug in wenigen Stunden nach Dublin bringt. Dort nimmt ein immer rauchendes Paketboot, ein förmlicher Vollblut-Steamer, eine wahre Radspindel, die die Wogen durcheilt wie ein Gladiator oder eine Tochter der Luft, die Briefe in Empfang, und befördert sie, mit einer Schnelligkeit von achtzehn Meilen* pro Stunde, nach Liverpool. So eilen diese Depeschen selbst den schnellsten Dampfern um einen Tag voraus.

Gegen neun Uhr fuhr der Great-Eastern um ein Viertel nach West-Nord-West. Ich war soeben auf das Verdeck herabgestiegen, als ich auf Hauptmann Mac Elwin traf, der mit mir zusammen seinen Weg fortsetzte. Einer seiner Freunde, ein Mann von sechs Fuß Höhe, mit gewaltigen blonden Bartkoteletten und großem Schnurrbart, begleitete ihn; man konnte in ihm den eigentlichen Typus des englischen Offiziers bewundern. Er trug sein Haupt hoch und aufrecht ohne alle Steifheit, und sein sicherer Blick, seine schönen, gewissermaßen »schlanken« Schultern, die ruhige Leichtigkeit seiner Bewegungen überzeugten zum voraus von der so seltenen Eigenschaft, die man »den Mut ohne Zorn« nennen könnte. Über seinen Beruf hatte ich mich übrigens nicht getäuscht.

»Mein Kamerad Archibald Corsican; wie auch ich Hauptmann im 22. Regiment der indischen Armee«, stellte ihn mir Mac Elwin vor, worauf eine kurze Begrüßung erfolgte.

»Wir haben uns gestern nur flüchtig gesprochen, lieber Fabian«, redete ich meinen Freund an, indem ich seine Hand faßte und drückte. »Ich erfuhr im Wirrwar des Aufbruchs nur eben, daß ich unser Zusammentreffen an Bord des Great-Eastern nicht dem Zufall zu danken habe. Ich gestehe, daß, wenn ich mit zu deinem Entschluß beigetragen habe ...«

*Englische Meilen. (4,611 = 1 geogr. Meile; 4,681 = 1 österr. Meile.)

»Gewiß hast du das, lieber Kamerad«, unterbrach mich Fabian. »Hauptmann Corsican und ich kamen mit der Absicht in Liverpool an, uns an Bord des ›China‹ von der Cunard-Linie einzuschiffen, als wir vernahmen, daß der Great-Eastern eine neue Fahrt zwischen England und Amerika riskieren wollte; das war eine vortreffliche Gelegenheit; und wie freute ich mich, als ich erfuhr, daß auch du an Bord seiest. Wir hatten uns drei Jahre lang, seit unserer schönen Reise nach Skandinavien nicht gesehen; so schwankte ich keinen Augenblick, und gestern abend hat mich, wie du weißt, das Lichterschiff vor deinen Augen hier abgesetzt.«

»Nun«, erwiderte ich ihm, »ich glaube, daß diese Änderung eures Reiseplans weder dich noch Hauptmann Corsican gereuen wird. Selbst für Euch, die Ihr nicht Seeleute seid, muß die Fahrt über den Atlantischen Ozean auf diesem Riesenschiff sehr interessant werden. Dergleichen muß man einmal mit durchgemacht haben. Aber laß uns auf dich zurückkommen; dein letzter Brief – und er ist kaum sechs Wochen alt – war aus Bombay datiert; ich mußte dich demnach noch bei deinem Regiment vermuten ...«

»Wo wir uns auch noch bis vor drei Wochen befunden haben«, fuhr Florian fort. »Wir führten dort die gewöhnliche Existenz indischer Offiziere, die halb einem Krieger-, halb einem Landleben gleicht und mehr Jagden als Razzias mit sich bringt. Ich ergreife übrigens hierbei die Gelegenheit, dir Hauptmann Archibald als einen der größten Tigervertilger seiner Zeit vorzustellen; er ist der Schrecken der Dschungel. Da wir uns indessen beide trotz der Reize des indischen Lebens danach sehnten, einmal einige Moleküle europäischer Luft zu atmen, haben wir uns entschlossen, die armseligen Fleischfresser der Halbinsel ein wenig in Ruhe zu lassen. Wir ließen uns auf ein Jahr Urlaub bewilligen und sind mit der Geschwindigkeit eines Kurierzuges durch das Rote Meer, über Suez und Frankreich nach Altengland geeilt.«

»Nach Altengland, Fabian?« nahm lächelnd Hauptmann Corsican das Wort. »Wir sind schon jetzt nicht mehr dort, denn wenn wir uns auch gegenwärtig auf einem englischen Schiff befinden, so ist es doch von einer französischen Gesellschaft gemietet und trägt uns nach Amerika. Drei verschiedene Flaggen wehen über unseren Häuptern und beweisen, daß wir auf franco-anglo-amerikanischem Boden stehen.«

»Was schadet das?« entgegnete Fabian, dessen Stirn sich einen Augenblick lang unter irgendeinem schmerzlichen Eindruck in finstere Falten gelegt hatte, was schadet's, wenn wir nur unsere Urlaubszeit damit hinbringen. Wir brauchen Bewegung; es tut so wohl, die Vergangenheit zu vergessen und die Gegenwart durch Beobachtungen des Neuen um uns her totzumachen. In wenigen Tagen werden wir New-York erreicht haben, wo ich meine Schwester, die ich seit Jahren nicht gesehen habe, mit ihren Kindern finde; dann wollen wir den großen Seen einen Besuch abstatten und nächstdem den Mississippi bis New-Orleans hinabfahren. Sodann gedenken wir, eine Treibjagd am Amazonenstrom zu veranstalten, und von dort nach Afrika überzugehen, wo sich wahrscheinlich schon die Löwen und Elefanten am Cap ein Stelldichein gegeben haben, um die Ankunft meines Freundes Corsican zu feiern. Hiernach wird es dann wohl an der Zeit sein, nach Indien zurückzukehren, um den Sepoys den Willen der Metropole vorzuschreiben.«

Fabian hatte mit einer gewissen nervösen Zungengeläufigkeit gesprochen, während seine Brust sich schwer atmend hob und senkte. Augenscheinlich gab es in seinem Leben ein unglückliches Moment, das ich noch nicht kannte, und über das mich seine Briefe absichtlich in Unwissenheit gelassen hatten. Archibald Corsican, der einige Jahre älter war als mein Freund, schien ein tieferes Verständnis hierfür zu haben; er legte ein warmes, wirklich brüderliches Interesse für Mac Elwin an den Tag.

In diesem Augenblick wurde unsere Unterhaltung durch die Trompete gestört, mit der ein pausbäckiger Steward eine Viertelstunde vorher das um halb ein Uhr stattfindende Lunch verkündete. Viermal täglich ließ sich, zur großen Befriedigung der Passagiere, dies heisere Hörnchen vernehmen, um zuerst gegen halb neun Uhr morgens zum Frühstück, dann um halb ein Uhr zum Lunch, um vier Uhr zum Mittagessen und abends gegen halb acht zum Tee zu rufen. In wenigen Augenblicken hatten sich die Boulevards geleert, und bald saßen alle Gäste bei Tafel, wo es mir gelungen war, einen Platz neben Fabian und Hauptmann Corsican zu bekommen.

Die Speisesäle waren von vier Tischreihen eingenommen, über denen die Flaschen und Gläser auf ihren Schlingerbrettchen vollständig unbeweglich standen; das Dampfschiff verspürte nicht das geringste von den Schwankungen der hohen See. Die Gäste, Männer, Frauen und Kinder nahmen ohne alle Besorgnis ihr Lunch ein, während eine Menge Stewards hin- und hereilten, um die fein hergerichteten Schüsseln zu präsentieren. Wer Wein, Likör oder Ale wünschte, schrieb sein Verlangen auf eine kleine Karte, worauf es von den Kellnern sofort befriedigt und später besonders verrechnet wurde. Die Kalifornier zeichneten sich durch ihre Neigung zum Champagnertrinken aus; so fiel mir eine in den Goldminen von San Francisco reich gewordene Wäscherin mit ihrem Gemahl, einem ehemaligen Grenzwächter, auf, die Cliquot zu drei Dollars die Flasche trank. Zwei oder drei junge bleichsüchtige Misses verschlangen blutige Beefsteaks, während eine lange, hagere Mistreß mit vorzüglichen Elfenbeinhauern aus ihrem kleinen Gläschen ein weichgekochtes Ei nippte. Andere hielten sich mit augenscheinlicher Befriedigung an die Rhabarbertorten oder den Sellerie des Desserts. Jeder aber ohne Ausnahme stürzte sich mit voller Hingebung ins Geschäft. Man hätte sich in eine Restauration an den Boulevards mitten in Paris und nicht auf die hohe See versetzt glauben können.

Nach Beendigung des Lunch bevölkerten sich von neuem die Deckzimmer; die Leute grüßten im Vorübergehen und schlossen sich aneinander an, wie wohl Spaziergänger im Hyde-Park. Kinder spielten, liefen umher, ließen ihre Ballons steigen und schlugen Reifen, wie sie es auf dem Sande der Tuilerien gemacht hätten. Die meisten Männer rauchten auf ihrem Spaziergange. Die Damen saßen auf amerikanischen Klappstühlen und machten Handarbeit, lasen oder plauderten miteinander. Gouvernanten und Bonnen beaufsichtigten die Kleinen. Einige Amerikaner wiegten ihre Schmerbäuche in den Schaukelstühlen, Offiziere gingen hin und wieder, hielten Wache auf den Brücken, beobachteten den Kompaß oder beantworteten die oft höchst komischen Fragen der Passagiere. Auch drangen ab und zu, durch die kurzen Windstillen der Brise, die Klänge einer Orgel, die im großen Deckzimmer des Hinterteils aufgestellt war, und aus den unteren Sälen die Akkorde von zwei bis drei Klavieren, deren Harmonien zu wunderlichen Tonkarikaturen zusammenflossen.

Gegen drei Uhr erscholl ein lautes Hurrarufen, worauf die Passagiere sich eilig auf die Deckzimmer begaben. Der Great-Eastern segelte bis auf zwei Kabellängen an einem Paketboot vorüber, das er überholt hatte. Es war der »Propontis«, der auf New-York hinhielt: im Vorübersegeln sandte er dem Riesen der Meere seine Grüße, die dieser höflich erwiderte.

Um halb fünf Uhr war das Land noch in Sicht und blieb uns auf drei Meilen Steuerbord; man konnte es kaum durch die Nebel einer Bö, die sich aufgemacht hatte, erkennen. Dann zeigte sich das Feuer des Leuchtturmes von Fastenet, der auf einem isolierten Felsen steht, und bald darauf, während wir um das Kap Clear, die letzte vorspringende Spitze der Küste Irlands, fuhren, brach die Nacht herein.

Siebtes Kapitel

Konstruktion und Maschinen des Schiffes

Wie schon erwähnt, überschritt die Länge des Great-Eastern zwei Hektometer. Für diejenigen, denen Vergleiche zum besseren Verständnis dienen, will ich noch hinzufügen, daß dieses Raummaß um ein Drittel weiter ist, als le Pont des Arts; das Dampfschiff mißt demnach zweihundertsieben und einen halben Meter zwischen seinen Perpendikeln an der Wasserlinie. Es hat auf dem oberen Deck von Spitze zu Spitze zweihundertzehn und ein Viertel Meter, ist also doppelt so lang, als das größte überseeische Paketboot. Die Breite des Great-Eastern beläuft sich auf fünfundzwanzig Meter dreißig Zentimeter an seinem Hauptspann, und auf sechsunddreißig Meter fünfundsechzig Zentimeter außerhalb der Radkasten.

Der Rumpf des Schiffes hält den furchtbarsten Stößen des Meeres stand; er ist doppelt gebaut und besteht aus einer Anhäufung von zwischen Bord und Binnenplanken eingeordneten Zellen, die sechsundachtzig Zentimeter Höhe haben. Außerdem dienen diese dreizehn Abteilungen, die durch wasserdichte Querschotten voneinander geschieden sind, seine Sicherheit in bezug auf Wasser- und Feuergefahr zu vermehren. 10000 Tonnen Eisen sind zum Bau dieses Rumpfes verwandt worden, und die Millionen Vernietungen, im glühenden Zustand niedergeschlagen, sichern das vollkommene Zusammenhalten der Platten seiner Bordierung.

Der Great-Eastern trägt eine Last von 28500 Tonnen, wenn er dreißig Fuß tief geht; ohne Ladung sinkt er nur sechs Meter zehn Zentimeter tief ins Wasser. Die Zahl der Passagiere, die er transportieren kann, beläuft sich auf zehntausend. Von den dreihundertunddreiundsiebzig Hauptstädten der Kreise in Frankreich sind zweihundertundvierundsiebzig weniger bevölkert, als diese schwimmende Unterpräfektur mit ihrem Maximum von Passagieren sein würde.

Die Linien des Great-Eastern sind sehr in die Länge gezogen; sein rechter Vordersteven ist von Klüsgaten durchbohrt, durch welche die Ankerketten gehen. Sein Vorderteil, das weder Höhlungen noch Höcker bietet, ist außerordentlich schön gebaut; das runde Hinterteil fällt ein wenig ab und verunziert das Ensemble.

Von dem Verdeck aus erheben sich sechs Masten und fünf Schornsteine; die ersten drei Masten auf dem Vorderdeck sind der »Fore-Gigger« und der »Fore-Mast«, beides Fockmasten, und der »Main-Mast« oder Hauptmast. Die drei letzten auf dem Hinterdeck heißen »After-Main-Mast«, »Mizenne-Mast« und »After-Gigger«. Der »Fore-Mast« und der »Maine-Mast« tragen Goëletten, Marssegel und Bramsegel. Die vier anderen Masten sind nur mit spitz zulaufenden Segeln aufgetakelt; das Ganze bildet 5400 Quadratmeter Segeltuch an Oberfläche in guter Leinwand aus der königlichen Fabrik in Edinburg. Auf den ungeheuren Marsen des zweiten und dritten Mastes könnte bequem eine Kompanie Soldaten manövrieren. Von diesen sechs Masten, die durch metallische

Wanten und Pardunen aufrecht gehalten werden, sind der zweite, dritte und vierte aus verbolztem Blech, wahrhafte Meisterwerke der Kesselschmiedekunst. An der Öffnung haben sie ein Meter zehn Zentimeter im Durchmesser, und der größte, der »Main-Mast«, erhebt sich zu einer Höhe von zweihundertsieben französischen Fuß,* die demnach über die Höhe der Notre-Dame-Türme hinausgeht.

Was die Schornsteine anbelangt, so bedienen zwei vor den Radkasten die Radmaschine, drei hinten die Schraubenmaschine; es sind ungeheure, dreißig und einen halben Meter hohe Zylinder, welche durch Ketten, die auf den Deckzimmern befestigt sind, senkrecht gehalten werden.

Im Innern des Great-Eastern ist die Einrichtung seines weiten Rumpfes klüglich eingeteilt; das Vorderteil umfaßt die Dampfwaschhäuser und den Bemannungsposten; daran schließen sich ein Damensalon und ein großer, mit Kronleuchtern, festeingelassenen Lampen, Gemälden und Spiegelglas-Wänden dekorierter Saal. Diese prächtigen Räume erhalten ihr Licht durch seitliche, auf elegant vergoldete Säulchen gestützte Traljeschotten und stehen mit dem Oberverdeck durch breite Treppen mit Metallstufen und Mahagonigeländer in Verbindung.

Vorn folgen vier durch einen Gang geschiedene Kajütenreihen, die einen in Verbindung mit dem gemeinschaftlichen Vorplatz stehend, die anderen, zu denen man auf einer besonderen Treppe Zutritt hat, im unteren Stock angebracht. Hinten boten die drei ungeheuren »Dining-rooms« dieselbe Anordnung für die Kajüten. Von den Sälen des Vorderteils bis zu denen des Hinterteils gelangt man, wenn man einer mit Platten belegten Verbindungsbrücke folgt, welche sich um die Maschine der Räder zwischen ihren Blechwänden und den Kajüten des Bordes herumwindet.

Die Maschinen des Great-Eastern werden mit Recht als Meisterwerke, fast fühlte ich mich versucht, zu sagen, »als Meisterwerke der Uhrmacherkunst«, angesehen. Es gibt nichts, das staunenswerter wäre, als dieses enorme Räderwerk mit der Präzision und Ruhe einer Uhr arbeiten zu sehen. Die

*Etwa 67 1/2 Meter.

nominelle Kraft der Schaufelrad-Maschine ist gleich tausend Pferdekraft; sie besteht aus vier paarweise nebeneinander gestellen Zylindern von einem Durchmesser von zwei Metern sechsundzwanzig Zentimetern, welche Zylinder vier Meter siebenundzwanzig Zentimeter Hublänge vermittelst ihrer direkt auf die Kurbelstangen gefügten Kolben entwickeln. Der mittlere Druck beträgt zwanzig Pfund pro Zoll, ungefähr ein Kilogramm sechsundsiebzig Gramm pro Quadratzentimeter, gleich einundzweidrittel Atmosphären. Die Heizfläche der vier vereinigten Dampfkessel beträgt siebenhundertundachtzig Quadratmeter. Diese »Engine-Paddle« geht mit wirklich majestätischer Ruhe; sein Exzenter, von der liegenden Welle fortgerissen, scheint sich wie ein Ballon in die Luft zu erheben. Er kann zwölf Radumdrehungen auf die Minute machen, und steht in eigentümlichem Kontrast mit der rascheren, wütenderen Schraubenmaschine, die mit 1600 Pferdekraft arbeitet.

Und »Engine-Screw« zählt vier feste, horizontalstehende Zylinder. Sie bieten einander zwei zu zwei die Spitze, und ihre Kolben, deren Hublänge ein Meter vierundzwanzig Zentimeter beträgt, wirken direkt auf die Schraubenwelle. Unter dem von sechs Kesseln, deren Heizoberfläche 1175 Quadratmeter beträgt, hervorgebrachten Druck kann die sechzig Tonnen wiegende Schraube bis achtundvierzig Umwälzungen auf die Minute liefern; aber dann geht diese schwindelerregende Maschine keuchend eilig darauf los, und ihre langen Zylinder scheinen sich mit Kolbenschlägen anzugreifen, wie kolossale Widerhalthaken mit Verteidigungsstößen.

Von diesen beiden Apparaten abgesehen, besitzt der Great-Eastern noch sechs andere Hilfsmaschinen zur Bespeisung, die Zurichtungen und die Gangspillen. Man sieht, daß der Dampf bei allen Manövern an Bord eine wichtige Rolle spielt.

So ist es beschaffen, dies Dampfschiff ohnegleichen, von dem ein französischer Kapitän einst nichts weiter in seinem Schiffsbuch zu vermerken fand, als die naive Notiz: »Einem Schiff mit sechs Masten und fünf Schornsteinen begegnet; wahrscheinlich Great-Eastern.«

Achtes Kapitel

Rollen des Great-Eastern – Dean Pitferge als Unglücksrabe

Meine Nachtruhe von Mittwoch zu Donnerstag war ziemlich schlecht. Die Hängematte bewegte sich hin und her, und ich mußte mich mit Knien und Ellenbogen fest an ihr Schaukelbrett lehnen. Reisesäcke und Koffer flogen in meiner Kajüte herum; aus dem benachbarten Saal, in welchem zwei- bis dreihundert Kollis provisorisch abgesetzt waren, drang ein wüster Lärm, der dadurch entstand, daß die Gegenstände auf- und niederrollten und mit Vehemenz an Tische und Bänke stießen. Die Türen klappten auf und zu, die Dielen knackten, die Zwischenwände ächzten in der dem Tannenholz so eigentümlichen Weise, Gläser und Flaschen bebten klirrend aneinander, und förmliche Katarakte von Tafelgeschirr stürzten auf den Fußboden der Speisezimmer.

Auch hörte ich das unregelmäßige Schnarren der Schraube und das Schlagen der Räder, die abwechselnd aus dem Wasser hervorkommend mit ihren Schaufeln die Luft peitschten. An all diesen Symptomen konnte ich wahrnehmen, daß der Wind frisch geworden war, und daß das Dampfschiff nicht mehr gegen die Wogen der hohen See, die es in der Quere erfaßten, unempfindlich blieb.

Um sechs Uhr morgens erhob ich mich nach einer schlaflosen Nacht, und kleidete mich mit der einen Hand an, so gut es eben gehen wollte, während ich mich mit der andern am Schaukelbrett hielt. Ohne Stützpunkt wäre es mir unmöglich gewesen, mich aufrecht zu halten, und ich mußte förmlich mit meinem Paletot ringen, um ihn über Rücken und Arme ziehen zu können. Dann verließ ich meine Kajüte, stieg mühsam über die Kollis im Nebensaal und erkletterte die Treppe auf den Knien, wie ein römischer Bauer, der die Stufen der Scala Santa des Pontius Pilatus erklimmt. Endlich gelangte ich auf das Verdeck, wo ich mich mit aller Kraft an einen Kreuzholztakelhaken klammerte.

Es war kein Land mehr in Sicht, wir hatten in der Nacht das Cap Clear umfahren. So weit das Auge reichte, erblickte es nur den weiten, auf dem Himmelsgrunde von der Wasserlinie bezeichneten Kreis, und das schieferfarbene Meer hob sich in langen, schaumlosen Wogen. Da der Great-Eastern von den Wellen in der Quere gefaßt und von keinem Segel unterstützt wurde, rollte er schrecklich; seine Masten beschrieben, wie lange Kompaßspitzen, gigantische Kreisbogen in der Luft. Das Schaukeln war wenig merklich, was ich gerne zugeben will, das Rollen aber wurde unerträglich, so daß man sich mit aller Anstrengung nicht aufrecht halten konnte. Der wachhabende Offizier hatte sich an den Steg geklammert und schwebte hin und her wie in einer Schaukel.

Von einem Kreuzholz zum andern tastend, gelang es mir endlich, den Radkasten des Steuerbords zu erreichen. Da das Verdeck durch den Nebel feucht und sehr glatt geworden war, mußte man sich vor dem Ausgleiten in acht nehmen, und eben wollte ich, um mich besser stützen zu können, das Geländer des Steges ergreifen, als ein menschlicher Körper mir vor die Füße rollte.

Es war der Doktor Dean Pitferge; er richtete sich allmählich wieder auf, blickte mich an und sagte:

»Ganz richtig; die Größe des Bogens, den die Wände des Great-Eastern beschreiben, beträgt vierzig Grad, d.h. zwanzig unter und zwanzig über der Horizontalen.«

»Wirklich!« rief ich unter herzlichem Lachen – nicht über die Bemerkung, sondern weil sie in so komischer Situation gemacht wurde.

»Ja, wirklich«, bestätigte der Doktor. »Während der Oszillation beträgt die Schnelligkeit der Wände ein Meter siebenhundertvierundvierzig Millimeter auf die Sekunde. Ein transatlantischer Dampfer, der um die Hälfte schmaler ist, braucht nur diese Zeit, um von einem Bord zum andern zu kommen.«

»Wenn der Great-Eastern so schnell seine perpendikuläre Stellung wieder einnimmt, muß ein überaus großes Maß von Stetigkeit vorhanden sein«, entgegnete ich.

»Bei ihm wohl, aber nicht bei seinen Passagieren!« versetzte heiter Dean Pitferge, »denn wir kehren schneller zur Horizontalen zurück, als in unseren Wünschen steht.«

Der Doktor, der sich augenscheinlich seiner Erwiderung

freute, war unterdessen wieder aufgestanden, und da wir uns nun gegenseitig unterstützten, gelang es uns, eine Bank auf der Hütte zu erreichen. Dean Pitferge war bei seinem Fall mit einigen kleinen Schrammen davongekommen, und ich wünschte ihm Glück dazu, denn er hätte sich ebenso leicht das Genick brechen können.

»Oh«, antwortete er, »es ist noch nicht aller Tage Abend; allernächstens wird uns ein Unglück zustoßen.«

»Wie, uns?«

»Dem Dampfschiff, und folglich auch uns, den Passagieren.«

»Wenn das Ihr Ernst ist, warum haben Sie sich denn eingeschifft?« fragte ich.

»Um zu sehen, wie und in welcher Weise es sich ereignen wird«, antwortete der kleine Kerl, indem er mich verständnisinnig anblickte; »würde es nicht ganz interessant für uns sein, einen Schiffbruch mitzuerleben?«

»Ist dies Ihre erste Fahrt, auf dem Great-Eastern?«

»Nein, ich habe schon mehrere mitgemacht... nur aus Neugierde.«

»Dann dürfen Sie sich auch nicht beklagen.«

»Das tue ich auch nicht; ich konstatiere nur die Tatsache, und erwarte in Geduld und Ergebung die Stunde der Katastrophe.«

Machte sich der Doktor über mich lustig? Ich wußte wirklich nicht, was ich von diesen Reden denken sollte. Seine kleinen Augen schienen mir ironischer wie je zu blicken, ich mußte noch mehr aus ihm herauszulocken suchen.

»Ich weiß nicht, Doktor, auf welche Tatsachen sich Ihre tragischen Prophezeiungen stützen, gestatten Sie mir aber, Ihnen in Erinnerung zu bringen, daß der Great-Eastern schon etwa zwanzigmal über den Atlantischen Ozean gefahren ist und seine Reisen im Ganzen und Großen glücklich gewesen sind.«

»Ganz einerlei!« entgegnete Pitferge; das Schiff ist behext, wenn ich mich eines Volksausdrucks bedienen soll, und es wird seinem Geschick nicht entgehen. Man weiß das sehr wohl, und darum fehlt das Vertrauen zu ihm. Denken Sie gefälligst daran, was für immense Schwierigkeiten die Ingenieure gehabt haben, bis sie es vom Stapel lassen konnten. Es wollte ebenso ungern ins Wasser, wie das Hospital in Greenwich. Ich kann mich sogar dem Glauben nicht verschließen, daß sein Baumeister Brunnel »an den Folgen der Operation«, wie wir Ärzte sagen, verschieden ist.«

»Oho! Doktor«, fiel ich ein, »Sie scheinen mir Materialist zu sein.«

»Warum das?«

»Weil ich bemerkt habe, daß viele Leute, die nicht an Gott glauben, an alles Übrige glauben, sogar an das böse Auge.«

»Scherzen Sie immerhin«, antwortete er, »aber lassen Sie mich meine Beweisführung fortsetzen. Der Great-Eastern hat bereits mehrere Gesellschaften ruiniert; trotzdem es für den Auswanderertransport und Warenverkehr nach Australien erbaut wurde, ist er noch nie in Australien gewesen; er sollte die transozeanischen Paketboote an Schnelligkeit überflügeln und ist hinter ihnen zurückgeblieben.«

»Woraus zu schließen ist, daß ...«

»Erlauben Sie noch einige Augenblicke«, fuhr der Doktor fort. »Ein Kapitän des Great-Eastern, und zwar mit der geschickteste, ist schon ertrunken; er wußte dies unerträgliche Rollen zu vermeiden, indem er das Schiff direkt gegen den Wellenschlag hielt.«

»Dann haben wir den Tod dieses tüchtigen Mannes zu beklagen, das ist aber auch alles.«

»Ferner«, argumentierte Pitferge weiter, ohne sich auch nur im geringsten durch meine Ungläubigkeit irremachen zu lassen, »ferner erzählt man sich noch allerlei andere Geschichten über dies Dampfschiff. Man sagt, daß ein Pionier, der sich einst in seinen Tiefen, wie in einem amerikanischen Urwald verirrt habe, nie wieder aufgefunden ist.«

»Ah!« bemerkte ich ironisch, »jedenfalls Tatsache!«

»Man erzählt sich auch«, fuhr der Doktor fort, »daß beim Bau der Kessel aus Versehen ein Maschinenbauer mit der Schraube zusammengeschweißt ist.«

»Bravo!« rief ich; »ein zusammengeschweißter Maschinenbauer; ben trovato! Sie glauben das natürlich, lieber Doktor?«

»Ich glaube«, antwortete Pitferge, »daß unsere Reise unheilvoll begonnen hat und schlimm enden wird.«

»Der Great-Eastern ist ein solides Fahrzeug«, hielt ich ihm entgegen, »und von solcher Festigkeit, daß er Widerstand zu leisten vermag wie ein einziger Block, und der wütendsten See Trotz bietet.«

»Er ist solide, das gebe ich zu«, versetzte der Doktor; »lassen Sie ihn aber erst einmal in die Höhlung der Wogen geraten, dann werden wir sehen, ob und wie er wieder herauskommt. Er ist allerdings ein Riese unter den Schiffen, aber ein Riese, dessen Kraft nicht mit seiner Größe im Verhältnis steht; die Maschinen sind bei weitem zu schwach für ihn. – Haben Sie von seiner neunzehnten Reise zwischen Liverpool und New York gehört?«

»Ich kann mich nicht erinnern.«

»Nun, ich war auch damals an Bord. Wir hatten Liverpool am 10. Dezember, einem Dienstag, verlassen. Die Passagiere waren zahlreich, hatten das beste Vertrauen, und alles ging gut, solange wir durch die irländische Küste vor den Wogen der hohen See gedeckt waren; wir merkten weder Rollen, noch hatten wir Kranke. Am anderen Tage die gleiche Indiffernz des Great-Eastern gegen das Meer, und das gleiche Entzücken der Passagiere. Am 12. gegen Morgen wurde der Wind frisch; die Schlagwellen des hohen Meeres faßten uns in der Quere, und der Dampfer begann zu rollen. Passagiere, Männer wie Frauen, verschwanden sofort in die Kajüten. Um vier Uhr hatte sich der Wind in förmlichen Sturm verwandelt, die Möbel fingen an hin und her zu tanzen; einer der großen Spiegel im Salon zertrümmerte durch eine gewaltsame Karambolage mit meinem höchsteigenen Haupt; das ganze Geschirr lag stoßweise zerschellt auf dem Boden – kurz ein Heidenlärm! Eine Sturzwelle riß acht Boote von den Taljen los. Jetzt wurde unsere Lage kritisch; die Radmaschine mußte angehalten werden, denn ein ungeheures Stück Blei, das sich durch das Rollen verschoben hatte, drohte, sich in ihren Teilen zu verfangen. Die Schraube trieb uns indessen noch immer vorwärts. Bald nahmen auch die Räder, wenn auch mit halber Geschwindigkeit, ihre Tätigkeit wieder auf, aber das eine hatte sich während des Anhaltens verdreht, und seine Speichen und Schaufeln kratzten am Rumpf des Schiffes her. Man mußte die Maschine von neuem anhalten und sich, um beizulagen, mit der Schraube begnügen. Die folgende Nacht war schauerlich; der Sturm hatte sich noch verdoppelt, und der Great-Eastern war in die Höhle der Wogen geraten, aus der er sich nicht wieder herausarbeiten konnte. Bei Tagesanbruch sahen wir, daß nicht ein einziger Beschlag an den Rädern geblieben war, und man versuchte, einige Segel aufzuhissen, um zu schwenken und das Schiff wieder seegerecht zu machen. Keine Hilfe! Der Sturm riß sie augenblicklich wieder fort. Überall herrschte die unbeschreiblichste Verwirrung. Die Kabelketten hatten sich aus ihren Klüsen herausgerissen und rollten von einem Bord zum andern. Ein Viehgitter war durchbrochen worden, und eine Kuh fiel durch die Treppenluke in den Damensalon hinunter; das Hauptstück des Steuers ging entzwei, und an ein Lenken des Schiffes war nun nicht mehr zu denken. Entsetzliche Stöße machten sich bemerkbar; ein Ölbehälter, der mindestens 3000 Kilo wog, und dessen Seisinge zerbrochen waren, fegte das Zwischendeck und schlug abwechselnd so heftig gegen die inneren Seiten, daß man ein Bersten fürchten mußte. Der Sonnabend verging unter allgemeinem Entsetzen, ohne daß das Schiff sich aus der Höhle herausarbeiten konnte. Am Sonntag erst begann der Wind sich zu mäßigen, und es gelang einem amerikanischen Ingenieur, der sich als Passagier an Bord befand, über das Hauptstück des Steuers Ketten zu schlagen. Man machte allmählich die erforderlichen Evolutionen, der Great-Eastern fuhr nun wieder quer durch die Wellen, und acht Tage nachdem wir Liverpool verlassen hatten, hielten wir unseren Einzug in Queen's Town. – Wer aber kann wissen, Herr, wo wir *heute* in acht Tagen sind?«

Neuntes Kapitel

Das Wrack

Man muß gestehen, daß Doktor Dean Pitferges Nachrichten gerade nicht sehr beruhigend waren; unsere weiblichen Passagiere würden ihm nicht ohne ein leises Grauen zugehört haben. Sollte all dieses ein Scherz sein, oder sprach er in vollem Ernst, und verhielt es sich wirklich so, daß er alle Fahrten des Great-Eastern mitmachte, um irgendeiner Katastrophe mit beizuwohnen? Einem exzentrischen Mann ist alles zuzutrauen, und ganz besonders, wenn er ein Engländer ist.«

Das Dampfschiff setzte jedoch seine Fahrt fort, indem es zwar rollte wie ein Kähnchen, aber ohne irgendwelche Störung die loxodromische Schneckenlinie der Dampfboote bewahrte. Bekanntlich ist zwischen zwei Punkten auf einer ebenen Fläche die gerade Linie der kürzeste Weg; auf einer Kugel ist es die durch die Peripherie der größten Kreise gebildete Kurve. Die Schiffe haben also, um ihre Fahrt abzukürzen, ein Interesse daran, diesen Weg einzuschlagen, wenn auch die Segelschiffe, sofern sie konträren Wind haben, diese Linie nicht innehalten können. Ganz Herr ihres Willens in dieser Beziehung sind nur die Steamer, und diese nehmen den Weg der größten Kreise, wie auch jetzt der Great-Eastern, indem er etwas nach Nord-Westen hielt.

Das Rollen legte sich nicht, und die ebenso schauerliche als ansteckende Seekrankheit machte rasche Fortschritte. Einige Passagiere mit blassen, blutleeren Gesichtern und hohlen Wangen blieben noch auf dem Verdeck, um frische Luft zu atmen; alle aber ohne Ausnahme waren im höchsten Grade zornig über das unglückliche Steamschiff und die Société des affréteurs, auf deren Prospekt ausdrücklich gestanden hatte: »Seekrankheit an Bord unbekannt.«

Es war andern Morgens gegen neun Uhr, als auf drei oder vier Meilen backbord ein Gegenstand signalisiert wurde; ob es ein Wrack, ein Walfisch oder ein Schiffsrumpf sei, konnte man noch nicht unterscheiden. Auf dem Dach des Vorderdecksaales stand eine Gesellschaft der kräftigsten Passagiere und beobachtete mit aufmerksamem Interesse diese Trümmer, die mindestens dreihundert Meilen von der nächsten Küste entfernt schwammen.

Inzwischen hatte der Great-Eastern nach dem fraglichen Gegenstand hingehalten; die Ferngläser richteten sich danach, und unter den Amerikanern und Engländern, denen jeder Vorwand hierzu gelegen ist, wurden Wetten über Wetten angeboten und abgeschlossen, deren Einsätze immer höher wurden, je näher wir kamen. Unter diesen engagiert Wettenden bemerkte ich auch einen schlank gewachsenen Mann, in dessen Physiognomie mir ein so entschiedener Zug widerwärtigster Falschheit auffiel, daß weder ein Physiognom noch ein Physiologe nur einen Augenblick hierüber im unklaren gewesen wäre. Das Auge schaute verwegen und doch zerstreut, die Stirn legte sich quer in eine eigentümliche Falte, die Brauen stießen fast aneinander, der Blick hatte einen wirklich grausamen Ausdruck; seine Schultern waren hoch, und den Kopf trug er etwas in den Nacken zurückgebogen. Kurz, alle Indizien einer seltenen Schurkerei und Unverschämtheit schienen in dieser Person ihre Vereinigung gefunden zu haben. Obgleich mir der Mann außerordentlich mißfiel, fragte ich mich doch unwillkürlich: »Wer mag das sein?« Ich beobachtete ihn und bemerkte, daß er laut und in einem Ton sprach, der eigentlich schon an sich etwas Beleidigendes hatte. Einige der würdigen Kumpane, die ihn umstanden, lachten über seine seichten Späße und entrierten bedeutende Wetten gegenüber seiner Behauptung, daß das vermeintliche Wrack ein Walfischrumpf sei.

Es wurde von seiner Seite jedesmal auf mehrere hundert Dollar pariert, und er verlor durchweg. Unser Steamer fuhr mit großer Schnelligkeit auf den betreffenden Gegenstand zu; wir erkannten in ihm einen Schiffsrumpf, und zwar einen seiner Masten beraubten Dreimaster, der auf der Seite lag; sein mit Kupfer beschlagener Kiel war mit Grünspan bedeckt, an seinen Rusten hingen zerrissene Püttinge, und sein Gehalt wurde auf fünf- bis sechshundert Tonnen geschätzt.

War dies Schiff von seiner Bemannung verlassen? Das war die Frage, oder um den englischen Ausdruck anzuwenden, »the great attraction« des Augenblicks. Hatten die Schiffbrüchigen sich vielleicht in das Innere des Wracks geflüchtet? Es zeigte sich keine menschliche Seele. Durch mein Fernglas glaubte ich jetzt zu erkennen, daß sich irgend etwas auf dem Vorderteil des Schiffes bewegte, aber gleich darauf sah ich, daß es ein Rest des Klüvers war, den der Wind hin und her trieb.

Endlich in einer halben Meile Entfernung wurden alle Einzelheiten des Rumpfes sichtbar; das Schiff war neu und in vollständig gut erhaltenem Zustand gewesen; seine Verladung, die unter dem Winde abgerutscht war, ließ es nach der Steuerbordseite hängen. Augenscheinlich hatten in einem sehr kritischen Moment seine Masten geopfert werden müssen.

Der Great-Eastern war jetzt nahe herangekommen und umkreiste das defekte Fahrzeug; er signalisierte seine Gegenwart durch zahlreiche Pfiffe, so daß die Luft förmlich davon zerrissen wurde, aber auf dem Wrack befand sich an den Seiten des Schiffes, und so weit das Auge den vom Horizont unbegrenzten Meeressaum überschauen konnte, auch nicht das Geringste in Sicht.

Ohne allen Zweifel hatte die Mannschaft Zeit gehabt, zu entkommen; hatte sie aber das dreihundert Meilen entfernte Land erreichen können? Konnten gebrechliche Kähne den Wogen widerstehen, die den Great-Eastern so arg hin und her warfen? Und wie lange Zeit war seit der Katastrophe verflossen? Konnte nicht auch der eigentliche Schauplatz des Schiffbruchs bei dem jetzt herrschenden Winde weiter im Westen sein? War dieser Rumpf nicht schon seit geraumer Zeit unter dem Einfluß aller möglichen Strömungen und Brisen herumgetrieben? Alle diese Fragen entzogen sich jeder Beantwortung.

Als unser Dampfer an dem Hinterteil des desolaten Fahrzeuges hinstrich, las ich deutlich auf seinem Spiegel den Namen »Lerida«, aber eine Bezeichnung seines Anlegehafens war nicht vorhanden. Die Matrosen an Bord erklärten, daß seine erhabene Form und das eigentümliche Überschießen des Vorderstevens auf einen amerikanischen Bau schließen lasse.

Ein Kauffahrtei- oder Kriegsschiff hätte nicht gezögert, den Rumpf mit seiner jedenfalls sehr wertvollen Ladung zu bemannen, da die Seegesetze unter solchen Umständen den Bergern ein Drittel des Wertes zusprechen, aber der Great-Eastern hatte einen regelmäßigen Dienst zu versehen und konnte deshalb nicht einige tausend Meilen weit dieses Wrack ins Schlepptau nehmen; ebenso unmöglich war es, noch einmal umzukehren und es in einen sicheren Hafen zu geleiten. Man mußte das Schiff, zum großen Bedauern der Matrosen, seinem Schicksal überlassen, und bald sah man nichts weiter von ihm, als einen großen, schwarzen Punkt am Horizont, der kleiner und kleiner wurde und nach und nach ganz verschwand. Die Passagiere gingen teilweise in die Säle, teilweise in ihre Kajüten zurück, und konnten nicht einmal durch die Lunchtrompete aus ihrem Schlaf oder aus der tiefen Niedergeschlagenheit der Seekrankheit erweckt werden.

Gegen zwölf Uhr ließ Kapitän Anderson die beiden Focksegel und das Besansegel beisetzen, und das so besser geschützte Schiff fuhr jetzt ruhiger. Die Matrosen machten auch einen Versuch, das auf seinem Giekbaum eingerollte Briggsegel nach einem neuen System aufzustellen, aber es war dies jedenfalls »zu neu«, denn es gelang absolut nicht, das Segel auf diese Weise nutzbar zu machen, und so blieb es die ganze Reise über ungebraucht.

Zehntes Kapitel

Das Leben an Bord und physiognomische Studien mit Randglossen von Doktor Pitferge

Trotz der unregelmäßigen Bewegungen des Dampfers organisierte sich bald das Leben an Bord, und dies ist bei den Angelsachsen nicht gerade schwierig. Der Engländer sieht das Schiff als seine Wohnung, seine Straße, sein Geschäftslokal an, das sich mit ihm von der Stelle bewegt, er fühlt sich zu Hause, während man jedem Franzosen sofort ansieht, daß er reist.

Wenn das Wetter schön war, promenierte eine große Gesellschaft auf den Boulevards, und all diese Spaziergänger, die trotz der Bewegungen des Rollens ihre senkrechte Stellung beibehielten, sahen aus wie Betrunkene. Wenn die weiblichen Passagiere nicht auf das Verdeck stiegen, blieben sie in ihren Privatzimmern oder im Saal, von wo dann geräuschvolle Klaviermusik ertönte. Noch muß ich bemerken, daß diese Instrumente hier auf hoher See so hohl klangen, daß selbst das Talent eines Liszt ihnen nicht rein klingende Harmonien entlockt hätte. Der Baß versagte, wenn sich das Piano backbordwärts neigte, und die hohen Töne klangen jammervoll, sowie sich das Instrument nach dem Steuerbord bog. Um die hierdurch notwendig entstehenden Lücken und Disharmonien kümmerten sich die angelsächsischen Ohren jedoch äußerst wenig. Unter all diesen Klaviervirtuosen fiel mir eine große, starkknochige Frau auf, die als ausgezeichnete Pianistin galt. Um sich die Lektüre ihres Musikstücks zu erleichtern, hatte sie alle Noten wie auch die Tasten des Klaviers mit entsprechenden Nummern versehen, war die Note mit siebenundzwanzig numeriert, so schlug sie die Taste siebenundzwanzig an, war es Note dreiundfünfzig, Taste dreiundfünfzig, ohne sich auch nur im geringsten um den Lärm der anderen Klaviere, die in den Nebensälen erklangen, noch um sonstige Störungen zu kümmern. Sie hatte sogar nichts dagegen, wenn die eigensinnigen Kinder auf den von ihr gerade nicht benutzten Oktaven mit den Fäusten herumhämmerten.

Während dieses Konzerts nahmen die Nebenstehenden aufs Geratewohl hier und da umliegende Bücher und lasen auch wohl eine besonders interessante Stelle vor, die die lauschenden Zuhörer dann mit wohlgefälligem Gemurmel begrüßten. Auf den Sofas trieben sich gewöhnlich eine Masse jener amerikanischen und englischen Zeitungen herum, die immer schon alt aussehen, obgleich sie fast nie aufgeschnitten werden. Es ist höchst lästig, diese Blätter, mit denen man eine Fläche von mehreren Quadratmetern bedecken könnte, auseinanderzufalten, aber das Aufschneiden ist eben nicht Usus, und so unterbleibt es. Eines Tages hatte ich es wirklich über mich vermocht, unter diesen erschwerenden Umständen den »New-York Herald« zu Ende zu lesen, und wie wurde ich dafür belohnt, als ich zur Rubrik »Personal« kam? »Herr X . . . bittet hiermit das hübsche Fräulein Z . . ., dem er gestern im Omnibus der fünfundzwanzigsten Straße begegnete, ihn morgen im Hotel St. Nicolaus, Zimmer Nr. 17, aufzusuchen; er wünscht sich mit ihr über Heirat und Liebe zu unterhalten.« Ob das hübsche Fräulein Z . . . auf diese Offerte eingegangen ist, verlangte mich sehr wenig zu wissen.

Ich brachte den ganzen Nachmittag beobachtend und plaudernd im großen Saal zu, und diese Unterhaltung muß wohl nicht uninteressant gewesen sein, denn auch Freund Pitferge gesellte sich zu mir.

»Haben Sie sich von ihrem Falle erholt?« fragte ich ihn.

»Vollständig«, lautete die Antwort, »aber er kommt nicht vorwärts.«

»Wer? Sie vielleicht?«

»Nein, unser Steamer; die Kessel der Schraube arbeiten schlecht, und so können wir nicht genug Druck gewinnen.«

»Sie sind wohl sehr pressiert, in New-York anzukommen?«

»Durchaus nicht; ich sehe die Sache nur vom Standpunkt des Maschinenbauers an. Was mich betrifft, so werde ich sehr bedauern, so bald schon von dieser Vereinigung von Originalen Abschied nehmen zu müssen, die der Zufall zu meinem Amüsement hier an Bord zusammengewürfelt hat.«

»Originale?« rief ich erstaunt, indem ich mir die Gesellschaft im Saale ansah; »all diese Leute sehen ja aus, wie in derselben Form gebacken!«

»Bah!« meinte der Doktor, »man sieht sofort, daß Sie hier niemanden kennen. Die Spezies ist dieselbe, das will ich zugeben, aber in dieser Spezies – wie viel Abarten! Betrachten Sie sich gefälligst dort unten auf den Diwans diese Gruppe ungeniert ausgestreckter Männer mit den Hüten auf dem Hinterkopf. Das sind Yankees reinster Rasse aus den kleinen Staaten Maine, Vermont oder Connecticut, einsichtsvolle, tätige Menschen sonst, obgleich sie sich etwas zu sehr von den Reverends beeinflussen lassen und es nicht genau damit nehmen, das Taschentuch beim Niesen vorzuhalten. Nun, mein lieber Herr, es sind richtige Sachsen und demzufolge gewandte, gewinnsüchtige Naturen! Wenn man zwei Yankees in ein Zimmer schließt, kann man sich darauf verlassen, daß nach einer Stunde jeder dem andern mindestens zwei Dollars abgewonnen hat.«

»Ich will Sie in dieser Sache nicht weiter um das ›Wie‹ fragen«, erwiderte ich lachend, »können Sie mir aber vielleicht sagen, wer dort der kleine Mann mit den etwas zu kurzen Beinkleidern und dem langen Überrock ist, dessen Nase so auffallend an den Mond im ersten Viertel erinnert?«

»Ein protestantischer Geistlicher und sehr *considerabler* Mann aus Massachusetts. Er will sich seine Frau, eine ehemalige Erzieherin, holen, die höchst vorteilhaft in einem berühmten Prozesse kompromittiert worden ist.«

»Und der große melancholische; er scheint in tiefe Berechnungen versunken zu sein?«

»Sie haben sich nicht getäuscht, er rechnet allerdings, und zwar ist dies seine stehende Beschäftigung; er rechnet fortwährend.«

»Exempel und Aufgaben?«

»Nein, er berechnet sein Vermögen – übrigens ein sehr *considerabler* Mann – er weiß in jedem Augenblick bis auf den Centime, was er besitzt, obgleich er reich ist; ein ganzes Stadtviertel von New-York ist auf seinem eigenen Grund und Boden erbaut. Vor einer Viertelstunde hatte er $1\,625\,367\,^1/_2$ Dollars, jetzt aber hat er nur noch $1\,625\,367\,^1/_4$ Dollars.«

»Wie kommt das?«

»Weil er soeben eine Zigarre zu dreißig Sols geraucht hat.«

Doktor Dean Pitferge unterhielt mich mit seinen schlagfertigen Antworten so ausgezeichnet, daß ich mich beeilte, ihm noch weitere Fragen vorzulegen. Ich wies auf eine andere Gruppe, die sich in einer entfernten Ecke des Saales niedergelassen hatte.

»Das sind Leute aus dem Far-West«, berichtete Pitferge. »Der eine, der sieht ungefähr aus, wie ein Kanzleirat, ist ein sehr *considerabler* Mann, Gouverneur der Chicagoer Bank; er trägt fortwährend ein Fotografie-Album unter dem Arm, das die Hauptansichten seiner Heimatstadt enthält, auf die er sehr stolz ist. Und was wollen Sie? Der Mann hat recht. Im Jahre 1836 wurde Chicago in einer Wüste gegründet, und jetzt zählt es 400000 Seelen – inklusive der seinen natürlich. Neben ihm sehen Sie ein kalifornisches Ehepaar; die junge, zarte Frau ist ganz allerliebst. Der Herr Gemahl, jetzt allerdings ein wenig überlackiert, ist vor Zeiten als Bauernknecht hinter dem Pfluge hergegangen, bis er auf den Gedanken kam, die Goldgeschiebe zu bearbeiten. Man kann nicht anders sagen, als daß er . . .«

»Ein sehr *considerabler* Mann ist«, fiel ich ihm ins Wort.

»Das versteht sich!« bekräftigte der Doktor ohne jede Empfindlichkeit; »seine Aktiva beziffern sich nach Millionen.«

»Und jenes große Individuum, das, wie ein Chinese an der Uhr, seinen Kopf immer auf und nieder bewegt?«

»In dieser Persönlichkeit habe ich die Ehre, Ihnen den berühmten Universal-Statistiker Cokburn aus Rochester vorzustellen«, versetzte Pitferge, nicht ohne einen gewissen triumphierenden Ton in seiner Stimme; »er hat alles gewogen, alles gemessen, alles quantitativ bestimmt und alles berechnet. Fragen Sie ihn, wieviel Brot ein fünfzigjähriger Mann in seinem Leben aufgezehrt, oder wieviel Kubikmeter Luft er geatmet hat, und er wird Ihnen die Antwort nicht schuldig bleiben. Er weiß Ihnen zu sagen, wieviel Quartbände von den Worten eines Advokaten am Temple-Bar gefüllt werden würden, und wieviel Meilen ein Briefträger täglich macht, erstens alles in allem, und dann, wenn er nur Liebesbriefe austrägt. Er wird Ihnen angeben, wieviele Witwen pro Stunde über die Londoner Brücke gehen, und auf das Genaueste berechnen, welche Höhe eine Pyramide erreicht, die aus den im Lauf eines Jahres in der Union verzehrten Butterbroten gebaut wird . . .«

Ohne allen Zweifel wäre der unerschöpfliche Doktor noch eine geraume Zeit in diesem Ton fortgefahren, aber andere Reisende zogen an unseren Augen vorüber und lenkten seine erklärenden Anmerkungen auf andere Bahnen.

»Wieviel verschiedene Typen unter dieser Menge von Passagieren! Und doch keine einzige nichtssagende Physiognomie unter allen, denn eine Reise wie diese macht niemand ohne tieferen Beweggrund und kompliziertere Lebensschicksale. Die meisten werden wohl von dem Verlangen getrieben, sich auf amerikanischem Boden Vermögen zu erwerben, und vergessen dabei, daß ein rechter Yankee schon mit dem zwanzigsten Jahre seine Stellung gegründet hat, und sich mit fünfundzwanzig Jahren schon zu alt vorkommt, um den Kampf ums Dasein aufzunehmen.«

Unter diesen Abenteurern, Erfindern und Glücksrittern zeigte mir Dean Pitferge einige, die sofort mein Interesse erweckten. Hier erblickte ich einen gelehrten Chemiker, einen Rivalen Liebigs, der da behauptete, den ganzen Nährstoff eines ausgewachsenen Ochsen in eine Extrakttafel von der Größe eines Fünffrankenstücks kondensieren zu können; er ging mit der Absicht nach Amerika, aus den Wiederkäuern der Pampas Kapital zu schlagen. Dort sah ich den Erfinder eines tragbaren Motors, der da eilte, sein Patent auf eine Pferdekraft im Gehäuse einer Taschenuhr in Neu-England auszubeuten. Ein Franzose aus der Rue Chapon transportierte 30000 Puppen von Papiermaché hinüber, die mit sehr gelungenem, amerikanischem Akzent »Papa« sagten; er zweifelte keinen Augenblick daran, daß sie ihn zum reichen Manne machen würden.

Und wieviele interessante Persönlichkeiten boten sich noch außer diesen Originalen dar, deren Pläne und abenteuerliche Absichten in tiefes Dunkel gehüllt waren. Flüchtete hier ein Kassierer vor seinem leeren Geldschrank? Er ging vielleicht arglos mit dem neuerworbenen Freunde, einem verkappten »Detektiv«, umher, der ihn bei der Ankunft in New-York sofort verhaften würde. Wahrscheinlich befanden sich unter der Menge auch die berüchtigten Vermittler von höchst zweideutigen Geschäften, die allezeit leichtgläubige Aktionäre finden, auch wenn ihre fingierten Gesellschaften die wunderbarsten Namen führen, wie: »Ozeanische Gesellschaft für Gaserleuchtung in Polynesien«, oder »Allgemeine Gesellschaft für unverbrennbare Kohlen«.

In diesem Augenblick wurde meine Aufmerksamkeit von einem jungen Paar angezogen, das augenscheinlich unter dem Eindruck der größten Langeweile zu stehen schien.

»Peruaner, lieber Herr«, erklärte mein Cicerone, »die jungen Leute sind seit einem Jahr verheiratet und haben seitdem ihr Eheglück in aller Herren Länder spazierengeführt. Sie verließen am Hochzeitsabend Lima, haben sich dann in Japan angebetet und vergöttert, in Australien geliebt, in Frankreich ertragen, in England gestritten und werden sich aller Wahrscheinlichkeit nach in Amerika scheiden lassen.«

»Und wer ist jener schlank gewachsene Mann mit dem etwas hochmütigen Gesicht, der gerade jetzt eintritt? Nach seinem kühn gedrehten Schnurrbart würde ich ihn für einen Offizier halten.«

»Er ist Mormone«, antwortete der Doktor, »ein Elder, Mr. Hatch, und Prediger in der Stadt der Heiligen. Welch schöner Menschenschlag! Sehen Sie das stolze Auge, die edle Physiognomie, und vergleichen Sie seine prächtige Haltung mit dem Gebahren dieser Yankees. Mr. Hatch kommt aus Deutschland und England zurück, wo er den Mormonismus mit Erfolg gepredigt hat; die Sekte hat in Europa eine große Zahl Anhänger, denen sie gestattet, nach den Gesetzen ihres Landes zu leben.

»Jedenfalls ist ihnen in Europa die Polygamie untersagt«, bemerkte ich.

»Natürlich, lieber Herr; glauben Sie übrigens nicht, daß für die Mormonen die Polygamie obligatorisch ist. Brigham Young besitzt einen Harem, weil ihm das eben konveniert, aber bei weitem nicht alle seine Verehrer an den Ufern des Salzsees ahmen ihn nach.«

»Wirklich? Und Mr. Hatch?«

»Mr. Hatch hat nur eine Frau und scheint zu finden, daß er reichlich genug an ihr hat. Er beabsichtigt übrigens, der Schiffsgesellschaft sein System an einem der nächsten Abende zu entwickeln.«

»Er wird ein zahlreiches Auditorium finden«, bemerkte ich.

»Das ist sehr mögich«, bestätigte Pitferge, »wenn ihm nämlich das Spiel nicht viel Zuhörer entzieht. Bekanntlich wird in einem Zimmer des Vorderdecks Bank gelegt, und zwar, wie es scheint, von einem Engländer mit so gemeinem, widerwärtigem Gesicht, wie mir's nicht leicht vorgekommen ist. Auch steht der Kerl in einem ganz abscheulichen Ruf; haben Sie ihn noch nicht bemerkt?«

Nachdem der Doktor seiner Schilderung einige Einzelheiten hinzugefügt hatte, glaubte ich den unangenehmen Menschen wiederzuerkennen, der mir heute morgen durch seine unsinnigen Wetten aufgefallen war; meine Diagnose hatte mich also nicht getäuscht. Dean Pitferge teilte mir noch mit, daß er sich Harry Drake nenne, ein Kaufmannssohn aus Kalkutta sei, und die liebenswürdigen Eigenschaften eines Raufbolds, Wüstlings und Spielers von Profession in sich vereinige. Er scheine seinen nahezu ruinierten Verhältnissen demnächst durch ein abenteuerliches Leben in Amerika aufhelfen zu wollen.

»Leute solcher Art finden immer ihre Kreise«, fuhr Pitferge fort, »und dieser hier hat schon seine Gesellschaft von Schuften um sich versammelt und bildet ihr würdiges Zentrum. Unter dieser Clique ist besonders ein kleiner, untersetzter Mann mit rundem Gesicht, wulstigen Lippen, gekrümmter Nase und goldner Brille auffallend; es scheint ein deutsch-französischer Jude zu sein, der sich den Titel Doktor zulegt und, wie er sagt, nach Quebeck reist. Ich muß gestehen, daß er mir wie ein Schwindler der niedersten Sorte vorkommt.«

In diesem Augenblick berührte mich Dean Pitferge, der leicht von einem Gegenstand zum andern übersprang, mit dem Ellenbogen; ich sah nach der Saaltür und bemerkte einen jungen Mann, der eine junge Dame von etwa siebzehn Jahren am Arm führte.

»Wohl jung verheiratet?« fragte ich.

»Nein«, lautete die leise, in fast zärtlichem Ton gesprochene Antwort, »es ist ein verlobtes Paar, das nur die Ankunft in Amerika abwartet, um sich für immer anzugehören. Sie haben beide soeben – natürlich mit Genehmigung der Familie – eine Rundreise durch Europa gemacht, und kehren mit dem glücklichen Bewußtsein zurück, daß sie ihr größtes Glück in der Vereinigung für dieses Leben finden werden. Ein herrliches Paar! Es ist ein wahres Vergnügen, sie anzuschauen. Oft sehe ich, wie sie sich über das Shine-Light der Maschine neigen und die Radumdrehungen zählen, die ihnen immer nicht rasch genug sind. Freilich, wenn unsere Dampfkessel so glühend geheizt würden, wie diese beiden jungen Herzen, das würde den Druck nicht wenig steigern!«

Elftes Kapitel

Fabian schaut in das Kielwasser

Noch an demselben Tage, um halb ein Uhr, heftete ein Untersteuermann folgende Notiz an die Tür des großen Saales:

Lat. 51° 15' N.
Long. 18° 13' W.
Dist.: Fastenet, 323 miles.

Dies bedeutete, daß wir uns um zwölf Uhr 323 Meilen von dem Leuchtfeuer zu Fastenet (dem letzten, das uns von der irländischen Küste gegrüßt hatte) befunden, und 51° 15' nördl. Br., 18° 13' westl. L. von dem Meridian von Greenwich gerechnet, passiert hatten. Auf solche Weise pflegte der Kapitän sein Besteck mitzuteilen, und die Passagiere lasen täglich die betreffende Notiz an derselben Stelle. Wenn man diese Angaben auf der Karte eintrug, konnte man dem Kurs des Great-Eastern genau folgen. Bisher hatte er nur 323 Meilen in sechsunddreißig Stunden gemacht, was als durchaus ungenügend erklärt wurde, da ein tüchtiges Paketboot in vierundzwanzig Stunden nicht weniger als 300 Meilen durchläuft.

Nachdem ich mich von dem Doktor getrennt hatte, war ich den übrigen Teil des Tages mit Fabian zusammen. Wir hatten uns auf das Hinterteil geflüchtet, um dort »auf dem Felde« spazierenzugehen, wie Pitferge sich auszudrücken beliebte. Von hier aus betrachteten wir, einsam an dem Backbord lehnend, das weite Meer. Penetrante, im Sprühregen der Wogen destillierte Gerüche stiegen bis zu uns empor; kleine, durch gebrochene Strahlen hervorgezauberte Regenbogen spielten durch den Schaum. Die Schraube brodelte vierzig Fuß unter uns, und wenn sie hervortauchte, schlugen ihre Flügel die Fluten mit größerer Wucht, und ihr Kupfer leuchtete hell auf. Das Meer floß in wundervoller, smaragdgrüner Färbung dahin; das flockige Kielwasser, in welchem das Sprudeln der Schraube und der Schaufeln verschmolz, zeichnete sich weithin, gleichsam eine lange Milchstraße bildend, ab. Dieses eigentümliche, flimmernde Weiß erschien mir wie ein ungeheurer, englischer Spitzenschleier auf blauem Grunde. Wenn die

Möwen mit ihren weißen, schwarz gerandeten Flügeln eilig darüber hinweghuschten, schillerte ihr Gefieder und leuchtete in raschem Reflex.

Fabian blickte in die Flut hinab, ohne ein Wort zu sprechen; was erschaute er in diesem flüssigen Spiegel, der jeder Fantasie, jedem Blick andere Bilder vorgaukelt? Sah er ein flüchtiges Bild, das ihm ein letztes Lebewohl zuwinkte? Gewahrte er einen in diesen Gegenströmungen ertränkten Schatten? Fabian erschien mir heute noch trüber gestimmt als gewöhnlich, ich wagte jedoch nicht, ihn um die Ursache seiner Traurigkeit zu befragen.

Nachdem wir so lange voneinander getrennt gewesen, war es an ihm, mir Vertrauen entgegenzutragen, und ich mußte seine Mitteilungen geduldig abwarten.

Er hatte mir von seinem Leben in Indien nur insofern erzählt, als es die Garnison, seine Jagden und Abenteuer betraf. Über Erlebnisse, die sein Geistes- oder Herzensleben tiefer angingen, hatte er bis jetzt gegen mich geschwiegen. Vielleicht gehörte er nicht zu denen, die ihre Schmerzen durch Mitteilung zu erleichtern suchen; solche Naturen pflegen aber nur um so mehr darunter zu leiden.

Wir standen noch immer über das Meer geneigt, und als ich mich umwandte, sah ich, wie die großen Räder unter der Wirkung des Rollens abwechselnd aus dem Wasser auftauchten.

»Es ist wirklich wunderhübsch, so ins Kielwasser zu schauen«, sagte plötzlich Fabian, nachdem wir eine Zeitlang geschwiegen hatten; »man sollte glauben, die Wallungen und Kreise gefielen sich darin, Buchstaben zu schlingen und zu bilden! Sieh doch! Immer wieder ein E und ein L? Täusche ich mich, oder findest du es auch? Nein, es waren jetzt richtig wieder dieselben Buchstaben! Immer dieselben!«

Ich merkte sehr wohl, daß Fabians überreizte Einbildungskraft in diesen gaukelnden Gegenströmungen gerade das sah, was er sehen wollte. Was aber konnten diese Buchstaben für ihn bedeuten? Welche Erinnerungen riefen sie in seinem Herzen wach? Er lehnte wieder eine Weile schweigsam über Bord, dann rief er in hastigem, abgebrochenem Ton:

»Komm fort! Dieser Abgrund zieht mich zu sich hinunter!«

»Was hast du, Fabian, was quält dich, mein guter, lieber Freund?« Und ich nahm seine beiden Hände in die meinen und schaute ihn besorgt an.

»Ich trage hier ein Leid mit mir herum«, rief er auf seine Brust zeigend, »ein Leid, an dem ich sterben muß.« Es klang wie verhaltenes Schluchzen aus seiner Stimme.

»Ein Leid? Und ohne Hoffnung auf Heilung?«

»Hoffnungslos!«

Und bevor ich noch ein Wort hinzufügen konnte, hatte er sich abgewandt und stieg in den Saal hinab, um in seine Kajüte zurückzukehren.

Zwölftes Kapitel

Corsicans Enthüllungen über Fabians Vergangenheit – Harry Drake

Am folgenden Morgen, wir hatten Sonnabend, den 30. März, war das Wetter schön und ruhig; eine schwache Brise hatte sich aufgemacht. Die kräftig geschürten Feuer steigerten den Druck; die Schraube lieferte sechsunddreißig Umdrehungen in der Minute, und die Schnelligkeit des Great-Eastern überstieg jetzt zwölf Knoten.

Der Wind hatte nach Süden umgesetzt, und der Obersteuermann ließ die beiden Focksegel und das Besansegel aufspannen. Das besser gestützte Steamschiff rollte jetzt gar nicht mehr. Durch den schönen, sonnenhellen Himmel angelockt, fanden sich auf den Boulevards bald Damen in frischen Toiletten und muntere Kinder ein. Die ersteren gingen spazieren, oder setzten sich – fast hätte ich gesagt »auf den schattigen Rasen unter die Bäume« –, und die letzteren nahmen ihre seit zwei Tagen unterbrochenen Belustigungen wieder auf. Fröhliche Knaben spielten im wilden Galopp Pferdchen, und wenn noch einige französische Soldaten mit den Mützen auf dem Hinterkopf und den Händen in den Taschen umhergeschlendert wären, hätte man sich auf einen französischen Promenadenplatz versetzt glauben können.

Um drei Viertel auf zwölf stiegen Kapitän Anderson und zwei Offiziere auf die Brücken; das Wetter war zu Beobachtungen sehr günstig, und sie wollten dies benutzen, um die Höhe der Sonne aufzunehmen. Jeder der Herren hielt einen Spiegelsextanten in der Hand, und von Zeit zu Zeit visierten sie den südlichen Horizont, nach welchem die geneigten Spiegel ihres Instruments das Tagesgestirn überführen sollten.

»Zwölf Uhr«, sagte bald darauf der Kapitän.

Sofort ließ ein Steuermann die Schiffsuhr schlagen, und alle Uhren an Bord wurden nach der Sonne reguliert, deren Meridian-Durchgang soeben aufgenommen war.

Eine halbe Stunde später las man an der Tür des großen Saales folgende Beobachtung:

Lat. 51° 10' N.
Long. 24° 13' W.
Course: 227 Miles. Distance: 550.

Wir hatten also seit dem gestrigen Tage um zwölf Uhr zweihundertsiebenundzwanzig Meilen zurückgelegt. In Greenwich war es in diesem Augenblick ein Uhr neunundvierzig Minuten, und der Great-Eastern befand sich fünfhundertundfünfzig Meilen von Fastenet. Das Wetter blieb andauernd heiter; alles leuchtete und glänzte bei dem Prangen der unverhüllten Sonne.

Diesen ganzen Tag bekam ich Fabian nicht zu Gesicht, und mehrmals näherte ich mich, von Besorgnis um ihn getrieben, seiner Kajüte und überzeugte mich, daß er dieselbe nicht verlassen hatte.

Wahrscheinlich war ihm das lebhafte Treiben auf dem Verdeck nicht angenehm, und er floh vor dem Tumult in die Einsamkeit seiner Kajüte. Ich traf jedoch seinen Freund, den Hauptmann Corsican, und ging etwa eine Stunde lang mit ihm spazieren. Es war viel unter uns von Fabian die Rede, und ich konnte mich nicht enthalten, dem Hauptmann zu erzählen, was sich gestern gegen Abend zwischen Mac Elwin und mir zugetragen hatte.

Corsican konnte bei meinen Worten nicht ganz seine Bewegung verbergen: »Vor noch nicht zwei Jahren hielt er sich für den glücklichsten Menschen auf der weiten Welt, und jetzt ist er der unglücklichste.«

Und nun teilte mir Archibald Corsican mit wenigen Worten mit, daß Fabian in Bombay die Bekanntschaft eines reizenden jungen Mädchens gemacht habe, dem er seine innige Liebe schenkte, und die ihn ebenso wiederliebte. Nichts schien sich einer Heirat der jungen Leute entgegenzustellen, als plötzlich ein anderer, vom Vater der Braut begünstigter Bewerber, der Sohn eines Geschäftsfreundes aus Kalkutta, auftauchte und den Sieg über Fabian davontrug. Nicht etwa, daß Liebe von seiten des Bräutigams oder gar der Braut mit ins Spiel gekommen wäre! Das Ganze wurde von allen Teilen als eine Geschäftssache betrachtet; Hodges, ein harter, wenig liebenswürdiger Mensch, befand sich gerade in einer sogenannten Geschäftsklemme, und hoffte, daß diese Heirat vieles wieder ins Geleise bringen würde. So opferte er ohne weitere Bedenken das Glück der Tochter seinen Vermögensinteressen, und das arme Kind konnte nicht widerstehen. Man gab ihre Hand einem Manne, der ihr zuwider war, und von dem sie sehr wahrscheinlich nicht einmal geliebt wurde; es war eben ein Geschäft, und noch dazu ein schlechtes Geschäft. Am Tage nach der Hochzeit verließ das junge Paar Bombay, und von dieser Stunde an hat Fabian, der vor Schmerz außer sich geriet und ernstlich erkrankte, den Gegenstand seiner Liebe niemals wiedergesehen.«

Als ich dies alles gehört hatte, begriff ich wohl, daß das Leiden, an dem mein Freund krankte, ein sehr schweres sein mußte.

»Wie war der Name jenes jungen Mädchens?« fragte ich.

»Ellen Hodges.«

Ellen! Dieser Name erklärte mir die Buchstaben, welche Fabian gestern im Kielwasser zu sehen glaubte.

»Und wie heißt der Gatte der armen Frau?«

»Harry Drake.«

»Drake!« rief ich überrascht; »aber dieser Mensch ist ja an Bord!«

»Harry Drake hier auf dem Great-Eastern?« wiederholte Corsican, indem er mich mit der Hand festhielt und mir ins

Gesicht schaute.

»Ja, allerdings.«

»Nun, so gebe der Himmel, daß er und Fabian sich nicht begegnen«, bemerkte der Hauptmann ernst. Glücklicherweise kennen sie einander kaum, oder vielmehr Fabian kennt Harry Drake nicht; er würde jedoch rasend werden, wenn man diesen Namen in seiner Gegenwart ausspräche.«

Ich erzählte nun Hauptmann Corsican, was ich von Harry Drake wußte, d.h. was mir der Doktor Dean Pitferge über ihn mitgeteilt hatte. Ich schilderte ihn als einen unverschämten Abenteurer und Skandalmacher, durch Spiel und Ausschweifungen ruiniert, und imstande, alles zu tun, um das Glück zu erjagen. In diesem Augenblick kam Harry Drake in unsere Nähe, und ich machte den Hauptmann auf ihn aufmerksam. In Corsicans Augen leuchtete es wild auf, und eine Zornesader schwoll auf seiner Stirn. Er wollte unwillkürlich eine drohende Gebärde gegen den Schurken machen, aber ich hielt ihn noch rechtzeitig hiervon zurück.

»Der Kerl hat die ausgeprägteste Galgenphysiognomie«, sagte er; »wohin reist er?«

»Man sagt nach Amerika, um dem Zufall abzutrotzen, was er durch Arbeit nicht erringen mochte.«

»Arme Ellen!« flüsterte der Hauptmann. »Wo ist sie in diesem Augenblick?«

»Vielleicht hat der Elende sie verlassen!«

»Wieso? Ist sie nicht mit an Bord?«

An diese Möglichkeit hatte ich noch nicht gedacht; ich wies den Gedanken indessen sofort zurück. Ellen konnte nicht unter den Passagieren sein; sie wäre dem forschenden Auge des Doktor Pitferge sonst nicht entgangen. Nein, gewiß; sie begleitete Drake auf dieser Reise nicht.

»Möchte Ihre Annahme richtig sein!« entgegnete Corsican; »der Anblick dieses armen, in so großes Elend gestürzten Opfers würde Fabian furchtbar ergreifen und könnte von den unberechenbarsten Folgen sein. Mac Elwin wäre ganz der Mann dazu, diesen Drake niederzuschlagen wie einen Hund. Da Sie wie auch ich Fabians Freund sind, möchte ich mir einen Vorschlag in dieser Angelegenheit erlauben. Wir wollen uns das

Wort darauf geben, ihn nie aus den Augen zu verlieren, so daß einer von uns immer bereit ist, zwischen ihm und seinem Nebenbuhler zu intervenieren. Sie werden mich verstehen, wenn ich sage, daß eine Begegnung mit den Waffen in der Hand zwischen diesen beiden Männern unter jeder Bedingung vermieden werden muß. Verbietet ja hier wie überall das Gesetz einer Frau, den Mörder ihres Gatten zu heiraten, mag diser auch noch so unwürdig gewesen sein.«

Ich begriff die Schlußfolgerung des Hauptmann Corsican sehr wohl; Fabian durfte hier nicht sein eigener Anwalt sein. Man mußte diesem »Vielleicht«, diesen möglicherweise kommenden Ereignissen aus weiter Ferne entgegensehen und sie in Berechnung ziehen. Eine Ahnung stieg in mir auf; konnte in diesem gemeinsamen Leben an Bord, bei diesen tagtäglich wiederkehrenden Begegnungen, die auffallende, lärmende Persönlichkeit Drakes meinem Freunde überhaupt entgehen? Mußte nicht im Lauf der Zeit ein Zufall, eine Einzelheit, ein ausgesprochener Name, ein Nichts vielleicht den verhängnisvollsten Zusammenstoß herbeiführen? Ach, wie sehr hätte ich den Lauf unseres Schiffes beschleunigen mögen! Bevor ich mich von dem Hauptmann Corsican trennte, versprach ich ihm, über unseren Freund zu wachen und Drake zu beobachten, den auch er seinerseits nicht aus dem Gesicht verlieren wollte.

Gegen Abend trieb der Südwestwind den Nebel auf dem Ozean dichter zusammen, und die tiefe Dunkelheit auf dem Meer kontrastierte eigenartig mit den glänzend erleuchteten Sälen, aus denen abwechselnd Romanzen und Walzer erschallten. Nach jeder Produktion ertönte lebhafter Applaus, der sich zu einem wahren Beifallssturm erhob, wenn der Possenreißer T... am Klavier saß und mit den Allüren eines Coupletsängers seine Lieder »abpfiff«.

Dreizehntes Kapitel

Ein Sonntag an Bord

Der 31. März war ein Sonntag. Wie wird dieser Tag an Bord vergehen, dachte ich; in England oder Amerika werden die *taps* und *bars* während der Stunde des Gottesdienstes geschlossen, das schon gezückte Messer des Fleischers zieht sich von dem Schlachtopfer zurück, das Backbrett des Bäckers zögert an der Tür zum Backofen, das Feuer erlischt in jeder Werkstätte, und der Rauch entströmt voller den Fabrikschornsteinen. Die Läden werden geschlossen, die Eisenbahnzüge gehemmt, und die Kirchentüren öffnen sich, alles gerade dem entgegen, wie in Frankreich der Sonntag begangen wird.«

Wir sollten den englischen Gebräuchen in dieser Beziehung huldigen; obgleich das Wetter prächtig und der Wind günstig war, ließ der Kapitän die Segel nicht aufhissen; man würde dadurch zwar einige Knoten weiter gekommen, aber es hätte als »improper« gegolten. Es war mir sehr angenehm, daß man wenigstens den Rädern und der Schraube gestattete, ihre gewöhnlichen Umdrehungen zu machen; als ich aber einen orthodoxen Puritaner nach der Ursache dieser Toleranz fragte, antwortete er ernst:

»Man muß Achtung haben, Herr, vor allem, was direkt von Gott kommt. Der Wind ist in seiner Hand, der Dampf aber in der Hand des Menschen!«

Ich mußte mich wohl oder übel mit diesem Grunde zufriedengeben und setzte meine Beobachtungen an Bord weiter fort.

Die ganze Mannschaft war in Sonntagskleidern, und ich wäre nicht in Erstaunen geraten, wenn man mir gesagt hätte, daß heute die Heizer im schwarzen Frack und weißer Weste arbeiteten. Die Offiziere und Ingenieure trugen Gala-Uniform, und das Schuhwerk leuchtete in britischem Glanz und wetteiferte mit den frischgeputzten Mützen. Es schien, als wenn sich alle mit Sternen chaussiert und coiffiert hätten. Kapitän und Obersteuermann gaben auch hierin das Beispiel; sie gingen neu behandschuht, militärisch glänzend und parfümiert auf den Stegen spazieren, indem sie die Stunde des Gottesdienstes erwarteten.

Das Meer war heute köstlich und lag in den Strahlen der ersten Frühlingssonne hell glitzernd vor uns; kein Segel war in Sicht, und so weit das Auge reichte, nahm der Great-Eastern das mathematische Zentrum des weiten Horizonts ein. Um zehn Uhr läutete die Glocke an Bord langsam und in regelmäßigen Zwischenräumen. Der Glöckner, ein Steuermann im Sonntagsstaat, erzielte eine Art regligiösen Wohlklanges, kaum erkannte man noch den metallisch schrillen Laut, mit dem die Schiffsglocke das Pfeifen der Kessel begleitete, wenn der Steamer inmitten der Nebel dahinfuhr. Unwillkürlich suchten die Augen den Dorfkirchturm, der so zur Messe rief.

Sofort erschienen zahlreiche Gruppen, sonntäglich geputzte Damen, Herren und Kinder an den Türen der Schanzläufer des Vorder- und Hinterteils. Die Boulevards füllten sich, und die Spaziergänger tauschten diskrete Grüße untereinander aus. Ein jeder hielt sein Gebetbuch in der Hand und wartete, bis das letzte Glockenzeichen den Beginn des Gottesdienstes verkündete. Eine Menge Bibeln wurden auf den Präsentierbrettern, auf denen sonst die Sandwiches* aufgetürmt lagen, herbeigebracht und auf den Tischen des Betsaales verteilt.

Das große Speisezimmer des Hinterdecks erinnerte durch seine Länge und Regelmäßigkeit an das Hotel des Finanzministeriums in der Rivolistraße. Als ich eintrat, fand ich die Gläubigen schon zahlreich versammelt, und unter allen Anwesenden herrschte tiefes Schweigen. Am hinteren Ende des Saales befanden sich die Offiziere und in ihrer Mitte der Kapitän Anderson. Mein Freund Dean Pitferge hatte den Platz neben mir eingenommen; seine lebhaften, kleinen Augen liefen unaufhörlich über die ganze Gesellschaft hin, und ich behauptete kühn, daß er sich mehr aus Neugierde, denn aus Frömmigkeit hier eingefunden hatte.

Um halb elf Uhr erhob sich der Kapitän und begann den Gottesdienst; er las in englischer Sprache ein Kapitel aus dem Alten Testament und zwar das zehnte des Exodus. Nach jedem Vers murmelten die Anwesenden den folgenden Vers, und

---
*Eine Art Butterbrote.

man konnte unter den vielen Stimmen deutlich den hellen Ton der Kinder, den Mezzosopran der Frauen und den Bariton der Männer unterscheiden. Dieser biblische Dialog währte etwa eine halbe Stunde und vollzog sich mit ruhigem Ernst und einfacher Würde. Der Kapitän, als erster Gebieter hier nächst Gott, hatte ein Recht auf die Achtung selbst des Gleichgültigsten aus der Versammlung und war wohl geeignet, dieser Menge gegenüber, die auf unermeßlichen Abgründen schwebte, die Funktionen eines Geistlichen zu verrichten. Die Feier würde einen durchaus günstigen Eindruck hinterlassen haben, wenn sie sich hierauf beschränkt hätte, aber als der Kapitän schloß, nahm ein Redner seine Stelle ein, der sich von Leidenschaft und Heftigkeit hinreißen ließ, wo Duldung und Sammlung geboten waren.

Es war dies der bereits erwähnte intrigante, kleine Yankee, einer jener Geistlichen, deren Einfluß in den Staaten Neu-Englands so groß ist. Seine Predigt lag, wie man sofort merkte, durchgearbeitet und auswendig gelernt in seinem Kopfe vor, und er ergriff mit einer gewissen aufdringlichen Dreistigkeit diese Gelegenheit, um sie an den Mann zu bringen. Der liebenswürdige Yorick hätte es jedenfalls genau ebenso gemacht. Ich schaute zum Doktor Pitferge hinüber, aber er hatte keine Miene verzogen und schien entschlossen, das Feuer der Rede über sich ergehen zu lassen.

Der Geistliche knöpfte gravitätisch seinen Rock zu, legte den seidenen Hut auf den Tisch, zog sein Taschentuch hervor, mit dem er leicht seine Lippen berührte, überflog mit einem schnellen Blick die Versammlung und begann:

»Im Anfange schuf Gott Amerika in sechs Tagen und ruhte am siebenten.«

Hierauf zog ich es vor, mich zur Tür hinauszumachen.

Vierzehntes Kapitel

Die schwarze Dame

Während des Lunch teilte mir Dean Pitferge mit, daß der Reverend seinen Text herrlich entwickelt habe. Sowohl die unterseeischen Torpedos, wie die Kriegswidder, Monitors und gepanzerten Forts hatten in seiner Rede manövriert, und er selbst sich mit der ganzen Größe Amerikas breit gemacht. Wenn es Amerika gefällt, so gepriesen zu werden, hülle ich mich in bescheidenes Schweigen.

Als ich zum nächsten Mal den großen Saal betrat, las ich folgende Notiz:

Lat. 50° 8' N.
Long. 30° 44' W.
Course: 255 miles.

Immer das gleiche Resultat; wir hatten bis jetzt erst 1100 Meilen zurückgelegt inklusive der dreihundertundzehn Meilen, die Fastenet von Liverpool trennen; es war dies ungefähr ein Drittel der Reise. Den ganzen Tag verharrten männliche und weibliche Passagiere wie auch Offiziere und Matrosen in derselben Ruhe, wie Gott der Herr nach Erschaffung Amerikas. Nicht ein einziges Klavier ertönte in den Sälen, und weder Schachfiguren noch Karten verließen heute ihre Futterale; der Spielsaal lag gänzlich verödet. An diesem Tage hatte ich Gelegenheit, mein Original, Doktor Dean Pitferge dem Hauptmann Corsican vorzustellen; letzterer unterhielt sich ausgezeichnet bei Mitteilung der Geheimchronik unseres Steamers. Es kam Pitferge darauf an, zu beweisen, daß der Great-Eastern ein bezaubertes und verdammtes Schiff sei, das auf irgendeine verhängnisvolle Weise Unglück haben müsse. Die Sage von dem zusammengeschweißten Maschinenbauer gefiel Corsican ganz besonders, aber obgleich er als Schotte sehr für alles Wunderbare schwärmte, konnte er doch ein ungläubiges Lächeln nicht unterdrücken.

»Ich sehe«, hub Doktor Pitferge an, »daß Herr Hauptmann Corsican der Wahrheit meiner Aussagen nicht unbedingt traut.«

»Nicht unbedingt? Das wäre schon viel behauptet!« versetzte Archibald.

»Werden Sie vielleicht mehr Glauben in meine Worte setzen, wenn ich Ihnen auf das Bestimmteste versichere, daß es in jeder Nacht auf diesem Schiffe spukt?« fragte der Doktor plötzlich in ernsterem Tone.

»Wie?« rief Corsican, »also auch Gespenster mischen sich in diese Unglücksgeschichten? Sie wollen doch nicht behaupten, daß Sie solchen Unsinn wirklich für wahr halten?«

»Ich halte für wahr, was mir glaubwürdige Leute erzählen, und die Aussagen mehrerer wachhabender Offiziere und Matrosen stimmen darüber überein, daß eine vage Gestalt, ein dunkler Schatten, in tiefster Nacht hier auf und nieder geht. Wie er hierher kommt? Niemand weiß es, und ebenso wenig kann sich irgend jemand erklären, wie er wieder verschwindet.«

»Beim heiligen Dunstan!« rief der abenteuerlustige Offizier, »ich schlage vor, daß wir dem Gespenst nachspüren.«

»Heute nacht?« fragte Pitferge.

»Wenn es Ihnen recht ist, schon diese Nacht«, antwortete der Hauptmann. »Wollen Sie uns dabei Gesellschaft leisten, mein Herr?« wandte er sich an mich.

»Ich danke«, erwiderte ich; »man soll das Inkognito so geheimnisvoller Wesen nicht stören. Übrigens nehme ich an, daß unser Herr Doktor zu scherzen beliebt.«

»Ich denke nicht daran, zu scherzen«, rief der starrköpfige Pitferge.

»Beantworten Sie mir eine Frage, Doktor; glauben Sie wirklich an die Toten, die hier nachts auf dem Verdeck spazierengehen sollen?«

»Ich glaube, daß die Toten auferstehen«, entgegnete Pitferge, »und das mag um so wunderbarer klingen, als ich Arzt bin.«

»Wie, Arzt?« wiederholte erschrocken Hauptmann Corsican und fuhr, wie von einer Natter gestochen, zurück.

»Beunruhigen Sie sich nicht weiter, Hauptmann«, erwiderte liebenswürdig lächelnd der Doktor, »auf der Reise praktiziere ich nicht. –«

Fünfzehntes Kapitel

Schnellere Fahrt – Unser Brautpaar

Am folgenden Morgen, dem ersten Apriltage, lag das Meer unter den Strahlen der Sonne wie eine grünende Wiese vor uns. Die Wogen glitten weich und schmeichelnd dahin, und in dem milchweißen Kielwasser hüpften Delphine umher wie muntere Clowns.

Als ich dem Hauptmann Corsican begegnete, teilte er mir mit, daß das vom Doktor angekündigte Gespenst die vergangene Nacht nicht zu erscheinen geruht hätte; vielleicht war ihm die Finsternis nicht dicht genug gewesen. Mir kam der Gedanke, ob diese ganze, sonderbare Geschichte nicht vielleicht auf eine Mystifikation Pitferges hinausliefe, denn solche Scherze sind in England und Amerika am 1. April an der Tagesordnung. Auch auf dem Schiffe fehlte es nicht an Spaßvögeln und Foppern, wie andererseits an Genarrten; einige lachten, andere wurden böse; ja, es fielen sogar hier und da ziemlich handfeste Faustschläge. Da diese aber unter Angelsachsen niemals Schwertschläge nach sich ziehen (in England wird bekanntlich das Duell äußerst streng geahndet), gingen diese »Reibungen« ohne weitere Folgen vorüber. Nicht einmal Offiziere oder Soldaten dürfen einen Zwist im Zweikampf ausfechten, unter welchem Vorwand dies auch geschehen möge; der Mörder wird unter solchen Verhältnissen zu den entehrendsten Strafen verurteilt, und ich erinnere mich, daß der Doktor mir einen Offizier namentlich aufführte, der bereits zehn Jahre im Bagno schmachtet, weil er seinen Gegner in ganz loyalem Zweikampf tötlich verwundet hatte. Bei diesen übertriebenen Gesetzen ist es leicht begreiflich, daß das Duell gänzlich aus dem britischen Leben verschwunden ist.

Bei dem heutigen hellen Wetter ging die Mittagsbeobachtung sehr gut vonstatten. Sie ergab als Breite 48° 47', als Länge 36° 48', und als vom Great-Eastern zurückgelegte Strecke nur zweihundertundfünfzig Meilen. Der mittelmäßigste transatlantische Dampfer hätte das Recht gehabt, uns seine Bugsierleine anzubieten. Dem Kapitän Anderson war dies im höchsten Grade fatal; der Ingenieur schrieb der ungenügenden Ventilation der Kessel diesen Mangel an Druck zu, und ich war der Ansicht, daß der kleine Durchmesser der Räder, den man unvorsichtigerweise verringert hatte, an der langsamen Bewegung des Dampfschiffes schuld war.

Wir begannen jedoch an diesem Tage schneller von der Stelle zu kommen, was mir zuerst durch unser junges Brautpaar kundgetan wurde, das fröhlich flüsternd an den Steuerbordverschanzungen lehnte und lächelnd nach den Auslaßrohren schaute, die sich längs der Schornsteine erhoben und aus deren Mündung ein leichter, weißer Rauch emporwallte. Der Druck in den Dampfkesseln der Schraube war gestiegen, und die mächtige Kraft, von einundzwanzig Pfund pro Quadratzoll, überwältigte das Gewicht der Ventile. Es war erst ein schwacher Hauch, ein leises Wehen und Atmen, aber die jungen Leute verzehrten es förmlich mit ihren Blicken. Denis Papin konnte nicht glücklicher gewesen sein, als er sah, daß sich der Deckel seines berühmten Fleischtopfes zu heben und zu senken begann.

»Sie rauchen! Jetzt rauchen sie wirklich!« rief die junge Miß jubelnd.

»Laß uns die Maschine ansehen!« schlug der junge Mann vor, indem er den Arm der Braut in den seinigen legte.

Dean Pitferge war zu mir herangetreten; wir folgten dem jungen Pärchen bis zum großen Gesellschaftssaal.

»Wie schön sie ist, die Jugend!« begann er wieder.

»Ja«, antwortete ich; »die Jugend zu zweien nämlich!«

Bald standen auch wir an das Shine-Light der Schraubenmaschine gelehnt; da bemerkten wir im Grunde des tiefen Raumes, etwa sechzig Fuß unter uns, die vier langen, horizontalen Pleuelstangen, die aufeinander zuzustürzen schienen und sich bei jeder Bewegung mit einem Tropfen Öl anfeuchteten.

Der junge Mann hatte indessen seine Uhr hervorgezogen, und das an seiner Schulter lehnende junge Mädchen folgte mit gespanntem Auge dem Sekundenzeiger. Während sie beobachtete, zählte ihr Geliebter die Umdrehungen der Schraube.

»Eine Minute!« sagte sie jetzt.

»Siebenunddreißig Umdrehungen!« konstatierte der junge

Mann.

»Siebenunddreißig und eine halbe«, berichtigte der Doktor, der den Vorgang kontrolliert hatte.

»Und eine halbe!« rief die junge Miß; »hörst du, Edward? Danke herzlich«, fügte sie, zum würdigen Pitferge gewandt, höflich hinzu, indem sie ihm mit dem holdesten Lächeln lohnte.

Sechzehntes Kapitel

Abendunterhaltung und musikalische Soirée

Als ich wieder den großen Saal betrat, bemerkte ich folgendes Programm, das an der Tür befestigt war:

This night
First Part

Ocean Time	Mr. Mac Alpine
Song: Beautiful isle of the sea	Mr. Ewing
Reading	Mr. Affleet
Piano solo: Chant du berger	Mrs. Alloway
Scotch song	Doktor T.

Intermission of ten minutes
Part Second

Piano solo	Mr. Paul V.
Burlesque. Lady of Lyons	Doktor T.
Entertainment	Sir James Anderson
Song: Happy moment	Mr. Norville
Song: You remember	Mr. Ewing

Finale
God save the Queen

Es war, wie man sieht, die Ankündigung eines vollständigen Konzertes mit erstem Teil, Zwischenakt, zweitem Teil und Finale. Irgend etwas mußte aber trotzdem daran fehlen, denn als ich es bis zu Ende gelesen hatte, hörte ich jemanden hinter mir murmeln:

»Ein schönes Programm! Nichts von Mendelssohn!«

Ich wandte mich um und erblickte zu meiner Überraschung einen schlichten deutschen Kellner, der in solcher Weise gegen die Fortlassung seiner Lieblingsmusik protestierte.

Ich begab mich wieder aufs Verdeck, um Mac Elwin aufzusuchen, denn Corsican hatte mir soeben mitgeteilt, daß Fabian seine Kajüte verlassen habe, und ich wollte ihn gern aus seiner Isolierung herausreißen. Bald begegneten wir ihm auf dem Vorderdeck des Steamers und plauderten eine Zeitlang, ohne daß er jedoch eine Anspielung auf die Erlebnisse seiner Vergangenheit gemacht hätte. Zuweilen war er stumm und nachdenklich, wie in tiefes Sinnen versunken; er schien dann nicht auf meine Worte zu hören und drückte seine Hand fest auf die Brust, wie um dort einen Schmerz zusammenzupressen. Während wir spazierengingen, kam Harry Drake mehrmals, wie gewöhnlich lärmend und gestikulierend an uns vorüber. Ob ich mich darin täuschte, weiß ich nicht, denn mein Geist war von vornherein eingenommen, aber es schien mir, als ob Drake meinen Freund mit einer gewissen, unverschämten Beharrlichkeit beobachtete. Auch Fabian mußte diese Bemerkung gemacht haben, denn er fragte mich:

»Was ist das für ein Mensch?«

»Ich kenne ihn nicht«, antwortete ich.

»Er mißfällt mir im höchsten Grade!« bemerkte Mac Elwin.

Setzt zwei Schiffe aufs offene Meer, ohne Wind und ohne Strömung – sie werden schließlich aneinanderstoßen. Werft zwei unbewegliche Planeten in den Weltenraum – sie werden aufeinanderprallen, und bringt zwei Feinde in eine ungeheure Menschenmenge; sie werden sich unvermeidlich begegnen; es ist nur eine Frage der Zeit. Das Verhängnis will es so.

Als der Abend herangekommen war, fand das Konzert nach dem mitgeteilten Programm statt. Der große Saal war glänzend erleuchtet und mit Zuhörern gefüllt; durch die halbgeöffneten Luken zeigten sich die sonnenverbrannten Gesichter und dikken, schwarzen Hände der Matrosen. Man hätte sie für in die Decke eingelassene Masken halten können. Vor den halbgeöffneten Türen standen dichtgedrängt die Stewards.

Die eigentlichen Zuschauer, Herren wie Damen saßen auf den Diwans an den Seiten, und in der Mitte des Saales auf Fauteuils, Klappsesseln und Stühlen, alle dem Klavier zugewandt, das zwischen den beiden Türen stand, die zu dem Damensalon führten. Zuweilen entstand unter dem Auditorium durch das Rollen des Schiffes eine Bewegung; Stühle und Klappsessel glitten aus, eine große Schlagwelle brachte alle Köpfe in dasselbe Schwanken Bewegung; man hielt sich dann schweigend, ohne zu scherzen, aneinander fest, in Summa aber war, dank der Bauart des Schiffes, kein Fall zu fürchten.

Das Konzert begann mit der »Ocean Time«; dies war eine täglich erscheinende, politische, kommerzielle und literarische Zeitung, die von einigen Passagieren für die Bedürfnisse an Bord gegründet war. Bei Amerikanern und Engländern ist diese Art Zeitvertreib sehr beliebt. Das Blatt wird während des Tages redigiert, und wenn die Redakteure in bezug auf ihre Artikel nicht besonders diffizil sind, so kann man dies von den Lesern noch weniger behaupten. Das Publikum ist mit wenigem zufrieden, ja sogar mit zu wenigem.

Die Nummer vom 1. April enthielt einen ziemlich schwerfälligen Leitartikel, allgemeine Politik betreffend, und verschiedene Tatsachen, die einem Franzosen wohl kaum ein Lächeln abgenötigt hätten, wenig scherzhafte Börsenkurse, sehr naive Telegramme, und einige ziemlich matte, geflügelte Worte. Soviel stand fest, daß all diese Scherze nur die, von denen sie ausgingen, entzückten.

Der sehr ehrenwerte Herr Mac Alpine, ein amerikanischer Dogmatiker, las sehr selbstgefällig seine wenig geistreichen Ausarbeitungen und endete seine Lektüre mit folgenden Nachrichten:

»Soeben wird gemeldet, daß Präsident Johnson zugunsten des General Grant abgedankt hat.

Man gibt als gewiß aus, daß Papst Pius IX. den kaiserlichen Prinzen zu seinem Nachfolger bestimmt hat.

Ferdinand Cortez soll Napoleon III. wegen seiner Eroberung Mexikos der betrüglichen Nachahmung angeklagt haben.«

Als der »Ocean Time« genügender Beifall gezollt war, seufzte der sehr ehrenwerte Mr. Ewing, ein hübsches junges Bürschchen, das sich als Tenorist aufspielte, mit der vollen Rauheit englischer Kehlen »die schöne Meeresinsel« herunter.

Das »Reading«, die Vorlesung hatte ihre unbestreitbaren Reize; ein würdiger Texaner las ganz einfach zwei oder drei Seiten aus einem Buche vor; er begann mit leiser Stimme und endete dann sehr laut und pathetisch. Natürlich wurde ihm donnernder Applaus zuteil.

Der Chant du berger für piano solo, ausgeführt von Mrs. Alloway, einer Engländerin, die, um mich eines Ausdrucks von Théophile Gautier zu bedienen, »en blond mineur« spielte, und eine schottische kleine Farce von Dr. T. . ., endeten den ersten Teil des Programms.

Nach einem Zwischenakt von etwa zehn Minuten, währenddessen die Zuhörer geduldig auf ihren Plätzen verblieben, begann der zweite Teil des Konzerts. Der Franzose Paul V. . . spielte zwei ganz reizende, bisher noch nicht veröffentlichte Walzer, die rauschenden Beifall fanden; der Schiffsarzt, ein braunlockiger, sehr selbstgefälliger junger Mann, las eine burleske Szene vor, eine Art Parodie auf die »Dame von Lyon«, ein seinerzeit in England sehr beliebtes Drama.

Dem »Burlesken« folgte das »Entertainment«. Was gedachte uns Sir James Anderson unter diesem Namen aufzutischen? Eine Disputation, oder vielleicht eine Predigt? Nichts von dem allen! Sir James Anderson erhob sich mit liebenswürdigem Lächeln, zog ein Spiel Karten hervor, streifte seine weißen Manschetten zurück, und machte mit solcher Anmut und Grazie Kartenkunststücke, daß dies für ihre Naivität reichlich Ersatz bot. Als unvermeidliche Folge auch diesmal Hurras und lebhafte Beifallsrufe.

Nach dem »Happy moment« von Mr. Norville und einem Liede: »You remember«, gesungen von Mr. Ewing, kündigte das Programm »God save the Queen« an. Einige Amerikaner baten jedoch Paul V. . ., ihnen das französische Nationallied vorzusingen, worauf denn mein gefälliger Landsmann das unvermeidliche »Partant pour la Syrie« anhob, aber von einer

Gruppe Zuhörer aus den Nordstaaten energischen Einspruch erfuhr, da diese die Marseillaise wünschten.

Ohne sich weiter bitten zu lassen, und mit einer Nachgiebigkeit, die mehr auf musikalische Fertigkeit als individuelle politische Überzeugung schließen ließ, griff der folgsame Pianist kräftig in die Tasten und trug die Hymne Rouget de l'Isle's* vor.

Zum Schluß endlich stimmte die Versammlung stehend den englischen Nationalgesang »God save the Queen« an.

Alles in allem konnte man von dieser Soirée sagen, was man so ziemlich von allen Dilettanten-Soiréen sagen kann, daß sie für ihre Arrangeure und deren Freunde ganz den gewünschten Erfolg hatte.

Fabian war während des Abends im Saale nicht sichtbar gewesen.

Siebzehntes Kapitel

Hohe See und Nebel – Entertainment des Kapitän Anderson

Während der Nacht von Montag auf Dienstag ging das Meer außerordentlich hoch; die Deckzimmer ächzten wieder erbärmlich, und die Kollis begannen von neuem, in den Sälen auf und ab zu laufen. Als ich gegen sieben Uhr morgens auf das Verdeck stieg, hatte sich ein frischer Wind aufgemacht, und es regnete. Der wachhabende Offizier ließ die Segel reffen, und nun, da der Steamer nicht mehr gestützt wurde, begann er heftig zu rollen. Während dieses ganzen Tages, wir hatten den 2. April, war das Verdeck total verlassen; ja, sogar die Salons blieben leer. Die Passagiere hatten sich in die Kajüten geflüchtet, und beim Lunch und Mittagessen fehlten fast zwei Drittel der Gäste.

Jede Partie Whist war unmöglich geworden, denn die Tische glitten den Spielern unter den Händen fort; auch das Schachspiel verbot sich von selbst. Einige der Unerschrockensten la-

*Joseph Rouget de l'Isle, Dichter und Komponist der Marseillaise, † 1836.

gen auf den Sofas und lasen oder schliefen, und die Matrosen gingen in Teerjacke und Regenmantel philosophisch auf dem Verdeck spazieren. Der Obersteuermann hielt, in seinen Kautschukmantel gehüllt, auf dem Stege Wache; seine kleinen Augen glänzten vor Vergnügen bei diesen Regengüssen und Windstößen; er liebte solches Wetter, und es schien fast, als rollte das Dampfschiff zu seinem ganz besonderen Privatvergnügen.

Einige Kabellängen vom Schiff ab verschwammen die Wasser des Himmels und der Erde in einen dichten Nebel; so weit man sehen konnte, alles grau in grau; nur hier und da flogen einige Vögel schreiend durch den Sturm. Um zehn Uhr wurde von Steuerbord her eine Dreimaster-Barke signalisiert, die hinter dem Winde segelte; ihre Nationalität war jedoch nicht zu erkennen.«

Gegen elf Uhr erschlaffte der Wind und drehte sich um zwei Viertel; die Brise wandte sich gegen Nordwest, und der Regen hörte fast plötzlich auf. Bald schien das Blau des Himmels hier und da durch die Wolken, die Sonne brach sich Bahn und gestattete, genauere Beobachtungen anzustellen. Die Notiz an der Saaltür enthielt folgende Ziffern:

Lat. 46° 29' N.
Long. 42° 25' W.
Distance: 256 Miles.

Die Schnelligkeit des Great-Eastern hatte sich also, trotzdem der Druck in den Kesseln gestiegen war, nicht vermehrt, und hieran war der Westwind schuld, der das Schiff von vorn erfaßte und beträchtlich in seinem Gange hemmte.

Um zwei Uhr verdichtete sich der Nebel wieder, die Brise setzte abermals ein und wurde frisch, und der Nebel konsolidierte sich dermaßen, daß die auf den Stegen postierten Offiziere nicht mehr die Personen auf dem Vorderteil des Schiffes sehen konnten. Diese über der Flut zusammengeballten Dünste machen die größte Gefahr der Schifffahrt aus; sie verursachen Zusammenstöße, die nicht vorhergesehen und daher nicht vermieden werden können, und ein solches Unglück ist noch furchtbarer als selbst eine Feuersbrunst.

Aus diesem Grunde wachten Offiziere wie Matrosen mit

größter Sorgfalt, und wie sich alsbald herausstellte, nicht umsonst. Gegen drei Uhr erschien ganz plötzlich, in etwa zweihundert Meter Entfernung von unserm Steamer, ein Dreimaster, dessen Segel durch ein Umspringen des Windes maskiert waren; steuern konnte er nicht mehr. Der Great-Eastern schwenkte beizeiten ab und ging ihm, dank der Schnelligkeit, mit der der Steuermann ihn signalisiert hatte, aus dem Wege.

Die ausgezeichnet regulierten Signale wurden mit einer Glocke gegeben, die auf dem Deckzimmer des Vorderteils befestigt war. Wurde sei einmal angezogen, so bedeutete es: Schiff vorn. Zweimal: Schiff steuerbord, und dreimal: Schiff backbord, und alsbald steuerte der Mann am Ruderhause so, daß ein Zusasmmenstoß unmöglich wurde.

Der Wind wehte frisch, bis der Abend hereinbrach, trotzdem aber nahm das Rollen ab, denn das Meer wurde schon aus der Ferne durch die seichten Gründe von Neufundland gedeckt und konnte sich nicht mehr vollständig entwickeln. Auch wurde von Sir James Anderson für heute ein neues »Entertainment« angekündigt, und zur angesagten Stunde füllten sich von neuem die Säle. Diesmal aber gedachte er uns nicht mit Kartenkunststückchen zu unterhalten, sondern erzählte uns von seiner Legung des transatlantischen Kabels. Er zeigte verschiedene fotografische Aufnahmen von Maschinen, die eigens für die Versenkung desselben erfunden waren, und ließ das Modell der Splissungen zirkulieren, die zum Aneinanderflechten der Kabelstücke gedient hatten. Kurz, er verdiente mit vollem Recht die drei Hurras, mit denen seine Mitteilungen aufgenommen wurden, und die auch zugleich dem sehr ehrenwerten Cyrus Field galten, der bei dieser Soirée mit zugegen war.

Achtzehntes Kapitel

Ankunft auf der Breite von Neufundland

Am folgenden Tage, dem 3. April, zeigte der Horizont von den ersten Morgenstunden an eine eigentümliche Färbung, die von den Engländern »Blink« genannt wird und eine weißliche Rückstrahlung von Eisblöcken ist, die sich hierdurch in nicht zu großer Entfernung verraten. Wirklich durchdampfte der Great-Eastern gerade die Breiten, in denen die ersten losgelösten Eisberge schwimmen, die aus der Davisstraße kommen. Es wurde sofort eine Spezialaufsicht organisiert, um ernstliche Berührungen mit diesen enormen Blöcken zu vermeiden.

Aus Westen wehte eine sehr starke Brise, und auf dem Meere fegten förmliche Ballen von Dünsten und Wolkenfetzen einher, durch die man ab und zu das Blau des Himmels erblicken konnte. Ein dumpfes Brausen ertönte aus den vom Winde zerzausten Wogen, und die pulverisierten Wassertropfen verspritzten im Schaum.

Weder Fabian, Hauptmann Corsican noch Doktor Pitferge waren bis jetzt auf dem Verdeck erschienen; ich begab mich also allein nach einem sehr komfortablen Winkel auf dem Vorderteil des Schiffes, der hier durch eine Annäherung mehrerer Wände gebildet wurde, und nach dem sich ein Eremit gewiß gern zurückgezogen hätte. Hier setzte ich mich auf ein Traljeschott, stützte meine Füße auf einen ungeheuren Block und ließ den Wind, der dem Schiff entgegenkam und auf den Vordersteven zu wehte, über meinen Kopf hinweggehen. Es war so recht ein Platz zum Träumen. Von hier aus konnte ich das ganze ungeheure Schiff übersehen, indem ich seinen langen Linien, die sich nach der Mitte zu etwas neigten und am Hinterteil wieder hoben, mit den Augen folgte. Auf dem ersten Plan sah ich einen Matrosen, der in den Wanten des Fockmastes hing und, während er sich mit einer Hand hielt, mit der andern sehr geschickt arbeitete. Darunter, auf dem Deckzimmer ging mit gespreizten Beinen der wachhabende Bootsmann auf und nieder und blickte hell und scharf unter seinen vom Nebel geröteten Augenlidern hervor. Auf den Stegen des Hinterdecks bemerkte ich undeutlich einen Offizier mit über den Kopf gezogener Kapuze, der sich mühsam gegen den Wind zu halten suchte. Von dem Meer sah ich gar nichts, außer vielleicht einer kleinen Linie bläulichen Horizontes, die hinter dem Radkasten herschimmerte.

Ein förmliches Zittern ging durch das Dampfschiff, als es, von seinen mächtigen Maschinen getrieben, die Fluten mit scharfem Vordersteven durchschnitt, wie wohl die Wände eines Kessels erbeben, wenn das Feuer darunter tüchtig geschürt wird. Einige Dampfwirbel, die von der Brise mit großer Geschwindigkeit zusammengeballt und fortgeführt wurden, drehten sich am äußersten Ende der Auslaßrohre; aber das kolossale, gegen den Wind und auf drei Wellen getragene Schiff verspürte kaum die Bewegungen des Meeres, von denen ein gewöhnlicher transatlantischer Dampfer durch die Stöße des Stampfens arg erschüttert worden wäre.

Um halb ein Uhr ergab das Besteck nur 44° 53' N. als Breite und 47° 6' W. als Länge. In einem Zeitraum von vierundzwanzig Stunden hatten wir nur zweihundertsiebenundzwanzig Meilen zurückgelegt! Das junge Brautpaar mußte unwillig werden über unsere Räder, die sich nicht bewegen wollten, unsere Schraube, deren Drehungen erlahmten, und den ungenügenden Dampf, der nicht nach ihren Wünschen arbeitete.

Gegen drei Uhr hatte der Wind den Himmel klargefegt, und der Horizont schien sich um den Great-Eastern zu erweitern. Die Brise erschlaffte mehr und mehr, aber das Meer hob sich in langen, seltsam grünen, schaumgekränzten Wogen. Ein so unbedeutender Wind konnte nicht so starke hohe See heraufbeschwören, er stand mit diesen enormen Wellenbewegungen nicht im Verhältnis. »Vielleicht grollt der Ozean noch!« dachte ich.

Um drei Uhr wurde an Backbord ein Dreimaster signalisiert; er schickte seine Nummer und erwies sich als ein Amerikaner, der nach England fuhr. Es war der »Illinois«.

Lieutenant H . . . teilte mir mit, daß wir jetzt über die Ausläufer der Bank von Neufundland hinwegsegelten; dies sind die Untiefen, in denen der so reiche Kabeljau-Fischfang stattfindet. Wenn die Eier von nur dreien dieser Tiere sämtlich auskämen, würden die Fische hinreichen, um für England und Amerika genügend Nahrung zu liefern.

Der Tag verging ohne jeden Zwischenfall, und das Verdeck wurde wie gewöhnlich von seinen regelmäßigen Spaziergängern aufgesucht.

Bisher waren Fabian und Harry Drake, über die Hauptmann Corsican und ich unserer Verabredung gemäß gewacht hatten, nicht aneinandergeraten. Am Abend vereinigten sich wieder die Gäste im Saal, und dieselben Vorstellungen und Gesänge, die nämliche Lektüre, immer von den gleichen Virtuosen, die ich mit der Zeit weniger mittelmäßig fand, ausgeführt, riefen neue Bravos und Beifalls-Akklamationen hervor. Eine sehr lebhafte Diskussion entspann sich zwischen einem Anhänger der Nordstaaten und einem Texaner. Dieser Letztere wünschte sehr entschieden für die Südstaaten einen Kaiser, und die politische Debatte war auf dem besten Wege, in einen persönlichen Streit auszuarten, als die Ankunft folgender imaginären Depesche an die »Ocean-Time« gemeldet und verlesen wurde: »Kapitän Semmes, Kriegsminister, hat die Verheerungen des Alabama von dem Süden bezahlen lassen!«

Neunzehntes Kapitel

Fabian und die schwarze Dame

Hauptmann Corsican und ich verließen den hellerleuchteten Saal und stiegen miteinander aufs Verdeck. Die Nacht war außerordentlich finster, kein Stern am Firmament zu sehen, und rings um das Schiff lag undurchdringlicher Schatten auf dem Meer. Die Fenster der Gesellschaftszimmer glänzten wie Ofenfeuer in das Dunkel hinein; die Wachhabenden waren kaum zu erkennen, wie sie schwer auf dem Deck auf- und niederschritten, und wir beide sogen in vollen Zügen die frische Luft ein.

»Ich bin fast im Saale erstickt«, sagte Archibald; »hier schwimmt man doch wenigstens in freier Atmosphäre; das wirkt belebend! Wenn ich nicht alle vierundzwanzig Stunden mindestens meine hundert Kubikmeter reine Luft bekomme, kann ich nicht existieren.«

»Dann atmen Sie hier recht nach Herzenslust, Hauptmann«, erwiderte ich; »Sauerstoff ist eine schöne Sache, die unsere Pariser und Londoner eigentlich nur dem Namen nach kennen.«

»Sie ziehen den Kohlenstoff vor«, bemerkte Corsican; »nun, jeder nach seinem Gusto; was mich betrifft, so ist er mir sogar im Champagner zuwider.«

Während wir so miteinander plauderten, gingen wir, durch die hohe Wand der Gesellschaftszimmer vor dem Wind geschützt, am Steuerbord entlang. Dicke, funkenhaltige Rauchwirbel drangen aus den schwarzen Schornsteinen, das Getöse der Maschinen begleitete das Pfeifen der Brise in den eisernen Wanten, daß sie wie die Saiten einer Harfe erklangen, und von Viertelstunde zu Viertelstunde ertönten die Rufe der Matrosen ann Bord: All's well! All's well! (Alles in Ordnung! Alles in Ordnung!)

Keine Vorsicht für die Sicherheit des Schiffes in diesen von Eisblöcken heimgesuchten Breiten war vernachlässigt worden. Der Kapitän ließ nach Verlauf jeder Viertelstunde einen Eimer Wasser schöpfen, um die Temperatur desselben zu prüfen, und hätte, im Fall diese sich als zu niedrig herausstellte, keinen Augenblick angestanden, die Route zu wechseln. Er wußte sehr wohl, daß vierzehn Tage vorher der »Pereire« unter dieser selben Breite von Eisbergen blockiert worden war, und dies war eine Gefahr, die durchaus vermieden werden mußte.

Übrigens schrieb auch die Nachtordnung auf dem Schiffe eine strenge Wachsamkeit vor. Der Kapitän selbst begab sich nicht zur Ruhe, und zwei Offiziere, der eine an den Rädersignalen, der andere an denen der Schraube, blieben ihm auf dem Stege zur Seite. Außerdem hielten zwei Mann auf dem Logis des Vorderdecks Wache, während ein Bootsmann und ein Matrose sich an dem Vordersteven des Dampfschiffes aufhielten. Die Passagiere hatten keine Ursache, sich zu beunruhigen.

Nachdem Hauptmann Corsican und ich all diese Anordnungen beobachtet hatten, kehrten wir nach dem Hinterdeck zurück; wir wollten, bevor wir in unsere Kajüten zurückgingen, noch einige Zeit auf dem großen Deckzimmer zubringen, wiewohl friedliche Städter noch auf einem Marktplatze promenieren, ehe sie sich in ihre Häuser zurückziehen.

Auf den ersten Blick schien der Ort vollständig leer zu sein; bald jedoch, als sich unsere Augen mehr an die Dunkelheit gewöhnt hatten, bemerkten wir eine einsame Gestalt, die auf das Geländer gestützt stand und unbeweglich vor sich hinstarrte.

»Es ist Fabian«, flüsterte Corsican mir leise zu.

Ja, er war es wirklich, aber obgleich wir beide ihn bemerkt und erkannt hatten, sah er uns nicht und blickte noch immer, wie in stumme Betrachtung verloren, nach einem Winkel des Verdecks. Wonach sah er dort? Wie konnten seine Blicke die tiefe Dunkelheit durchdringen. Ich hielt es für besser, ihn nicht zu stören, aber der Hauptmann näherte sich ihm und rief:

»Fabian?«

Fabian antwortete nicht, und Corsican rief von neuem. Da zuckte Fabian zusammen, wandte uns für einen Augenblick sein Gesicht zu und sagte ein einziges Wort:

»Still!«

Dabei zeigte er mit der Hand auf einen Schatten, der sich langsam am äußersten Ende des Verdecks hin und her bewegte. Nach dieser kaum sichtbaren Gestalt hatte Fabian geblickt, und jetzt flüsterte er uns traurig lächelnd zu:

»Die schwarze Dame!«

Ich bebte unwillkürlich zusammen. Hauptmann Corsican ergriff mich am Arme, und ich fühlte, daß auch er zitterte. Derselbe Gedanke war im selben Augenblick uns beiden gekommen: Dieser Schatten war die Geistererscheinung, von der Doktor Pitferge gesprochen hatte.

Fabian war wieder in seine Träumerei zurückgesunken, und ich schaute weit vorgebeugt, mit wirrem Blick auf die kaum verwischte, menschliche Gestalt, die sich dort vor unsern Augen hin und her bewegte, und je länger wir hinsahen, um so deutlicher von der Dunkelheit ringsumher abzeichnete. Sie glitt näher heran, blieb zögernd stehen, ging weiter, und das alles unhörbar und mehr schwebend als wirklich schreitend.

Eine irrende Seele! Etwa zehn Schritte von uns entfernt blieb sie regungslos stehen, und ich konnte die Gestalt einer schlanken, in eine Art engen, dunklen Burnus gehüllten Frau unterscheiden; ihr Gesicht war von einem dichten Schleier verhüllt.

»Eine Wahnsinnige, nicht wahr?« flüsterte Fabian leise vor sich hin.

Sie war wirklich wahnsinnig, aber Fabian hatte uns nicht gefragt, er sprach nur zu sich selbst.

Unterdessen näherte das arme Geschöpf sich uns mehr und mehr; ich glaubte ihre glänzenden Augen unter dem Schleier zu erkennen; jetzt schauten sie mit festem, starrem Blick auf Fabian; sie ging bis unmittelbar zu ihm heran und legte plötzlich, unerwartet ihre Hand auf sein Herz. – Wenige Augenblicke tiefen Schweigens – es war, als ob sie die Schläge seines Herzens zählte – dann wandte sie sich eilig und verschwand durch die Hintertür des großen Verdeckzimmers.

Fabrian brach außer sich zusammen; er streckte die Hände nach ihr aus und wäre fast in die Knie gesunken.

»Sie!« flüsterte er.

Dann schüttelte er wieder, wie zweifelnd, den Kopf und fügte hinzu:

»Es muß eine Sinnestäuschung sein!«

Corsican versuchte, ihn wieder aufzurütteln:

»Komm, Fabian«, rief er, ergriff ihn an der Hand und nahm seinen unglücklichen Freund mit sich fort.

Zwanzigstes Kapitel

Ellen – Die Lotsen-Poule – Der Mormonenprediger

Für Corsican und mich war kein Zweifel mehr möglich; wir hatten Ellen, die Verlobte Fabians, die Frau Harry Drakes gesehen. Wie wunderbar, daß diese drei Personen hier vom Schicksal zusammengewürfelt waren! Und doch, obgleich Fabian sie einen Augenblick wiederzuerkennen meinte, hatte er ihre Erscheinung gleich darauf für ein Fantasiegebilde gehalten und glaubte nicht an ihre Gegenwart. In einer Beziehung aber täuschte er sich nicht; er hatte gerufen: »Eine Wahnsinnige!« und irrsinnig war sie. Schmerz und Verzweiflung über ihre getötete Liebe, über ihre Verbindung mit dem unwürdigen Mann, der sie Fabian entrissen, der gänzliche Einsturz ihres Glücks hatten den armen Geist gestört.

Am andern Morgen sprach ich hierüber mit Hauptmann Corsican; über die Identität der jungen Frau war auch er im klaren; es war Ellen, die von ihrem Gatten nach dem amerikanischen Kontinent geschleppt wurde, und die er auch dort in sein abenteuerliches Dasein mit verflechten wollte. Des Hauptmanns Blick flammte düster auf, als er hieran dachte, und auch ich fühlte, wie mein Herz sich bei dieser Erwägung wild aufbäumte. Was vermochten wir beide gegen den Gatten, ihren Gebieter? – Nicht das geringste!

Wenn Fabian Ellen wiedersah, würde er jedenfalls seine Verlobte erkennen und die Katastrophe herbeiführen, die wir so gern vermieden hätten. Jedenfalls also mußte es unser Bestreben sein, ein neues Begegnis zwischen ihnen zu verhindern. Es schien jedoch, als sei ein Wiedersehen der beiden unglücklichen Menschen nicht zu befürchten; Ellen erschien weder während des Tages noch am Abend auf dem Verdeck oder in den Salons; nur in tiefster Nacht mochte sie ihrem Kerkermeister entrinnen, um ihr armes Haupt in feuchter Luft zu baden und in dem kühlen Seewinde Linderung ihres Geschicks zu suchen. In vier Tagen spätestens mußte der Great-Eastern das Fahrwasser von New-York erreicht haben, und so konnten wir uns der Hoffnung hingeben, daß der Zufall unsere Pläne nicht vereiteln, und Fabian über Ellens Gegenwart auf dem Schiff in Unwissenheit bleiben würde. Diese Annahme sollte sich jedoch als trüglich erweisen.

Das Dampfschiff hatte seine Richtung während der Nacht etwas verändert, da die Wasserproben dreimal nur eine Temperatur von siebenundzwanzig Grad Fahrenheit, d.h. drei bis vier Grad Celsius unter Null ergaben. Man konnte die Nähe bedeutender Eisbänke nicht länger in Zweifel ziehen, und so war der Great-Eastern südlicher gegangen. Wirklich hatte der Himmel heute einen eigentümlichen Glanz, die Atmosphäre war förmlich weiß, und der ganze Norden flimmerte, wie uns schien, von einer intensiven Rückstrahlung der Eisberge.

Eine scharfe Brise durchschnitt die Luft, und gegen zehn Uhr stäubten plötzlich kleine feine Schneeflöckchen auf das Schiff hernieder. Dann stieg eine Nebelbank empor, in der wir unsere Gegenwart durch wiederholtes Pfeifen signalisierten. Flüge von Möwen, die auf den Rahen des Great-Eastern Ruhe gesucht hatten, wurden durch dies betäubende Geräusch aufgestört und flatterten wild davon.

Um halb elf Uhr, als der Nebel sich klärte, erschien am Horizont ein Schraubendampfer an Steuerbordseite. Der weiße Ausläufer seines Schornsteins zeigte an, daß er der Inman-Gesellschaft, die den Auswanderer-Transport von Liverpool nach New-York besorgt, angehörte. Das Fahrzeug schickte uns seine Nummer, es war der »City of Limerick« von 1530 Tonnen Gehalt und zweihundertsechsundfünfzig Pferdekraft. Er hatte New-York am Sonnabend verlassen und befand sich demgemäß im Rückstande.

Vor dem Lunch organisierten einige Passagiere eine Poule (Einsatzspiel), die den Spiel- und Wettliebenden höchst willkommen war; das Resultat des Spieles sollte erst nach vier Tagen bekanntgemacht werden; es war dies die sogenannte Lotsen-Poule. Es ist allgemein bekannt, daß, wenn ein Schiff auf der Höhe der Landfalling ankommt, ein Lotse an Bord steigt. Nun teilt man die vierundzwanzig Stunden des Tages und der Nacht nach der Zahl der Passagiere in achtundvierzig halbe oder sechsundneunzig Viertelstunden ein. Jeder Spieler setzt einen Dollar, und das Los teilt ihm eine dieser halben oder Viertelstunden zu. Derjenige, in dessen Viertelstunde nun der Lotse den Fuß auf das Schiff setzt, hat die achtundvierzig oder sechsundneunzig Dollar gewonnen. Das Spiel ist, wie man sieht, sehr einfach; man hat es nicht mehr mit einem Pferderennen, sondern mit einem Viertelstundenrennen zu tun.

Der ehrenwerte Mac Alpine, ein Kanadier, nahm die Direktion des Ganzen in die Hand. Bald hatten sich sechsundneunzig Wetter und unter ihnen sogar einige Wetterinnen gefunden (welche letzteren übrigens nicht am wenigsten spieleifrig waren), und auch ich folgte dem allgemeinen Strom, setzte meinen Dollar und erhielt die vierundsechzigste Viertelstunde zugeteilt. Das war nun allerdings eine schlechte Nummer, die mir nicht viel nützen konnte. Die Zeiteinteilung wird nämlich von einem Mittag zum andern gemacht, es gibt folglich Tages- und Nachtviertelstunden. Die letzteren sind so gut wie von gar keinem Wert bei dieser Angelegenheit, denn nur selten wagen sich die Schiffe in der Dunkelheit auf die Landfalling, und so sind die Chancen für die Aufnahme eines Lotsen während der Nacht sehr gering. Ich ergab mich jedoch leicht in mein Schicksal. Als ich wieder in den Salon hinabstieg, sah ich, daß für den Abend eine Vorlesung angekündigt war. Der Missionar aus Utah wollte über den Mormonismus sprechen, und so schien sich eine günstige Gelegenheit zu bieten, in die Mysterien der Stadt der Heiligen einzudringen.

Übrigens sollte der Elder, Mr. Hatch, die Gabe der Rede in hohem Grade besitzen und, wo er sprach, hinreißen und überzeugen. Die Ankündigung (wie gewöhnlich durch Anschlag bewerkstelligt) erfreute sich von seiten der Passagiere einer sehr günstigen Aufnahme.

Das Besteck hatte folgende Ziffern ergeben:

Lat. 42° 32' N.
Long. 51° 59' W.
Course: 254 miles.

Gegen drei Uhr nachmittags wurde von den Steuermännern die Annäherung eines großen Steamers mit vier Masten signalisiert, der alsbald seinen Kurs ein wenig änderte, um dem Great-Eastern seine Nummer abzugeben. Auch unser Kapitän ließ auf den Dampfer hinhalten, und dieser schickte uns seinen Namen. Es war die »Atlanta«, eins der großen Fahrzeuge, die den Dienst von London nach New-York versehen und in Brest anlaufen. Es sandte uns seine Grüße zu, und wir erwiderten dieselben; kurze Zeit nachdem das Schiff Bord an Bord mit uns gefahren war, verloren wir es aus den Augen.

Gleich darauf trat Pitferge zu mir, um mich höchst mißvergnügt zu benachrichtigen, daß Mr. Hatch die Vorlesung nicht halten würde, da die Puritanerinnen an Bord entschieden dagegen protestierten, daß ihre Ehemänner einen tieferen Einblick in die Geheimnisse des Mormonismus erhielten.

Einundzwanzigstes Kapitel

Das Wettrennen – Die beiden Feinde geraten aneinander

Um vier Uhr klärte sich der Himmel, der bis dahin bedeckt gewesen war, auf, das Meer wurde ruhiger, und das Schiff stellte sein Rollen ein; man hätte sich aufs feste Land versetzt glauben können. Durch diese Unbeweglichkeit des Great-Eastern kamen die Passagiere auf die Idee, einen Wettlauf zu arrangieren. Der Turf* von Epsom hätte keine bessere Rennlinie bieten können, und was die Pferde anlangte, so sollten sie in Ermangelung eines Gladiator oder la Touque durch Vollblutschotten ersetzt werden. Die Neuigkeit verbreitete sich bald, und sofort eilten die Sportsmen herbei, und die Passagiere verließen ihre Säle und Kajüten. Ein Engländer, der sehr ehrenwerte Mac Karthy, wurde zum Kommissar ernannt, und die Läufer stellten sich ohne Zögern vor. Es war ein halbes Dutzend Matrosen, eine Art Zentauren, da sie zugleich Pferde und Jockeys sein sollten, und alle vom besten Willen beseelt, dem Great-Eastern den ersten Preis abzugewinnen.

Die beiden Strecken an den Boulevards bildeten die Rennbahn, und es wurde bestimmt, daß die Läufer dreimal um das Schiff laufen, und somit eine Strecke von ungefähr 1300 Metern zurücklegen sollten.

Bald hatten sich die Tribünen oder vielmehr der Raum über den Deckzimmern mit Zuschauern gefüllt, die eifrig ihre Lorgnetten vor die Augen hielten und teilweise sogar – wahrscheinlich um sich vor dem Staube des Atlantischen Meeres zu schützen – grüne Schleier vorgezogen hatten. Die Equipagen fehlten leider, obgleich ein stattlicher Platz zu ihrer Aufstellung vorhanden gewesen wäre. Alle Damen hatten sich in pompöse Toiletten geworfen und drängten sich auf den Boulevards des Hinterdecks. Ihr Anblick war natürlich bezaubernd!

Fabian, Hauptmann Corsican, Doktor Dean Pitferge und ich hatten auf dem Boulevard des Vorderdecks Posto gefaßt. Hier waren die echten »Gentlemen-riders« zusammengekommen, da dieser Platz gewissermaßen die Einfriedung des Wie-

*Turf, Bahn für Pferderennen.

gens bildete. Vor uns erhob sich der zum Zeichen für Ablauf und Ziel aufgestellte Pfahl. Bald wurden enthusiastisch Wetten abgeschlossen, deren größere oder geringere Wahrscheinlichkeit nach dem Äußeren der Renner bemessen wurde, da frühere Erfolge von ihnen bis jetzt in keinem »Stud-Book« verzeichnet standen.

Nicht ohne eine geheime Unruhe bemerkte ich, wie auch Harry Drake sich mit seiner gewohnten Wichtigtuerei diesen Vorbereitungen hingab und seine Meinung in so unverschämt absprechender Weise kundtat, daß eine Erwiderung kaum aufkommen konnte.

Fabian hatte zwar gleichfalls einige Pfund gewettet, verhielt sich aber bei all dem Lärm ziemlich indifferent und stand, wie immer mit schwermütigem Ausdruck in dem bleichen Gesicht, beiseite. Seine Gedanken waren augenscheinlich nicht mit der Angelegenheit des Tages beschäftigt.

Unter den Läufern hatten zwei in ganz besonderem Maße die öffentliche Aufmerksamkeit erregt; der erste, ein Schotte aus Dundee namens Wilmore, war ein kleiner, magerer, milz- und knochenloser Mensch mit breiter Brust und feurig blikkenden Augen; er hatte bereits ein sehr günstiges Vorurteil für seine Leistungsfähigkeit erweckt. Der andere, ein großer, schlank und kräftig ausschauender Irländer, hieß O'Kelly, war langbeinig, wie ein richtiges Rennpferd und hatte, nach dem Urteil der Kenner, mindestens ebensoviele Chancen für sich, wie Wilmore. Man proponierte ihn zu eins gegen drei, und auch ich wollte mich eben verleiten lassen, im Vertrauen auf seine Kraft und Gewandtheit einige Dollars zu riskieren, als Pitferge mir zuraunte:

»Wetten Sie auf den Kleinen; Sie können mir glauben: Der Große ist nicht qualifiziert.«

»Was wollen Sie damit sagen?«

»Ich meine, O'Kelly ist kein Vollblut«, antwortete ernsthaft der Doktor. »Zuerst wird er aller Wahrscheinlichkeit nach sehr schnell laufen, aber er hat keine Ausdauer. In dem kleinen Schotten jedoch ist Rasse; sehen Sie sich einmal seine gute Körperhaltung und den breiten Brustkasten an! Das ist ein Subjekt, dem solche Kraftanstrengung nichts Neues ist; er hat sich gewiß mehr als einmal mit Vorliebe im Lauf an Ort geübt, d.h. beim Springen von einem Fuß auf den andern mindestens zweihundert Bewegungen in der Minute gemacht. Wetten Sie auf ihn, Sie werden es nicht zu bereuen haben.«

Ich folgte wirklich seinem Rat und wettete auf Wilmore. Die vier Läufer außer den Genannten standen nicht in Frage.

Die Plätze wurden nun verlost, und der Irländer hatte das Glück, die Ziellinie zu bekommen. Die sechs Renner stellten sich in eine Linie an der Grenze des Pfahls auf, und so war kein falscher Ablauf zu befürchten, was das Amt des Kommissars sehr vereinfachte.

Das Signal wurde gegeben, und ein Hurra begleitete den Ablauf. Die Kenner bemerkten augenblicklich, daß Wilmore und O'Kelly Schnelläufer von Profession waren, denn ohne sich auch nur im mindesten um ihre Nebenbuhler zu kümmern, die ihnen mit aller Anstrengung vorauseilten, liefen sie mit vorgebeugtem Oberkörper, aber gerade aufgerichtetem Haupt, den Oberarm ans Brustbein gedrückt und die Handwurzeln leicht nach vorn gebogen, vorwärts, und begleiteten jede Bewegung des entgegengesetzten Fußes mit einer entsprechenden Bewegung der Hände. Sie waren barfuß, und ihre Ferse, die übrigens nie den Boden berührte, ließ ihnen die notwendige Elastizität, um die angesammelte Kraft zu bewahren. Kurz, alle Bewegungen ihrer Gestalt entsprachen und vervollständigten einander.

Schon bei der zweiten Tour hatten O'Kelly und Wilmore, die immer auf derselben Linie blieben, ihren Gegnern, deren Atem bereits kurz geworden war, den Rang abgelaufen. Sie bewiesen mit Evidenz den Grundsatz des Doktors:

»Man läuft nicht mit den Beinen, sondern mit der Brust! Feste Kniekehlen, und gut auf den Beinen sein ist eine schöne Sache, aber eine gute Lunge gilt mehr!«

Bei der vorletzten Wendung begrüßten die Rufe der Zuschauer von neuem ihre Lieblinge; von allen Seiten flogen ihnen Aufmunterungen, Hurras und Bravos zu.

»Der Kleine wird gewinnen, er hat noch seinen vollen Atem«, sagte Pitferge. »Sehen Sie nur, wie der Große keucht!«

Wirklich sah Wilmore, wenn auch blaß, doch ganz ruhig

aus, während O'Kelly schon dampfte wie ein feuchtes Strohfeuer. Er war, um einen Kunstausdruck der Sportsmen zu gebrauchen, »au fouet«, hielt sich jedoch noch immer mit Wilmore in derselben Linie.

Endlich waren sie an den großen Gesellschaftssaal gelangt, dann kamen sie an das Shine-Light der Maschine und nun zum dritten Mal an den Pfahl.

»Hurra! Hurra! Wilmore!« riefen die einen.

»Hurra! O'Kelly!« die anderen.

»Wilmore hat gesiegt!«

»Nein, sie kamen beide zusammen an.«

»Wilmore hat gewonnen, wenn auch höchstens um eine halbe Kopflänge«, entschied der sehr ehrenwerte Mac Karthy. Viele jedoch wollten sich mit diesem Ausspruch nicht zufriedengeben und ergingen sich in Diskussionen und derben Worten. Die Anhänger des Irländers, und unter ihnen ganz besonders Harry Drake, behaupteten, daß man es mit einem unentschiedenen Wettlauf, einem »Dead Head« zu tun habe, und verlangten, daß das Rennen noch einmal beginnen solle.

In diesem Augenblick bemerkte ich, wie Fabian sich, wahrscheinlich von einer unwillkürlichen Bewegung hingerissen, Harry Drake näherte und in kaltem Ton sagte:

»Sie sind im Unrecht, mein Herr, der schottische Matrose hat gesiegt.«

Drake trat heftig an Fabian heran:

»Was beliebt Ihnen?« fragte er.

»Ich sage, daß Sie im Unrecht sind«, antwortete Fabian ruhig.

»So?« schric Drake roh auflachend, »wahrscheinlich weil Sie auf Wilmore gewettet haben.«

»Ich habe, wie Sie, auf O'Kelly gewettet und werde natürlich bezahlen, was ich verloren habe«, entgegnete Fabian.

»Herr, unterstehen Sie sich, mich hier zu belehren?« rief Drake wütend, aber er vollendete seine Worte nicht; Hauptmann Corsican war bereits zwischen ihn und Fabian getreten, um den Streit auf eigene Rechnung weiterzuführen, und behandelte Drake mit der größten Verachtung und dem unzweideutigsten Hohn.

Augenscheinlich jedoch wollte der Raufbold nichts mit Corsican zu tun haben, denn als dieser mit gekreuzten Armen vor ihm stand, wandte sich Drake an Fabian und sagte mit boshaftem Lächeln:

»Der Herr hat wohl seine Freunde nötig, um sich zu verteidigen?«

Fabian erbleichte und wollte auf Harry Drake zustürzen, aber ich hielt ihn mit aller Kraft zurück, während auf der andern Seite Drake von seinen Spießgesellen fortgezogen wurde, nachdem er noch einen Blick des wütendsten Hasses auf seinen Gegner geschleudert hatte.

Archibald Corsican, Fabian und ich gingen miteinander hinab, und als wir uns trennten, sagte Fabian Mac Elwin in ruhigem Ton:

»Bei der ersten Gelegenheit werde ich den Kerl ohrfeigen!«

Zweiundzwanzigstes Kapitel

Die Wahnsinnige

Während der Nacht von Freitag auf Sonnabend segelten wir durch den Lauf des Golfstroms, dessen dunkle, warme Gewässer sich scharf von den umgebenden Wasserschichten abgrenzten. Die Oberfläche dieses Stroms, der sich zwischen den Fluten des Atlantischen Ozeans hinzieht, ist sogar ein wenig konvex; es ist also im eigentlichsten Sinne ein Strom, der zwischen zwei flüssigen Ufern dahinfließt, und zwar einer der bedeutendsten unseres Erdballs, denn der Amazonenstrom oder Mississippi würden mit ihm verglichen wie kleine Bäche erscheinen. Das in der Nacht geschöpfte Wasser war von siebenundzwanzig Grad Fahrenheit auf einundfünfzig Grad gestiegen, was zwölf Grad Celsius ausmacht.

Dieser Tag, der fünfte April, begann mit einem herrlichen Sonnenaufgang, den die Wogen aufs köstlichste zurückstrahlten; eine warme Südwestbrise schwellte die Segel und wehte die ersten schönen Frühlingstage heran; auf dem Kontinent bekleideten sich jetzt wohl Wälder und Felder mit frischem Grün – bei uns lockte die Sonne nur frische Toiletten hervor; ob auch hier und da auf unserer Erde die Vegetation zurückbleibt, der Mode wird dieser Vorwurf wohl nirgend zu machen sein!

Bald fanden sich auf den Boulevards zahlreiche Gruppen von Spaziergängern ein, und ich mußte unwillkürlich an die Champs-Elysées denken, die sonntags bei so freundlicher Maisonne einen ähnlichen Anblick gewähren.

Während des Vormittags konnte ich Hauptmann Corsican nicht erspähen, und da es mich drängte, Nachricht von Fabian zu haben, ging ich nach der Kajüte, die er nahe am großen Saale bewohnte.

Ich klopfte an, erhielt aber keine Antwort, endlich machte ich die Tür auf und schaute hinein – Fabian war nicht im Zimmer.

Es blieb mir nichts übrig, als wieder aufs Verdeck zu steigen und unter den Spaziergängern nach meinen Freunden zu suchen, aber weder sie noch der Doktor waren dort zu finden.

Als ich so ziellos auf- und abpromenierte, kam mir der Gedanke, wo die unglückliche Ellen verborgen sein mochte, welche Kajüte ihr von ihrem Gatten angewiesen war. Welchen Händen war die Unglückliche wohl anvertraut? Denn daß ihr unwürdiger Gatte sie ganze Tage lang verließ, stand außer Zweifel. Wahrscheinlich stand sie unter der Obhut irgendeiner bezahlten Krankenwärterin oder Kammerfrau. – Nicht aus eitler Neugier, sondern aus wahrem Interesse für Ellens und Fabians Geschick stieg plötzlich das Verlangen in mir auf, dem Aufenthaltsort der Armen nachzuforschen, und wäre es auch nur, um die gefürchtete Begegnung zwischen ihr und Fabian zu verhindern.

Ich begann die Ausführung meines Planes, indem ich die Kajüten des großen Damensalons und dann die Gänge der beiden Stockwerke durcheilte, die sich in diesem Teil des Schiffes befinden. Meine Inspektion war hier außerordentlich leicht, weil auf jeder Kajütentür der Name des Inhabers verzeichnet stand, was, nebenbei bemerkt, den Dienst der Stewards sehr vereinfachte. Den Namen Harry Drakes fand ich jedoch nirgends, und war hiervon auch nicht überrascht, da ich von vornherein annahm, daß er die Lage der Kajüten, die an dem Hinterteil hergerichtet waren, diesem sehr besuchten Teil des Schiffes vorziehen würde, besonders da in bezug auf Komfort und Eleganz kein Unterschied bestand. Die »Société des Affréteurs« hatte für gut befunden, nur eine einzige Klasse von Passagieren zuzulassen.

Ich steuerte also auf die Speisesäle zu und folgte aufmerksam den Seitengängen, die zwischen der doppelten Reihe der Kajüten hinliefen. Alle diese Zimmer waren bewohnt, und an jedem las ich den Namen eines Passagiers, nur nicht den gesuchten. Dies Resultat meiner Nachforschungen setzte mich in Erstaunen, denn ich glaubte, unsere schwimmende Stadt nachgerade vollständig durchsucht zu haben, und kannte nur dies eine entlegenere »Viertel«. Ein Kellner, den ich hierüber befragte, teilte mir jedoch mit, daß ein Komplex von etwa hundert Kajüten sich noch hinter den »Dining-rooms« befände.

»Wie kommt man dorthin?« fragte ich.

»Auf einer Treppe, die zur Seite des großen Gesellschaftszimmers auf dem Verdeck mündet.«

»Sehr gut! Können Sie mir vielleicht auch sagen, welche Kajüte Herr Harry Drake bewohnt?«

»Bedaure, mein Herr, das weiß ich nicht«, antwortete der Steward.

Ich bestieg nun abermals das Verdeck und ging am Gesellschaftszimmer hin, um nach der Tür zu gelangen, die mir der Kellner bezeichnet hatte; sie führte mich auf eine Treppe und dann nach einem halbdunklen, einfachen Raum, der sehr von den andern, schönen Sälen abstach. Um ihn herum war eine doppelte Kajütenreihe hergestellt. Jedenfalls hätte Harry Drake keinen günstigeren Ort zur Isolierung Ellens finden können.

Die meisten dieser Kajüten standen unbewohnt; an einigen, etwa zwei oder drei Türen waren Namen auf den Anschlagzetteln eingetragen, aber den gesuchten fand ich wieder nicht. Nach einer genauen Besichtigung dieses ganzen Bezirks wollte ich mich eben ziemlich getäuscht zurückziehen, als ein leises, fast unhörbares Gemurmel an mein Ohr schlug; ich sagte mir sogleich, daß es aus dem Hintergrunde des linken Ganges dringen müsse, und wandte mich nach dieser Richtung. Die vorher kaum vernehmbaren Klänge drangen jetzt deutlicher zu mir, und ich erkannte eine Art klagenden Gesang oder vielmehr eine schleppende Melodie, deren Worte ich nicht verstehen konnte.

Ich lauschte; der Gesang mußte von einer Frau herrühren, und ein tiefer, dumpfer Schmerz tönte mir aus ihm entgegen. Das war jedenfalls die Stimme der armen Wahnsinnigen, meine Ahnung konnte mich diesmal nicht täuschen. Ich näherte mich, so leise ich konnte, der Kajüte, es war die letzte in dem dunklen Gang; sie mußte ihr Licht wohl durch eine der unteren Lichtöffnungen, die im Rumpf des Great-Eastern gelassen waren, erhalten. An der Tür war nur die Zahl 775 angegeben, kein Name stand daran; was sollte auch Harry Drake für ein Interesse daran haben, den Kerker Ellens zu bezeichnen?

Ich hörte jetzt die Stimme der armen Frau ganz deutlich, und es kam mir vor, als sei ihr Gesang eine Folge von häufig unterbrochenen Sätzen und besänge liebliches sowohl als auch sehr trauriges.

Obgleich ich kein Mittel in der Hand hatte, ihre Identität zu rekognoszieren, sagte ich mir doch entschieden, daß nur Ellen so singen könne.

Einige Minuten stand ich regungslos und lauschte, dann hörte ich plötzlich, gerade als ich mich zurückziehen wollte, Schritte auf dem Mittelplatze. Natürlich vermutete ich, daß Herry Drake sich näherte, und da ich in Fabians und Ellens Interesse hier nicht überrascht werden wollte, zog ich mich über den Gang, der sich um die doppelte Kajütenreihe herumwand, zurück; von hier hätte ich nach der Treppe und auf das Verdeck zurückgelangen können, ohne bemerkt oder gesehen zu werden.

Es lag mir indessen daran, zu wissen, wer die nahende Person gewesen sei. Das Halbdunkel verbarg mich, und so drückte ich mich in einen Winkel und sah von hier aus, ohne selbst gesehen zu werden.

Unterdessen hatte das Geräusch aufgehört, und merkwürdigerweise war mit ihm auch Ellens leiser Gesang verstummt, aber nach einer kleinen Pause begann er von neuem, und auch die Dielen knarrten unter einem langsamen Schritt. Ich bog den Kopf vor und erblickte im unbestimmten Zwielicht, das quer durch den Impost der Kajüten hindurchfiel –, meinen Freund Fabian.

Ja, es war mein unglücklicher Freund! Hatte ihn sein Instinkt an diesen Ort geführt? War der Aufenthaltsort der jungen Frau schon früher von ihm entdeckt worden, als von mir? Ich konnte mir diese Frage nicht beantworten und wußte nicht, was ich davon denken sollte. – Fabian ging langsam, längs den Kajüten vorwärts, immer lauschend, und als ob er dem Klange der Stimme folgte, die ihn vielleicht wider Willen anzog. Jetzt, bei seiner Annäherung schien es mir, als ob die leisen Töne schwächer würden und verhallten, als wenn auch dieser leise Hauch noch verklingen wollte. Fabian kam an die Kajüte und blieb lauschend stehen.

Wie mußte sein Herz bei diesen traurigen Tönen schlagen! Riefen sie vergangene Zeiten, liebe Erinnerungen in ihm wach? – Und doch! Von Ellens Gegenwart hier an Bord konnte er keine Ahnung haben, da er nicht einmal wußte, daß Harry Drake unter den Passagieren war. Gewiß zog ihn dieser tieftraurige Gesang nur an, weil er seinem eigenen Schmerz, seinen eigenen Gefühlen entsprach.

Fabian stand noch immer lauschend an der Kajütentür; was wollte er beginnen? Wie, wenn er die Wahnsinnige anrief? Wenn sie plötzlich die Tür öffnete und vor ihm erschien? Das alles war möglich und mußte meinen Freund, wenn es geschah, in große Gefahr bringen. Noch einmal näherte Fabian seinen Kopf unmittelbar der Tür, da wurde der Gesang leiser, hörte auf, und plötzlich ertönte ein furchtbarer, gellender Schrei.

Hatte Ellen durch eine magnetische Mitteilung ihn, den sie liebte, in ihrer Nähe gefühlt? Fabians Lage war entsetzlich; er stand wie in sich zusammengesunken. Wollte er die Tür erbrechen? Ich bangte vor dieser Möglichkeit so sehr, daß ich auf ihn zustürzte, seinen Arm nahm und ihn mit mir fortzog.

Er erkannte mich sogleich und folgte mir willig, dann fragte er mit gedämpfter Stimme:

»Weißt du, wer die Unglückliche ist?«

»Nein, Fabian, nein!«

»Es muß die Wahnsinnige sein«, sagte er. »Man möchte an eine Stimme aus der andern Welt glauben! Ach, dieser Irrsinn ist nicht heilbar, ich fühle und glaube bestimmt, daß ein wenig Hingebung und Liebe der Armen Genesung bringen würden.«

»Komm, Fabian, komm!«

Als wir wieder auf dem Verdeck angelangt waren, verließ mich Fabian sogleich, ohne ein Wort zu sagen; aber ich folgte ihm langsam und verlor ihn nicht aus dem Gesicht, bis er in seiner Kajüte verschwunden war.

Dreiundzwanzigstes Kapitel

Subskription für die Verwundeten – Gymnastische Übungen – Der Sternenhimmel

Kurze Zeit nachher traf ich Hauptmann Corsican und erzählte ihm von der soeben erlebten Szene; auch er begriff, daß die Situation verwickelter und bedenklicher geworden war. Würde es uns möglich sein, den Gefahren fernerhin vorzubeugen? Wie gern hätten wir die Fahrt des Great-Eastern beschleunigen, wie gern einen ganzen Ozean zwischen Fabian und Harry Drake legen mögen!

Als Hauptmann Corsican und ich uns trennten, kamen wir übercin, die Beteiligten in diesem Drama, dessen Lösung jeden Augenblick wider unsern Willen eintreffen konnte, strenger wie je zu überwachen.

Man erwartete an diesem Tage den »Australasian«, ein Paketboot der Cunard-Kompanie von 2760 Tonnen Gehalt, das die Linie von Liverpool nach New-York bedient; es hatte Amerika am Mittwochmorgen verlassen sollen, und mußte demnach alsbald in Sicht kommen. Man schaute indessen vergeblich nach ihm aus; es erschien nicht.

Gegen elf Uhr organisierten englische Passagiere eine Subskription zugunsten der Verwundeten an Bord, von denen einige noch immer nicht das Krankenzimmer verlassen hatten; unter diesen Patienten befand sich auch der Bootsmann, der in Gefahr war, unheilbar lahm zu bleiben. Die Liste hatte sich bald, jedoch nicht ohne allerlei Schwierigkeiten und unangenehme Worte hervorgerufen zu haben, mit Zeichnungen bedeckt.

Um Mittag gestattete die Sonne eine sehr genaue Beobachtung; das Ergebnis lautete:

Long. 58° 37' W.
Lat. 41° 41' 11" N.
Course: 257 miles.

Wir hatten die Breite bis auf die Sekunde genau. Die jungen Brautleute sahen sich die Notiz näher an und machten eine ungeduldige Gebärde; sie hatten, wie mir schien, sehr über die Fahrt zu klagen.

Vor dem Lunch arrangierte Kapitän Anderson, der die Gesellschaft ein wenig zerstreuen wollte, gymnastische Übungen, die er selber dirigierte. Ungefähr fünfzig Leute, die, wie auch der Kapitän Stäbe in den Händen hatten, ahmten mit affenartiger Genauigkeit all seine Bewegungen nach. Die improvisierten Gymnastiker »arbeiteten« methodisch, ohne die Lippen voneinander zu tun, wie Riflemere auf der Parade.

Noch ein anderes »Entertainment« wurde für den Abend angekündigt; ich beteiligte mich jedoch nicht daran, da diese sich ewig gleichbleibenden Scherze anfingen, mich zu langweilen. In letzter Zeit war ein Konkurrenz-Journal der »Ocean Time« gegründet worden, und an diesem Abend gingen beide Blätter eine Fusion ein.

Ich meinerseits zog vor, die ersten Stunden der Nacht auf dem Verdeck zuzubringen und zum herrlich besternten Firmament emporzublicken; trotz dieser Klarheit hob sich das Meer stärker und kündigte schlechtes Wetter an; auch wurde das Rollen wieder bemerkbar.

Ich hatte mich auf eine Bank gelegt und bewunderte die Sternbilder über mir. Obgleich das bloße Auge tatsächlich nur etwa 5000 Sterne an der Ausdehnung der Himmelssphäre wahrnehmen konnte, hätte man an diesem Abend Millionen zu sehen geglaubt. Am Horizont erglänzte der Schweif des Pegasus in seiner ganzen, zodiakalen Pracht, wie das flimmernde Kleid einer Feenkönigin; die Plejaden stiegen zum Himmel empor zu gleicher Zeit mit den Zwillingen, die trotz ihres Namens nicht nacheinander aufgehen, wie die Heroen der Sage. Der Stier sah mit seinem großen Feuerauge auf mich nieder, und am Gipfel des Gewölks strahlte die Wega, unser künftiger Polarstern, während sich, nicht weit davon, der wundervolle Diamantenfluß rundete, der die nördliche Krone bildet.

All diese unbeweglichen Sternbilder schienen unter dem Rollen des Schiffes Leben und Bewegung anzunehmen; und während seines Schwankens sah ich den großen Mast vom ß des Großen Bären bis zum Altaïr des Adlers einen zierlichen Kreisbogen beschreiben, während der schon niedrige Mond das Ende seiner Sichel in den Horizont tauchte.

Vierundzwanzigstes Kapitel

Der Sturm

Die nun folgende Nacht war sehr böse; das Steamschiff wurde furchtbar in der Quere gefaßt und rollte unaufhörlich. Die Möbel schoben sich lärmend hin und her, und das Geschirr in den Waschtischen klirrte und klapperte. Der Wind mußte sehr frisch geworden sein. Übrigens aber durchsegelte der Great-Eastern gerade jetzt Breiten, in denen die Wogen besonders heftig und Unglücksfälle ausnehmend häufig sind.

Um sechs Uhr morgens arbeitete ich mich mühsam bis zur Treppe, und hier klammerte ich mich ans Geländer, benutzte jede dritte Schwankung zum Steigen und kam so glücklich aufs Verdeck. Ich schleppte mich mit ziemlicher Kraftanstrengung auf eines der vorderen Verdeckzimmer, welchen Ort ich jedoch ziemlich öde und verlassen fand – wenn man nämlich einen Platz, an dem sich Doktor Dean Pitferge befindet, überhaupt so nennen darf! Dieser würdige Greis hatte sein rechtes Bein um einen Pfosten des Geländers geschlungen, krümmte den

Rücken gegen den Wind und stützte sich mit beiden Armen. Da er bei all diesen Manipulationen nur noch den Kopf frei hatte, gab er mir durch Nicken und Gesichterschneiden zu verstehen, daß ich ihm Gesellschaft leisten sollte. Ich machte einige Kriechübungen, drehte und wand mich wie ein Regenwurm und gelangte endlich an seine Seite, wo ich sofort die nämliche Stellung einnahm wie er.

»Holla«, rief er aus, »schönes Vergnügen das! Gerade nun der Great-Eastern einlaufen soll, kommt noch so ein richtiger Zyklon, ganz besonders und expreß für ihn bestellt und abgeschickt.«

Der Doktor konnte diese Worte nur in kurzen, abgebrochenen Sätzen hervorstoßen, denn der Wind wehte die Hälfte von dem, was er sagte, davon. Aber ich hatte ihn trotzdem verstanden; das Wort Zyklon erklärt sich selber; es bezeichnet fürchterliche Drehstürme, die im Indischen und Atlantischen Meer Orkane, an der afrikanischen Küste Tornados, in der Wüste Samum, und in den chinesischen Meeren Taifune genannt werden; ihre unheilvolle Macht bringt die größten Schiffe in Gefahr.

Wie würde der Great-Eastern einem solchen Zyklon standhalten, und was würde dieser dem Riesen anhaben können?«

»Er wird Unglück erleben«, wiederholte Dean Pitferge. »Sehen Sie, wie er die Nase in die Feder steckt!«

Diese seemännische Metapher war sehr bezeichnend für die Lage des Steamers; sein Vordersteven verschwand unter den Wasserbergen, die ihn von Backbord angriffen. In der Ferne war nichts mehr zu sehen, und alle Symptome deuteten auf einen Orkan. Gegen sieben Uhr kam der Sturm auf; das Meer wogte wild empor, die kleinen Zwischenwellen, die die waagerechte Lage der großen Wogen bezeichnen, verschwanden vollständig; der Ozean schwoll in langen, hoch aufschäumenden Wellen, die dann mit unbeschreiblichem Zischen zerstoben. Mit jeder Minute nahm der Aufruhr des Meeres zu, und der Great-Eastern, der die Wellen von der Seite auffing, stampfte entsetzlich.

»Es ist hier nur zweierlei möglich«, sagte der Doktor mit der Sicherheit eines Seemannes. »Entweder muß man die Wogen aufrecht empfangen und mit geringer Dampfkraft beilegen, oder die Flucht ergreifen und den Kampf mit dem rebellischen Meer aufgeben. Aber Kapitän Anderson wird sich zu keinem dieser Manöver verstehen.«

»Warum?« fragte ich.

»Weil . . . dem Schiffe etwas zustoßen muß!« antwortete der Doktor.

Als ich mich umsah, bemerkte ich den Kapitän, den Obersteuermann und den ersten Ingenieur, die, in ihre Joppen gehüllt, am Geländer des Steges standen und sich wie wir angeklammert hatten. Sie waren vom Kopf bis zu den Füßen vom Wogennebel umgeben, und der Kapitän lächelte wie gewöhnlich. Der Obersteuermann beobachtete das Rollen des Schiffes – es sah aus, als wollten Masten und Schornsteine herabstürzen – und lachte, daß seine weißen Zähne blitzten.

Des Kapitäns Hartnäckigkeit und Eigensinn, in dieser Weise gegen das Meer anzukämpfen, setzten mich in Erstaunen. Um halb acht Uhr wurde der Anblick des Ozeans wirklich schreckenerregend; auf dem Vorderdeck war das Schiff von dem Seewasser überschwemmt, und es gewährte einen großartigen Anblick, diesen Kampf unseres Kolosses gegen die Fluten mitanzusehen. Ich begriff gewissermaßen die Gefühle unseres »Herrn nächst Gott«, der sich noch immer nicht zum Nachgeben entschließen konnte. Aber ich vergaß hierüber, daß die Macht des Meeres maßlos, und ihr nichts entgegenzusetzen ist, was von Menschenhand gemacht ist.

Plötzlich gegen acht Uhr erfolgte ein gewaltiger Stoß; eine schwere Sturzwelle hatte das Schiff an Backbord getroffen.

»Das ist keine gewöhnliche Ohrfeige, sondern ein Faustschlag ins Gesicht«, bemerkte der Doktor.

Und wirklich hatte uns dieser Hieb eine tüchtige Quetschung verursacht, denn gleich darauf erschienen allerlei Trümmer und Holzstücke auf den Wogen. Waren das Stücke von unserm eigenen Fleisch oder Überbleibsel eines fremden Körpers, die vielleicht durch diesen gewaltigen Stoß aus der Tiefe aufgewirbelt waren? Auf ein Zeichen des Kapitäns machte der Great-Eastern eine Viertelschwenkung, um die Bruchstücke zu vermeiden, denn es lag die Gefahr vor, daß sie sich in die Schaufeln verwickeln konnten. Als ich genauer hinunterspähte, nahm ich wahr, daß die Sturzwelle die Schilder an Backbord, die sich doch fünfzig Fuß über die Meeresoberfläche erhoben, fortgerissen hatte; die Fußstöcke waren zerbrochen, die Beschläge herausgerissen, einige Plankentrümmer hingen, halb losgerissen, noch an ihrer Stelle. Unser Riesendampfer hatte unter dem Stoß gezittert, aber dann seine Fahrt mit altem Mute fortgesetzt. Die Trümmer mußten notwendig von dem Vorderdeck fortgeschafft werden, und so wäre es unumgänglich nötig gewesen, vor dem Meere zu fliehen. Das Steamschiff aber bot nach wie vor hartnäckig die Spitze. Der Kapitän war in seinem Feuereifer entschlossen, nicht nachzugeben, und seine Begeisterung schien sich dem Schiffe mitzuteilen.

Ein Offizier wurde mit einigen Leuten auf das Vorderdeck beordert, um die Trümmer von dort hinwegzuschaffen.

»Passen Sie auf, das Unglück ist nicht weit!« raunte mir der Doktor zu.

Die Seeleute begaben sich aufs Vorderteil; wir beide hatten uns an den zweiten Mast gelehnt und sahen, wie sich mit jeder Woge ein neuer Platzregen über das Verdeck ergoß.

Plötzlich erschütterte eine zweite Sturzwelle, noch bei weitem heftiger als die vorige, den Steamer und fuhr durch die in den Verschanzungen entstandene Bresche. Eine ungeheure, gußeiserne Platte, die die große Beting des Vorderteils bedeckte, wurde losgerissen, die massive Kappe über dem Bemannungsposten vernichtet, und die Steuerbordwände zerstückelt und fortgetragen wie ein gegen den Wind aufgespanntes Stück Leinwand.

Die Leute auf dem Vorderdeck waren niedergeworfen; ein Offizier, der fast ertrunken wäre, richtete sich auf, schüttelte das Wasser aus dem rötlichen Schnurrbart und sah sich nach seinen Leuten um; dann stürzte er auf einen Matrosen zu, der bewußtlos auf einer Ankerschaufel ausgestreckt lag, hob ihn auf seine Schultern und trug ihn fort. In diesem Augenblick entkamen die Leute von der Mannschaft quer durch die zerbrochene Kappe. Im Zwischendeck stand das Wasser drei Fuß hoch, und rings um das Schiff bedeckten neue Trümmer und allerlei sonstige Gegenstände das Meer, unter anderem auch einige Tausend von den Puppen, die mein industrieller Landsmann aus der Rue Chapon in Amerika zu akklimatisieren gedachte. In einem weniger kritischen Moment hätte man sich bei dem Anblick eines Lächelns nicht erwehren können; die kleinen Körper hüpften in gar zu possierlichen Sprüngen auf den Wellen hin und her.

Indessen erreichte die Überschwemmung nun auch uns; Wassermassen stürzten durch alle Öffnungen, und der Great-Eastern füllte sich dergestalt, daß er nach einem späteren Bericht des Ingenieurs mehr als zweitausend Tonnen Wasser mit sich führte, genug, um damit eine Fregatte ersten Ranges zu versenken.

»Auch gut!« meinte der Doktor, dem ein Windstoß seinen Hut vom Kopf riß und fortführte.

In dieser Lage noch länger dem Geschick Trotz bieten, wäre geradezu närrisch gewesen; man mußte sich jetzt zur Flucht entschließen. Wie der Steamer mit eingestoßenem Vorderteil den Vordersteven dem Meere zukehrte, glich er einem Manne, der seinen Kopf darauf setzt, mit offenem Munde unter Wasser zu schwimmen.

Kapitän Anderson mußte endlich seinen Sinn ändern; ich sah, wie er selbst zu dem kleinen Rad, das die Bewegungen des Steuers regelte, auf den Steg eilte, und alsbald stieg der Dampf in die hinteren Zylinder. Die Ruderpinne wurde vor den Wind gestellt, der Koloß trug die Spitze gen Norden gewendet und floh, wie eine Nußschale schwankend, vor dem Sturm.

In diesem Augenblick rief unser Kapitän, der sich sonst so sehr zu beherrschen wußte, den ich nie anders als ruhig und gleichmütig gesehen hatte, in tiefstem Zorn:

»Mein Schiff ist entehrt!«

Fünfundzwanzigstes Kapitel

Der Puppenfabrikant – Doktor Pitferges praktische Ideen

Kaum hatte der Great-Eastern die Schwenkung gemacht und sein Hinterteil den Wogen zugewendet, als das Rollen aufhörte und der Aufregung absolute Unbeweglichkeit folgte. Das Frühstück war aufgetragen, und da die meisten Passagiere durch die Ruhe des Schiffes sicher gemacht waren, hatten sich bald die Dining-rooms gefüllt, und man konnte sein Mahl einnehmen, ohne von irgendwelchen Stößen oder unangenehmem Schütteln derangiert zu werden. Nicht ein Teller fiel zur Erde, kein Glas vergoß von seinem Inhalt, und doch waren nicht einmal die Rahmen auf die Tische gelegt. Drei Viertelstunden später fingen jedoch die Möbel von neuem an, hin und her zu rutschen, die Gehänge schaukelten in der Luft, und das Prozellangeschirr stieß klirrend auf den Büfettbrettern aneinander. Der Great-Eastern hatte seine Fahrt nach Westen wieder aufgenommen.

Doktor Pitferge und ich stiegen aufs Verdeck zurück und begegneten unterwegs dem Puppenmann.

»Ihrer kleinen Welt ist übel mitgespielt worden«, redete ihn mein Begleiter an, »die Püppchen werden in den Vereinigten Staaten nicht mehr ihre Künste zeigen und nichts ausplaudern.«

»Hat nichts zu sagen!« rief der industrielle Pariser; »die Ladung war versichert, und mein Geheimnis ist nicht mit zugrunde gegangen. Wir fabrizieren einfach neue Puppen.«

Man sah, er ließ sich nicht leicht in Verlegenheit bringen; nach gegenseitigem freundlichem Gruß begaben wir uns aufs Hinterteil des Steamers. Hier hörten wir von einem Steuermann, daß in der Zeit zwischen den beiden Sturzwellen die Ketten des Steuerruders verwickelt gewesen waren.

»Wenn dieser Zufall im Augenblick des Schwankens eingetreten wäre, hätte die Geschichte böse ablaufen können«, meinte Pitferge, »das Wasser schoß stromweise in unser Schiff. Jetzt arbeiten die Dampfpumpen mit aller Kraft, um es wieder hinauszuschaffen, aber noch bleibt viel zu tun übrig.«

»Wie mag es dem unglücklichen Matrosen gehen?« fragte ich den Doktor.

»Der arme Kerl hat eine schwere Verwundung am Kopf davongetragen, der Schiffsarzt bürgt zwar für seine Genesung, aber gerade das macht mich erst recht besorgt. Nun, wir werden ja sehen. Der Fall ist sehr traurig, der Mann war früher Fischer und macht seine erste Reise über See; er hat eine junge Frau und zwei Kinder zu Hause. – Man sprach davon, daß mehrere Leute fortgeschwemmt wären, aber das Gerücht hat sich glücklicherweise als falsch herausgestellt.«

»Haben wir unsere Route jetzt wieder eingeschlagen?«

»Jawohl«, erwiderte Pitferge, »trotz Wind und Wellen, die Route nach Westen. Man merkt es wohl«, fügte er hinzu, und ergriff einen Takelhaken, um sich zu halten, denn er wäre beinahe der Länge nach auf das Verdeck gefallen. »Wissen Sie, lieber Herr, was ich mit dem Great-Eastern machen würde, wenn er mir gehörte? Nein? Ich würde ein Luxusschiff, zu zehntausend Franken den Platz, daraus machen. Wir hätten dann nur Millionäre an Bord, denen es nicht darauf ankäme, etwas früher oder später drüben anzukommen, und so würde man ganz bequem vier bis sechs Wochen auf die Überfahrt von England nach Amerika verwenden können. Man würde nie eine Welle in der Quere haben; immer gerade oder hinter dem Wind, aber auch nie Rollen oder Stampfen. Meine Passagiere wären vor der Seekrankheit so sicher, daß ich ihnen jede Übelkeit mit hundert Pfund vergüten könnte.«

»Eine ganz praktische Idee«, entgegnete ich.

»Nicht wahr?« meinte Doktor Pitferge, »man könnte dabei viel Geld gewinnen – resp. verlieren!«

Das Steamschiff setzte unterdessen mit geringer Schnelligkeit – fünf bis sechs Umdrehungen in der Minute – seine Fahrt fort; nur eben, um sich auf dem Kurs zu halten. Die hohe See war schrecklich, aber der Vordersteven durchschnitt die Wogen normal, und der Great-Eastern hatte nicht unter Sturzwellen zu leiden. Er ging nicht mehr als metallener Berg einem Wassergebirge entgegen, sondern ließ als ruhender Fels das Arbeiten der Wellen an sich abprallen. Übrigens begann jetzt ein dichter Regen herniederzuströmen, so daß wir Zuflucht unter der Kappe des großen Saales suchen mußten. Dieser Guß beschwichtigte Wind und Wellen, der Himmel klärte sich im Westen, und die letzten dicken Wolken verschwanden am gegenüberliegenden Horizont. Gegen zehn Uhr hatte sich der Orkan vollständig gelegt.

Mittags konnte ziemlich genau das Besteck gemacht werden; es ergab:

Lat. 41° 50' N.
Long. 61° 57' W.
Course: 193 miles.

Diese beträchtliche Abnahme des Weges schrieb man lediglich dem Sturm zu, der während der Nacht und den ganzen Vormittag über das Schiff getrieben hatte. Ein Passagier, den man fast einen Bewohner des Atlantischen Meeres hätte nennen können, da er ihn zum vierundvierzigsten Mal durchfuhr, behauptete, daß er noch niemals einen so heftigen Orkan miterlebt habe. Der Ingenieur erwähnte jenes Unfalls, von dem mir Pitferge zu Anfang unserer Reise erzählt hatte, bei dem der Great-Eastern drei Tage lang in der Hohle der Wogen geblieben war, und versicherte, daß das Schiff damals nicht mit solcher Macht erfaßt worden sei, wie bei dieser Affäre.

Wir erwähnen hier nochmals, daß, wenn der bewunderungswürdige Riesendampfer auch nur mit mittlerer Schnelligkeit fährt und bedeutend rollt, er doch gegen die Wut des Meeres eine vollkommene Sicherheit bietet. Er leistet Widerstand wie ein einziger Block und verdankt diese Starrheit der vollständigen Gleichartigkeit seines Baues, seinem doppelten Rumpf und der vortrefflichen Arbeit seiner Bordierung. Am Bug leistet er vollkommenen Widerstand.

Ebenso aber müssen wir auch wiederholen, daß man mit einem Schiff, wie stark es auch immer sei, nie dem empörten Meere entgegenarbeiten darf, und daß kein Fahrzeug »entehrt« zu nennen ist, wenn es vor dem Sturme flieht. Ein Kommandant darf niemals vergessen, daß ein Menschenleben höher zu veranschlagen ist, als die Befriedigung seines Selbstgefühls. Ein erst vor kurzer Zeit eingetroffenes trauriges Ereignis, eine beklagenswerte Katastrophe, die einem transatlantischen Paketboot zugestoßen ist, beweist, daß ein Kapitän unter keiner Bedingung gegen das Meer ankämpfen darf, und wenn er auch das Schiff einer Konkurrenzgesellschaft sich auf den Fersen weiß.

Sechsundzwanzigstes Kapitel

Die Minstrels – Die Spieler im Smoking-room – Kritische Szene zwischen Fabian und Harry Drake

Die Pumpen fuhren fort, den See auszuschöpfen, der sich, wie eine Lagune auf einer Insel, im Great-Eastern gebildet hatte. Durch die Kraft des Dampfes wurde dem Atlantischen Meere wieder zugeführt, was ihm von rechtswegen gehörte. Der Regen hatte aufgehört, der Wind wurde wieder frisch, und der Himmel war vom Sturm reingefegt; als der Abend herankam, ging ich einige Stunden auf dem Verdeck spazieren; die Säle warfen ihr helles Licht durch die halbgeöffneten Luken, und bis zum Hinterteil, so weit der Blick dringen konnte, verlängerte sich eine phosphoreszierende Gegenströmung, die hier und da vom leuchtenden Kamm der Wogen gestreift wurde. Auf der milchweißen Wasserfläche spiegelten sich die Sterne wider und erschienen oder verschwanden, wie die Wolken an ihnen vorüberzogen und sie verhüllten. Den Horizont bedeckte tiefe Nacht; auf dem Vorderteil grollte der durch die Räder verursachte Donner, und unter mir klirrten die Ketten des Steuerruders.

Als ich nach der Kappe des großen Saales zurückkam, war ich sehr überrascht, hier eine Zuschauermenge versammelt zu finden; trotz der ernsten, unheilvollen Tagesereignisse wikkelte das gewohnte »Entertainment« die Überraschungen seines Programms ab; von Zeit zu Zeit erschallte stürmisches Beifallsrufen, und niemand dachte mehr an den armen, verwundeten Matrosen, der jetzt vielleicht mit dem Tode rang.

Das Fest war heute sehr belebt, denn es hatte sich eine Truppe von »Minstrels« auf den Brettern des Great-Eastern eingefunden, die mit lebhaften Akklamationen aufgenommen wurde.

Unter Minstrels werden eine Art wandernde Sänger verstanden, die – je nach ihrem Ursprung von Natur schwarz, oder geschwärzt – in den englischen Städten umherziehen und ihre grotesken Konzerte geben. In diesem Fall produzierte sich eine Gesellschaft Matrosen und Stewards, die, schwarz gewichst und im wunderlichsten Kostüm, einen äußerst komischen Eindruck machten. Sie waren mit allerlei zusammengesuchten Lumpen bekleidet, die Knöpfe von Schiffszwieback zum Ausputz hatten, und benutzten Operngucker von zwei zusammengebundenen Flaschen und Maultrommeln von der verwegensten Beschaffenheit. Die Kerle benahmen sich ziemlich drollig, sangen allerlei burleskes Zeug, improvisierten Unsinn und ergingen sich in Vorspielen und Rätselfragen.

Durch den übermäßigen Beifall immer mehr angespornt, verdoppelten sie ihre Verrenkungen und Grimassen, und zum Schluß führte ein Tänzer mit affenhafter Behendigkeit einen lustigen Hopser aus, der die Versammlung förmlich hinriß.

So interessant jedoch dieses Programm für viele sein mmochte, alle Passagiere hatte es doch nicht angezogen. Eine große Menge befand sich in dem großen Saal des Vorderteils und drängte sich hier um die Tische, an denen gespielt und zwar hoch gespielt wurde.

Die Gewinner suchten das während der Überfahrt Erworbene festzuhalten, und die Verlierenden, je näher wir unserem Ziel kamen, das Ihre durch kühne Einsätze zurückzubekommen. Der Bankier rief mit scharfer Stimme die einzelnen Würfe aus, die Verlierenden fluchten, Gold- und Papiergeld klang und knitterte – dann entstand ein plötzliches Schweigen, das durch irgendeinen kühnen Wurf hervorgebracht und, als das Ergebnis bekanntgemacht war, durch laute Ausrufe und Tumult unterbrochen wurde.

Für mich waren diese Szenen im Smoking-room sehr wenig anziehend, da das Spiel mir geradezu Schauder einflößt, denn es ist in jedem Fall ein rohes, oft aber auch ungesundes Vergnügen. Der von der Spielwut fortgerissene Mensch hat nicht nur dieses eine Leiden; nach der ganzen Natur des Lasters muß es stets und überall noch andere nach sich ziehen, und außerdem spinnt es sich fast regelmäßig in sehr gemischter Gesellschaft ab. Hier dominierte Harry Drake mit seinen Getreuen, dort versuchten einige Abenteurer, die ihr Glück in Amerika versuchen wollten, ein Vorspiel zu ihrem künftigen Geschick. – Was mich betraf, so war es mir stets am angenehmsten, wenn ich jeden Kontakt mit der lärmenden Rotte vermeiden konnte, und auch heute wäre ich, ohne einzutreten, an der Tür des Saales vorübergegangen, hätte mich nicht ein plötzliches Geschrei, mit lauten Schimpfworten untermischt, aufmerksam gemacht und zum Stillstehen veranlaßt. Ich lauschte einige Augenblicke und glaubte, zu meinem größten Erstaunen, in dem Gewirr Fabians Stimme zu erkennen.

Was konnte er an diesem Ort wollen. Gedachte er vielleicht seinen Feind aufzusuchen? Brach hier die so lange vermiedene Katastrophe los?«

Ich stieß eilig die Tür auf und bemerkte sofort, daß der Tumult auf seinem Höhepunkt angelangt war. Fabian stand mitten in einem Kreise von Spielern Drake gegenüber und bot ihm die Stirn. Wahrscheinlich hatte sein Feind ihn soeben gröblich beleidigt, denn er erhob seine Hand und hätte sie zweifellos auf Drakes Wange niederfallen lassen, wäre nicht in diesem Augenblick Corsican dazwischengesprungen und hätte ihn mit rascher Bewegung zurückgehalten.

Aber Fabian wandte sich nach seinem Gegner um und rief mit kalter, höhnender Stimme:

»Nehmen Sie diese Ohrfeige als genossen an?«

»Jawohl«, schrie Drake, »und hier ist meine Karte!«

So hatte das Verhängnis trotz unserer angestrengtesten Bemühungen die beiden Todfeinde einander gegenübergeführt. Jetzt mußten wir die Dinge ihren Lauf nehmen lassen, es war nichts mehr zu ändern. Hauptmann Corsican warf mir einen raschen Blick zu, und es überraschte mich, in seinen Augen so viel mehr den Ausdruck tiefer Traurigkeit als den der Aufgeregtheit zu finden.

Fabian hatte inzwischen Drakes Karte, die dieser auf den Tisch geworfen, zur Hand genommen; er faßte sie mit den Fingerspitzen, wie einen Gegenstand, den man nur mit höchstem Widerwillen berührte. Corsican war leichenblaß geworden, und ich hörte, wie mein Herz in lauten Schlägen pochte. Jetzt sah Fabian die Karte an und las den Namen – ein Wutschrei entrang sich seiner Brust:

»Harry Drake!« rief er, »Sie! Sie! Sie!«

»Der bin ich«, erwiderte ruhig der Nebenbuhler Fabians.

Wir hatten uns nicht getäuscht; wenn Fabian auch bisher nicht Drakes Namen gekannt hatte, so war doch dieser von Fabians Anwesenheit auf dem Great-Eastern vollkommen unterrichtet gewesen.

Siebenundzwanzigstes Kapitel

Unterredung mit Hauptmann Corsican – Fabians Verzweiflung

Am andern Morgen eilte ich, Hauptmann Corsican aufzusuchen, und fand ihn im großen Saale; er hatte die Nacht bei Fabian zugebracht, der noch immer unter dem Druck der ungeheuren Aufregung von gestern abend stand. Ahnte er bereits, daß Drake nicht allein an Bord war? Wurde ihm durch die Anwesenheit dieses Mannes auch Ellens Hiersein enthüllt, und erriet er, daß die arme Irrsinnige und seine heißgeliebte Ellen ein und dieselbe Person waren?

Corsican konnte mir keine dieser Fragen beantworten, denn Fabian hatte die ganze Nacht bis jetzt in tiefstem Schweigen verharrt.

Corsican hegte eine warme, brüderliche Zuneigung für Fabian, er hatte ihn, solange sie sich kannten, unwiderstehlich angezogen, und der jetzige Gemütszustand meines armen Freundes brachte ihn fast zur Verzweiflung.

»Ich bin zu spät dazwischengetreten«, rief er. »Noch ehe Fabian die Hand gegen Drake erhob, hätte ich den Schurken ohrfeigen müssen.«

»Das hätte meiner Meinung nach nichts an der Sache geändert«, erwiderte ich; »Harry Drake wäre nicht auf Ihre Intentionen eingegangen; er hatte es auf Fabian abgesehen, und so war die Katastrophe unvermeidlich.«

»Sie haben recht«, bestätigte der Hauptmann, »der Schuft hat seine Absicht erreicht; er hat Fabian, seine Vergangenheit und seine Liebe längst gekannt, und wer weiß, ob nicht die arme Ellen ihm in ihrem Schwachsinn selbst Aufschluß über ihren Kummer gegeben hat. Es ist sogar möglich, daß er schon vor der Verheiratung aus der unschuldigen Seele das Geheimnis ihres Mädchenlebens herausgepreßt hat. Von seinen Trieben gereizt, hat er schon lange diesen Streit mit Fabian geplant und sich dabei die Rolle des Beleidigten vorbehalten. Was für ein fürchterlicher Duellant muß dieser Lump sein!«

»Er soll allerdings schon drei oder vier solcher Affären durchgemacht haben, die höchst unglücklich endeten«, bemerkte ich.

Corsican machte eine abwehrende Handbewegung.

»Ich fürchte für Fabian nicht das Duell an sich«, sagte er; »Hauptmann Mac Elwin läßt sich durch keine Gefahr aus seiner gleichmäßigen Ruhe bringen. Aber die Folgen dieser Begegnung können im höchsten Grade unheilvoll für ihn werden. Gesetzt, Fabian tötet diesen gemeinen Menschen, so tut sich zwischen ihm und Ellen eine Kluft auf, die durch nichts in dieser Welt überbrückt werden kann. Das versetzt mich schon jetzt in die größte Sorge, obgleich das arme Wesen sich aller Wahrscheinlichkeit nach in einem Zustand befindet, der jede Vereinigung mit Fabian vorläufig als ein Unding erscheinen läßt.«

»Trotz allen Unheils, das daraus entstehen kann, müssen wir für Ellen und Fabian doch wünschen, daß Harry Drake unterliegt. Die Gerechtigkeit ist auf unserer Seite«, entgegnete ich.

»Gewiß, da es einmal so weit gekommen ist«, gab Corsican zu; »mir aber blutet das Herz, und ich bin außer mir, daß ich diese Begegnung, wenn auch um den Preis meines Lebens, nicht habe verhindern können.«

»Hauptmann«, sagte ich und erfaßte die Hand dieses edlen, opferfähigen Freundes, »wir haben bis jetzt noch nicht die Zeugen Drakes empfangen; ich kann deshalb, wenn Ihnen auch alle Umstände recht geben, noch nicht verzweifeln.«

»Wissen Sie ein Mittel, durch das wir der Angelegenheit vorbeugen können?«

»Bis jetzt nicht; aber jedenfalls kann das Duell doch erst in Amerika stattfinden, und wer weiß, ob bis dahin nicht der Zufall, durch den diese Situation herbeigeführt ist, den Knoten löst.«

Hauptmann Corsican schüttelte ungläubig den Kopf, wie ein Mann, der das Spiel des Zufalls in menschlichen Angelegenheiten ableugnet. In diesem Augenblick erschien Fabian oben auf der Treppe, die auf das Verdeck führt. Ich sah ihn nur einen Augenblick an, aber ich fühlte sofort, daß die Wunde in ihm von neuem blutete; er sah so bleich und gramerfüllt aus, daß mich sein Anblick aufs Tiefste ergriff. Wir folgten ihm, aber er suchte uns auszuweichen und starrte ziellos umher, als wolle er die schon halb ihrer sterblichen Hülle entwichene Seele heraufbeschwören.

Corsican und ich dachten, daß wir ihm jetzt wohl unsere Freundschaft am besten beweisen könnten, wenn wir seinen Schmerz achteten und ihm nicht mit unserer Gegenwart lästig fielen.

Aber plötzlich näherte sich uns Fabian und sagte:

»Sie ist es gewesen! Die Wahnsinnige! Es war Ellen, nicht wahr? Die arme Ellen! –«

Er schien noch zu zweifeln, ging aber fort, ohne eine Antwort von uns abzuwarten, und wir waren froh, einer solchen enthoben zu sein.

Achtundzwanzigstes Kapitel

Ein zweiter Sonntag an Bord

Um zwölf Uhr wußte ich noch nichts davon, daß Drake seine Zeugen an Fabian abgeschickt hatte, und doch hätten diese Präliminarien bereits erfüllt sein müssen, wenn Drake entschlossen gewesen wäre, Genugtuung zu verlangen. Lag in dieser Verzögerung eine Hoffnung für uns? Ich wußte sehr wohl, daß die Angelsachsen die Frage des point d'honneur anders ansehen als wir, und daß das Duell den englischen Gebräuchen fast ganz abhanden gekommen ist; denn wie bereits erwähnt, verfährt das Gesetz nicht nur sehr streng mit den Duellanten und läßt sich nicht drehen und wenden wie in Frankreich, sondern auch die öffentliche Meinung erklärt sich sehr entschieden dagegen. Hier lag aber die Sache zu eigentümlich; der Handel war augenscheinlich gesucht und beabsichtigt, der Beleidiger hatte gewissermaßen den Beleidigten herausgefordert, und, wie ich auch darüber grübelte und dachte, immer kam ich zu dem Schluß, daß ein Zweikampf unvermeidlich war.

In diesem Augenblick strömte eine Flut von Spaziergängern aufs Verdeck; es waren die Gläubigen, die soeben den Betsaal verließen. Offiziere, Matrosen und Passagiere zogen sich wieder auf ihre Posten und in ihre Kajüten zurück.

Um halb ein Uhr ergab das angeheftete Besteck folgende Resultate:

Lat. 40° 33' N.
Long. 66° 21' W.
Course: 214 miles.

Der Great-Eastern befand sich sonach nur noch dreihundertachtundvierzig Meilen von der Spitze von Sandy-Hook, einer sandigen Landzunge, die den Eingang zu dem Fahrwasser von New-York bildet, entfernt. Bald mußte er in amerikanische Gewässer kommen.

Während des Lunch bemerkte ich zu meinem Erstaunen, daß Fabian an der Tafel fehlte, aber Drake an seinem gewohnten Platze saß. Obgleich dieser Schurke polterte und lärmte wie sonst, schien es mir doch, als quäle ihn eine gewisse Unruhe; suchte er in dem Trunk Vergessenheit für seine Gewissensbisse? Ich kann natürlich nichts Bestimmtes darüber sagen, aber er überlieferte sich in Gesellschaft seiner gewöhnlichen Genossen häufigen Libationen. Mehrmals schaute er tückisch von der Seite zu mir hin, da er mich trotz seiner Unverschämtheit nicht gerade anzusehen wagte. Suchte er Fabian unter den Gästen? Ich weiß es nicht, aber plötzlich, noch ehe die Tafel aufgehoben war, erhob er sich und verließ den Saal. Ich stand gleichfalls auf, um ihn zu beobachten, aber er ging direkt auf seine Kajüte zu und schloß sich ein.

Ich stieg auf das Verdeck; das Meer lag prächtig da, der Himmel war rein und blau. Nicht eine Wolke am Firmament, kein noch so leichter Schaum auf der ruhigen Wasserfläche, so weit das Auge reichte. Die beiden unermeßlichen Spiegel sandten sich gegenseitig ihre azurblauen Nuancen zu. Von Doktor Pitferge, den ich promenierend antraf, hörte ich böse Nachrichten über den verwundeten Matrosen. Der Zustand des Kranken verschlimmerte sich zusehends, und trotz der gegenteiligen Versicherungen des Arztes stand seine Genesung sehr in Frage.

Um vier Uhr, wenige Minuten vor dem Diner, wurde von Backbord ein Schiff signalisiert. Der Obersteuermann sagte mir, daß dies die »City of Paris«, von 2750 Tonnen Gehalt, einer der schönsten Steamer der Inman-Gesellschaft sein müsse. Er irrte sich jedoch; als das Paketboot näher kam, überschickte es seinen Namen: »Saxonia« von der Steam-National-Company. Einige Augenblicke fuhren die beiden Schiffe Bord gegen Bord, weniger als drei Kabellängen voneinander entfernt; Das Verdeck der »Saxonia« war mit Passagieren bedeckt, die uns mit dreifachem Hurra begrüßten.

Um fünf Uhr schon zeigte sich ein neues Schiff am Horizont, hielt sich aber zu entfernt, als daß man seine Nationalität hätte ermitteln können. Sehr wahrscheinlich war dies die »City of Paris«. Diese Begegnungen von verschiedenen Schiffen, gleichsam Gästen auf dem Atlantischen Ozean, haben etwas sehr Anziehendes. Man sendet Grüße herüber und hinüber, und die Gemeinsamkeit, mit der man den Gefahren trotzt, schafft Teilnahme und Sympathie auch zwischen Unbekannten.

Um sechs Uhr kam noch ein anderes Schiff, die »Philadelphia« der Inman-Linie, vorbei; sie besorgte den Auswanderer-Transport von Liverpool nach New-York. Wir durchfuhren jetzt besuchte Meere, und das von mir so sehr ersehnte Land konnte nicht mehr fern sein.

Man erwartete auch die »Europa«, ein Radpaketboot von 3200 Tonnen Gehalt und 1300 Pferdekraft, einen Steamer der Transatlantischen Gesellschaft, der den Passagierdienst zwischen Havre und New-York versieht. Er mußte jedoch mehr nördlich gegangen sein, da man ihn nicht signalisierte.

Gegen halb acht Uhr brach die Dunkelheit herein; der Mond, heute eine schmale, goldene Sichel, löste sich gleichsam von den Strahlen der untergehenden Sonne ab und schwebte über dem Horizont. Eine religiöse Andacht, die Kapitän Anderson im großen Saale hielt, endete erst gegen neun Uhr, und die getragenen Melodien des Kirchengesangs, von dem sie ab und zu unterbrochen wurde, klangen halb verloren zu mir herüber.

Der Tag war vorbeigegangen, ohne daß weder Hauptmann Corsican noch ich den Besuch der erwarteten Zeugen von Harry Drake erhalten hatten.

Neunundzwanzigstes Kapitel

Die Zeugen Harry Drakes

Mit dem folgenden Morgen brach der 8. April und ein herrlicher Tag an; die Sonne strahlte gleich von ihrem Aufgang prächtig hernieder.

Auf dem Verdeck sah ich den Doktor, der sich behaglich sonnte, und, so wie er mich sah, zu mir herankam.

»Nun, unser armer Patient ist tot«, begann er; »in dieser Nacht gestorben. Der Schiffsarzt bürgte für ihn, und der wußte natürlich seinen Zustand am besten zu beurteilen! Ja, die Ärzte! Die wissen alles, das kennt man! Dies ist nun die vierte Leiche, seit wir Liverpool verlassen haben, der vierte Reisegefährte, der unter die Passiva des Great-Eastern zu stellen ist, und unsere Fahrt hat noch nicht ihr Ende erreicht!«

»Der arme Mann! Was wird aus seiner Frau und seinen kleinen Kindern werden?« rief ich. »So traurig umzukommen, wo wir die amerikanische Küste fast schon in Sicht hatten, so nahe am Hafen!«

»Das ist nun einmal nicht anders, mein lieber Herr«, philosophierte melancholisch der Doktor. »Wir müssen uns unter das Gesetz beugen und sterben, damit die nach uns kommen Raum haben. Meine Ansicht ist, daß man nur deshalb stirbt, um einem anderen, der Anspruch auf diese Stelle hat, Platz zu machen. Wissen Sie, wie viele Leute gestorben sein werden, wenn ich sechzig Jahre gelebt habe?«

»Keine Ahnung, Herr Doktor.«

»Die Rechnung ist sehr einfach; wenn ich sechzig Jahre lebe, habe ich 219O0 Tage, gleich 525600 Stunden, gleich 31536000 Minuten, endlich gleich 1882160000 Sekunden gelebt, in runder Summe 2000000000 Sekunden. Nun werden aber in dieser Zeit genau 2000000000 Individuen, die ihren Nachkommen im Wege waren, gestorben sein, und wenn die Zeit kommt, wo ich im Wege stehe, werde auch ich das Feld räumen müssen. Man kann eben nur wünschen, so spät wie irgend möglich anderen im Wege zu stehen.«

Der Doktor gefiel sich noch einige Zeit darin, nachzuweisen, daß wir alle sterblich sind, was schließlich nicht besonders schwierig war. Ich fand in seinen Expektorationen nichts, was ich bestreiten konnte, und ließ ihn reden.

Während wir so, plaudernd und zuhörend, auf- und abgingen, sah ich Zimmerleute an Bord damit beschäftigt, die Schilder zu reparieren, die am Vorderdeck von der doppelten Sturzwelle eingestoßen waren. Wollte Kapitän Anderson nicht in New-York mit Havarie einziehen, so mußten die Handwerker eilen, denn der Great-Eastern flog mit einer Schnelligkeit auf diesen ruhigen Gewässern dahin, wie noch nie zuvor. Am deutlichsten nahm ich diese Tatsache an der Fröhlichkeit unseres jungen Pärchens wahr, das jetzt, wenn es am Geländer lehnte, nicht mehr die Radumdrehungen zu zählen versuchte. Die langen Pleuelstangen entwickelten sich mit reißender Schnelligkeit, und die kolossalen Zylinder, die auf ihren Zapfen oszillierten, glichen einem Geläut von Glocken, die mit der größten Schnelligkeit in Bewegung gesetzt werden. Die Räder lieferten jetzt elf Umdrehungen per Minute, und wir bewegten uns mit einer Vehemenz von dreizehn Meilen pro Stunde von der Stelle.

Um zwölf Uhr wurde heute von den Offizieren nicht das Besteck gemacht; sie konnten ihre Lage nach Schätzung erkennen; das Land mußte in Kürze signalisiert werden.

Als ich nach dem Lunch spazierenging, kam Hauptmann Corsican zu mir heran, und ich sah sofort an seiner sorgenvollen Miene, daß er mir etwas mitzuteilen habe.

»Fabian hat die Zeugen Drakes empfangen und mich ersucht, sein Sekundant zu sein. Auch Sie läßt er durch mich bitten, ihm in dieser Angelegenheit gütigst zur Seite stehen zu wollen. Wir dürfen doch auf Sie rechnen?«

»Ja, Hauptmann. So ist also jede Hoffnung, diese Begegnung hinauszuschieben oder zu verhindern, verschwunden.«

»Es ist nicht mehr daran zu denken!«

»Aber sagen Sie mir, wie entstand eigentlich der Streit im Smoking-room?«

»Der Anlaß war ein bloßer Vorwand, eine Erörterung über das Spiel. Soviel steht fest, wenn Fabian diesen Drake nicht kannte, so kannte der ihn um so besser. Der Name Fabian ist für ihn so viel wie ein Gewissensbiß, und er gedenkt, ihn mit dem Mann, der ihn trägt, aus der Welt zu schaffen.«

»Wer sind Harry Drakes Zeugen?« fragte ich.

»Der eine ist jener Possenreißer . . .«

»Doktor T . . .?«

»Jawohl, und der andere ein Yankee, der mir nicht bekannt ist.«

»Wann werden sie zu Ihnen kommen?«

»Ich erwarte sie hier.«

Wirklich bemerkte ich in diesem Augenblick die beiden Zeugen, die auf uns zukamen. Doktor T . . . setzte sich gewaltig in Positur und kam sich augenscheinlich sehr wichtig in der Mission vor, einen Schurken zu vertreten. Sein Begleiter war ein anderer Tischgenosse Drakes, einer von jenen eklektischen Kaufleuten, die immer gerade das zu verkaufen haben, was man ihnen zu kaufen vorschlägt.

Nachdem Doktor T . . . mit Emphase gegrüßt hatte, was Hauptmann Corsican übrigens kaum erwiderte, nahm er das Wort und begann sehr feierlich:

»Meine Herren, unser Freund Drake, ein Gentleman, dessen feine Sitten und Verdienste jedermann zu würdigen weiß, hat uns zu Ihnen gesandt, um über eine höchst delikate Sache zu verhandeln, oder vielmehr, Hauptmann Mac Elwin, an den wir uns zunächst wandten, hat uns sie beide als seine Stellvertreter in dieser Angelegenheit bezeichnet. Ich hoffe, daß wir uns, wie es sich für honette Leute paßt, mit Ihnen über die delikaten Punkte unserer Mission vereinigen werden.«

Wir antworteten nicht und überließen es der honetten Persönlichkeit, mit »Delikatesse« weiter zu schwatzen.

»Meine Herren«, fuhr Doktor T... fort, »es bedarf natürlich keiner weiteren Erörterung darüber, daß das Unrecht auf seiten des Hauptmann Mac Elwin ist. Der Herr hat ohne Grund, ja sogar ohne Vorwand die Ehrenhaftigkeit unseres Freundes Harry Drake in einer Spielfrage angegriffen und ihm sodann, ohne jede Herausforderung, die schwerste Injurie zugefügt, die einem Gentleman füglich widerfahren kann...«

Diese süßlichen Redensarten wurden endlich dem Hauptmann zuviel; er biß sich ungeduldig auf den Schnurrbart und rief, indem er barsch dem Doktor das Wort abschnitt:

»Zur Sache, mein Herr, wenn ich bitten darf; die Angelegenheit ist so außerordentlich einfach, daß langes Reden darüber vollständig überflüssig wird. Hauptmann Mac Elwin hat die Hand gegen Herrn Drake erhoben, und Ihr Freund sieht die Ohrfeige als genossen an; er ist also der Beleidigte und verlangt Genugtuung; folglich steht die Wahl der Waffen ihm zu. Nun?«

»Hauptmann Mac Elwin nimmt an?...« fragte Doktor T..., der durch Corsicans Ton etwas aus dem Konzept gebracht war.

»Alles.«

»Unser Freund Harry Drake wählt den Degen.«

»Gut. Wo soll die Begegnung stattfinden? In New-York?«

»Nein, hier an Bord.«

»An Bord, gut, wenn Ihnen daran liegt. Wann? Morgen früh?«

»Heute abend um sechs Uhr, hinter dem großen Deckzimmer, das um die Zeit unbesucht ist.«

»Es ist gut.«

Und Hauptmann Corsican nahm mich am Arm und drehte, ohne weiteren Blick oder Gruß, Doktor T... den Rücken zu.

Dreißigstes Kapitel

Eine Leiche an Bord

Ein Aufhalten der Entwicklung war bei dieser unglücklichen Geschichte unmöglich geworden. Nur wenige Stunden noch trennten uns von dem Augenblick, wo die beiden Feinde sich gegenüberstehen sollten. Weshalb diese Überstürzung? Warum wartete Harry Drake nicht mit dem Duell, bis sein Gegner und er gelandet waren? Schien ihm dies von einer französischen Gesellschaft gemietete Schiff ein günstigerer Boden für diese Begegnung, die ein Kampf auf Leben und Tod werden sollte? Oder hatte Drake vielleicht ein geheimes Interesse, Fabian auf die Seite zu schaffen, bevor wir den Fuß auf amerikanischen Kontinent setzten und Ellens Anwesenheit an Bord offenbar wurde? Ja, das mußte es sein!

»Nach allem, was geschehen ist, liegt bitter wenig daran«, sagte Hauptmann Corsican. »Je eher die Geschichte jetzt zu Ende kommt, desto besser.«

»Soll ich Doktor Pitferge bitten, dem Duell in seiner Eigenschaft als Arzt beizuwohnen?«

»Ja, Sie werden wohl daran tun.«

Corsican verließ mich, um wieder zu Fabian zu gehen. Gleich darauf hörte ich die Schiffsglocke läuten, und der Steuermann teilte mir auf mein Befragen mit, daß das Begräbnis des armen Matrosen eingeläutet würde, der diese Nacht gestorben sei. Die traurige Zeremonie sollte also schon jetzt vollzogen werden. – Das bis zu dieser Stunde so herrliche Wetter ging offenbar einem Wechsel entgegen, denn im Süden ballten sich schwere, dunkle Wolken zusammen.

Beim Ruf der Glocke begaben sich die Passagiere in Menge auf Steuerbordseite; die Stege, Radkasten, Verschanzungen, Wanten und die in ihren Taljen hängenden Boote füllten sich in kurzer Zeit mit Zuschauern. Offiziere, Matrosen und Heizer, die gerade nicht Dienst hatten, stellten sich auf dem Verdeck auf.

Um zwei Uhr erschienen am Ende des großen Deckzimmers eine Gruppe Seeleute, die aus dem Krankenzimmer kamen und an der Steuermaschinerie vorübergingen. Vier Mann trugen die Leiche des Matrosen; sie war in ein Stück Segeltuch genäht und an den Füßen mit einer Kugel auf ein Brett geheftet. Die britische Flagge war über den Leichnam gebreitet, und die Träger rückten, von allen Kameraden des Toten gefolgt, langsam bis etwa zur Mitte der Versammlung vor.

Vor der Zuschauerreihe, die sich auf dem Radkasten plaziert hatte, standen in Galauniform Kapitän Anderson und die ersten Offiziere; der Kapitän hatte ein Gebetbuch in der Hand; er entblößte sein Haupt und verlas mit ernster Stimme, während das tiefste Schweigen herrschte, das Gebet für die Toten. Bei der schweren, sturmdrohenden Atmosphäre und der Ruhe ringsumher konnte man auch sein leisestes Wort verstehen. Einige Passagiere antworteten mit gedämpfter Stimme.

Dann wurde der von den Trägern emporgehobene Körper ins Meer herabgelassen. Einen Augenblick schwamm er oben, dann richtete er sich auf und verschwand mitten in einem Schaumkreis in der Tiefe.

In derselben Minute ertönte aus dem Mastkorb der Ruf: »Land!«

Einunddreißigstes Kapitel

Land! – Der Donner als Pitferges Freund und Medizin

Das Land, in demselben Moment angekündigt, da sich die Wasser über dem armen Matrosen schlossen, zeigte sich bald als eine Linie niedriger, gelber Dünen. Es war Long-Island, eine lange, durch kräftige Vegetation verschönte Sandbank, die die amerikanische Küste von der Montaukspitze bis Brooklyn, der Vorstadt von New-York, deckt. Eine Menge Küstenfahrer segelten am Rande der mit Villen und Lustschlössern bebauten Insel dahin. Das Eiland ist eine Lieblings-Villeggiatur der New-Yorker.

Die Passagiere winkten mit der Hand dem nach einer zu langen Überfahrt so sehr ersehnten Land ihre Grüße zu; unsere

Reise war nicht gefahrlos und leicht gewesen. Alle Ferngläser richteten sich auf das erste Stückchen amerikanischen Kontinent, und jeder sah es durch sein Leid oder seine Freude mit anderen Augen an. Die Yankees begrüßten in ihm ihr Heimatland, während die Anhänger der Südstaaten mit der Verachtung des Besiegten für den Sieger auf diese Nordländer herabblickten. Die Kanadier blickten darauf hin als Menschen, die nur einen Schritt zu machen hatten, um Bürger der Union zu werden; die Kalifornier setzten bereits im Geist ihren Fuß über all diese Ebenen des Far-West hinweg auf die unerschöpflichen Goldgruben; die Mormonen sahen kaum mit verächtlich gekräuselter Lippe und hochmütig erhobenem Haupt auf diese Gestade und gedachten ihres Salzsees und der Stadt der Heiligen in unzugänglicher Wüste; unsere jungen Brautleute aber schauten strahlenden Auges und mit lächelndem Mund hinüber zu dem ersehnten Kontinent, für sie das Gelobte Land.

Der Himmel bedeckte sich mehr und mehr, und finsteres Gewölk zog, wie es schien, vom südlichen Horizont herauf. Die Luft war drückend schwül, und die dunkle Wolkenmasse näherte sich von Minute zu Minute mehr dem Zenit. Es war so heiß, als sendete die Juli-Sonne ihre heißesten Strahlen senkrecht auf uns hernieder. Hatten die Zwischenfälle dieser Überfahrt noch nicht ihr Ende erreicht?

»Soll ich Ihnen etwas sehr Merkwürdiges mitteilen?« fragte mich Doktor Pitferge, der auf den Laufplanken hinter mir hergekommen war.

»Tun Sie das, Doktor.«

»Nun, wir werden heute noch ein Gewitter, vielleicht sogar einen Sturm erleben.«

»Ein Gewitter im Monat April!« rief ich ungläubig.

»Der Great-Eastern spottet der Jahreszeiten«, versetzte Dean Pitferge achselzuckend, »das Gewitter ist expreß für ihn zusammengerührt. Betrachten Sie einmal die unheimliche, förmlich Aufruhr strahlende Farbe dieser Wolkenmasse; den Formen nach haben sie Ähnlichkeit mit Tierkörpern aus antediluvianischer Zeit. In kurzer Zeit werden sie aufeinander losfahren und sich verschlingen.«

»Ich gebe zu, daß der Horizont sehr drohend aussieht«, sagte ich. »Wären wir im Monat Juli, so würde ich Ihnen unbedenklich recht geben, aber heute – nein!«

»Ich wiederhole meine Behauptung auf das Entschiedenste«, rief der kleine Doktor aufgeregt, »das Gewitter bricht höchstens in einigen Stunden los; ich fühle das so genau wie ein Barometer. Sehen Sie doch jene Dünste dort, beobachten Sie diese Zyrrhus*, diese »Katzenschwänze«, die immer wieder ineinander verschmelzen und neu entstehen, und die dunklen Ringe, von denen der Horizont förmlich verengt wird. In kurzer Zeit muß eine Verdichtung der Dünste und infolge davon Elektrizitätserzeugung vor sich gehen. Übrigens ist das Barometer plötzlich auf siebenhunderteinundzwanzig Millimeter gefallen, und der Wind kommt aus Südwest; nur bei Südwestwind sind Gewitter im Winter möglich.«

»Ihre Beobachtungen mögen etwas für sich haben, Doktor«, räumte ich ein, »aber bedenken Sie doch! Wer hat jemals in dieser Jahreszeit und unter diesen Breiten Gewitter erlebt.«

»Sie gehören selbstverständlich zu den Seltenheiten, aber man findet sie doch ab und zu in den Jahrbüchern aufgeführt. Hätten Sie z.B. in den Jahren 1712 oder 1824 gelebt, so würden Sie im ersten Fall ein Gewitter im Februar mit angesehen, im letzteren den Donner im Dezember haben rollen hören. Anno 1837 im Januar schlug der Blitz bei Drammen in Norwegen ein und richtete beträchtlichen Schaden an, und noch im letzten Jahr sind im Monat Februar am Kanal Schifferboote aus Tréport vom Blitz getroffen worden. Wenn ich Zeit und Lust hätte, die Journale nach derartigen Notizen zu durchstöbern, würde ich Ihren Unglauben mit eklatanten Beweisen in Grund und Boden schmettern.«

»Nun, Doktor, wenn es absolut nicht anders sein kann ... wir werden ja sehen. Sie haben doch keine Furcht vor dem Donner?«

»Ich?« sagte der Doktor lebhaft; »der Donner ist sogar mein Freund, und mehr als das, mein Arzt!«

»Ihr Arzt?«

»Gewiß ist er das! So wie ich hier vor Ihnen stehe, bin ich

*Federwolken.

am 13. Juli 1867 in Kiew bei London vom Blitz getroffen und dadurch von einer Lähmung des rechten Arms geheilt worden, die aller Anstrengungen der Ärzte spottete.«

»Der Herr Doktor belieben zu scherzen.«

»Durchaus nicht! Es ist das eine ökonomische Behandlung, eine Behandlung mittels Elektrizität. Es lassen sich noch ganz andere authentische Tatsachen dafür anführen, mein lieber Herr, daß der Donner klüger ist, als die geschicktesten Doktoren, und seine Intervention gerade in den verzweifeltsten Fällen oft wunderbar wirkt.«

»Ich muß gestehen, daß ich wenig Vertrauen auf Ihren Arzt habe, Doktor«, erklärte ich, »ich halte es für eine riskante Sache, ihn zu konsultieren.«

»Weil Sie ihn nicht bei der Arbeit gesehen haben. Warten Sie, da fällt mir noch ein Beispiel ein; im Jahre 1817 wurde ein Bauer aus Connecticut, der an einem für unheilbar gehaltenen Asthma litt, auf seinem Felde vom Blitz getroffen und radikal geheilt. In diesem Fall haben wir also einen Brustblitzschlag zu konstatieren.«

Ich glaube, der Doktor wäre imstande gewesen, den Doktor in Pillenform einzugeben.«

»Lachen Sie nur, Sie Unwissender! Lachen Sie, soviel Ihnen beliebt; Sie verstehen vom Wetten ebenso wenig wie von der Medizin!«

Zweiunddreißigstes Kapitel

Lösung der Lotsenfrage und Edelmut des Hauptmanns Corsican

Doktor Dean Pitferge verließ mich ziemlich ungehalten, und ich blieb allein auf dem Verdeck zurück und beobachtete das aufsteigende Gewitter. Fabian war noch in seiner Kajüte eingeschlossen und Corsican bei ihm; jedenfalls traf mein Freund noch einige Anordnungen für den Fall eines unglücklichen Ausgangs der heutigen Affäre. Es fiel mir jetzt ein, daß Fabian eine Schwester in New-York hatte, die seiner Ankunft gewiß schon sehnsüchtig entgegensah, und ich zitterte bei dem Gedanken, daß wir ihr den Bruder als Leiche bringen müßten. Gern wäre ich in diesen Stunden mit Fabian vereint gewesen, aber ich mußte mir sagen, daß es besser sei, ihn und Hauptmann Corsican jetzt nicht zu stören.

Um vier Uhr bekamen wir eine Landstrecke, die sich lang vor der Küste von Long-Island hinzieht, in Sicht; in der Mitte erhob sich ein Leuchtturm, der den Schiffen das Land verkündete; die Passagiere hatten das Verdeck und die Stege besetzt, und aller Augen richteten sich auf die Küste, die ungefähr sechs Meilen nördlich blieb. Man wartete mit gespanntem Interesse auf den Augenblick, wo die Ankunft des Lotsen die Angelegenheit der Poule regeln würde. Begreiflicherweise hatten die Besitzer der Nachtviertelstunden – ich selber gehörte unter ihre glückliche Zahl – jede Hoffnung aufgegeben, und auch die Tagesviertelstunden, außer denen, die zwischen vier und sechs Uhr lagen, hatten keine Chancen mehr. Noch vor Einbruch der Dunkelheit mußte der Lotse an Bord kommen, und hiermit fand die Sache ihre Entscheidung. Das ganze Interesse konzentrierte sich mithin auf die sieben bis acht Personen, denen das Los die nächsten sieben bis acht Viertelstunden zuerteilt hatte, und diese machten ein profitables Geschäft daraus, ihre Chancen mit wahrer Wut zu verkaufen, wieder zu erhandeln und von neuem loszuschlagen. Man hätte sich auf die Royal-Exchange in London versetzt glauben können.

Um vier Uhr sechzehn Minuten signalisierte man von Steuerbord einen kleinen Schoner, der auf das Steamschiff hinhielt. Jetzt schwand jeder Zweifel: das war der Lotse; in vierzehn, höchstens fünfzehn Minuten mußte er an Bord sein. Der Kampf beschränkte sich jetzt also nur noch auf das zweite und dritte Viertel zwischen vier und fünf Uhr abends. Natürlich begannen nun Nachfrage und Angebot mit erneuter Lebhaftigkeit, und es entspannen sich so unsinnige Wetten über die Person des Lotsen, daß ich es vorziehe, hier ihren genauen Wortlaut wiederzugeben:

»Zehn Dollar, daß der Lotse eine Frau hat.«

»Zwanzig Dollar, daß er Witwer ist.«

»Dreißig Dollar, daß er einen Schnurrbart trägt.«

»Fünfzig Dollar, daß sein Backenbart ins Rötliche spielt.«

»Sechzig Dollar, daß er eine Warze auf der Nase hat.«

»Hundert Dollar, daß er mit dem rechten Fuß zuerst aufs Verdeck kommen wird.«

»Er raucht.«

»Er wird eine Pfeife im Mund haben.«

»Nein, eine Zigarre!«

»Nein! Ja! Nein!«

Und mindestens noch zwanzig andere abgeschmackte Wetten, zu denen sich immer noch abgeschmacktere Leute fanden, die sich daran beteiligten.«

Währenddessen näherte sich der kleine Schoner, seine Segel so dicht wie möglich beim Winde, Steuerbordseite zu, merklich dem Dampfer. Man unterschied die hübsche, ziemlich erhabene Form des Vorderteils und seine in die Länge gezogene Gilling, die ihm das Ansehen einer Vergnügungsyacht gab. Diese Lotsenboote sind ebenso graziöse als solide Boote von fünfzig bis sechzig Tonnen, sehr seetüchtig und richtig im Wasser fußend; sie heben sich gegen den Wellenschlag wie eine Möwe. Man könnte Lust bekommen, auf solcher Yacht die Welt zu umsegeln; die Karavellen Magellans wogen sie nicht auf. Dieser anmutig geneigte Schoner hatte trotz der Brise, die jetzt anfing frisch zu werden, alle Segel beigesetzt, seine Mastspitzen und Stagsegel stachen weiß gegen den dunklen Grund des Firmaments ab, das Meer schäumte unter seinem Vordersteven. In einer Entfernung von zwei Kabellängen vom Great-Eastern angekommen, ließ er plötzlich die Segel back brassen und setzte sein Boot ins Meer. Kapitän Anderson ließ stoppen, und zum ersten Mal seit vierzehn Tagen standen Räder und Schraube still. Ein Mann stieg in das Boot des Schoners, und vier Matrosen schwammen auf den Steamer zu. Jetzt wurde an der Seite unseres Kolosses eine Sturmleiter hinuntergelassen, neben der die Nußschale des Lotsen anlegte; dieser griff hinein, kletterte behende empor und stand in wenigen Augenblikken auf dem Verdeck.

Er wurde von dem Triumphgeschrei der Gewinner und mit Rufen der Enttäuschung von seiten der Verlierenden empfangen; die Poule regelte sich nach folgenden Daten:

Der Lotse war verheiratet.

Er hatte keine Warze an der Nase.

Er trug einen blonden Schnurrbart.

Er war mit beiden Füßen zugleich aufs Verdeck gesprungen.

Endlich war es genau vier Uhr sechsunddreißig Minuten, als er die Füße auf das Verdeck des Great-Eastern setzte.

Der Besitzer der dreiundzwanzigsten Viertelstunde gewann also sechsundneunzig Dollar; es war Hauptmann Corsican, gewiß derjenige von allen Mitspielenden, der am wenigsten an diesen unerwarteten Gewinn gedacht hatte. Nach kurzer Zeit erschien er auf dem Verdeck, und als ihm hier sofort der Einsatz der Poule überreicht wurde, bat er den Kapitän Anderson, das Geld der Witwe des jungen verunglückten Matrosen zukommen zu lassen; der Kommandant antwortete ihm nur mit einem warmen Händedruck. Einige Augenblicke später wurde Corsican von einem Seemann aufgesucht, der ihn zu sprechen wünschte; er grüßte den Hauptmann in seiner kurzen, wenig förmlichen Art und sagte dann:

»Mein Herr, die Kameraden haben mich abgeschickt, Ihnen zu sagen, daß Sie ein braver Mann sind. Wir alle danken Ihnen im Namen des armen Wilson, der Ihnen ja selbst nicht mehr danken kann.«

Hauptmann Corsican drückte gerührt dem Matrosen die Hand.

Der Lotse war ein kleiner Mann von wenig seemännischem Äußern, mit einer Mütze von Wachsleinwand, schwarzen Beinkleidern und einem braunen Überrock mit roten Litzen bekleidet und hatte einen Regenmantel an. Er war jetzt Herr an Bord.

Als er aufs Verdeck gesprungen war, hatte er, noch bevor er die Brücke bestieg, ein Bündel Zeitungen abgegeben, auf das die Passagiere mit großer Hast zustürzten. Man bekam hier zum ersten Mal wieder Nachrichten aus Europa, und dies war das politische und bürgerliche Band, das sich von neuem zwischen dem Great-Eastern und den beiden Kontinenten anknüpfte.

Dreiunddreißigstes Kapitel

Das Duell und sein kritischer Ausgang

Das Gewitter war wirklich heraufgezogen, und der Kampf der Elemente sollte beginnen; dichte Wolken von eintöniger Färbung rundeten sich über uns; die verdüsterte Atmosphäre gewährte einen fast flockigen Anblick; die Natur schien Doktor Pitferges Prophezeiungen bestätigen zu wollen. Der Steamer verminderte nach und nach seine Schnelligkeit, die Räder lieferten jetzt nur drei bis vier Umdrehungen in der Minute; durch die halbgeöffneten Ventile entwichen weiße Dampfwirbel, und die Ankerketten wurden klargelegt. An der Besanstange wehte die britische Flagge. Kapitän Anderson hatte, wie man sieht, alle Anordnungen zum Ankern getroffen. Von der Höhe des Steuerbordradkastens ließ der Lotse den Steamer durch Zeichen mit der Hand seine Schwenkungen in dem engen Fahrwasser ausführen, aber schon nahte die Ebbe, und so konnte die Sandbank, die die Mündung des Hudson schneidet, von dem Great-Eastern nicht mehr überschritten werden. Man mußte notgedrungen bis zum andern Morgen auf die Flut warten! Noch ein Tag!

Um drei Viertel auf fünf wurden auf Anordnung des Lotsen die Anker in den Grund gesenkt, und die Ketten liefen mit einem so lauten klirrenden Krachen durch die Klüsgaten, daß ich einen Augenblick glaubte, das Gewitter fange an sich zu entladen.

Als die Schaufeln sich in den Sand gesetzt hatten, drehte der Dampfer sein Vorderteil dem Drange der Ebbe zu und blieb unbeweglich; kein Kräuseln des Meeres brachte das Schiff aus der waagerechten Lage, der Great-Eastern war zu einer Insel geworden.

In diesem Augenblick erscholl zum letztenmal die Trompete des Stewards; sie rief die Passagiere zum Abschiedsessen. Die Société des Affréteurs wollte ihre Gäste heute mit Champagner bewirten, und nicht einer der Passagiere hätte heute beim Dinner fehlen mögen. Nach Verlauf einer Viertelstunde waren die Säle überfüllt und das Verdeck leer und verödet.

Und doch, sieben Plätze sollten bei dem Festmahl unbesetzt bleiben, denn ebensoviele Personen bereiteten sich zu einem grausigen Spiel um Leben und Tod vor: die beiden Gegner, über deren Leben die Würfel im Zweikampf entscheiden sollten, und die vier Zeugen nebst dem Doktor, die sich eingefunden hatten, um ihnen zur Seite zu stehen. Die Zeit zum Duell wie auch der Ort zum Kampfe waren gut gewählt; das Verdeck hatte sich, wie schon erwähnt, vollständig geleert, denn die Passagiere waren in die »Dining-rooms« hinabgestiegen, die Janmaats befanden sich auf ihren Posten und die Offiziere in ihren Privatzimmern. Da das Schiff unbeweglich vor Anker lag, hatte auch der Steuermann seinen Platz auf dem Hinterdeck verlassen. Um fünf Uhr zehn Minuten gesellten sich Fabian und Corsican zu dem Doktor und mir. Ich hatte meinen Freund seit der Spielszene nicht wiedergesehen; er erschien mir jetzt wie von tiefer Traurigkeit übermannt zwar, aber in seiner gewöhnlichen, vollen Ruhe. Das Duell kümmerte ihn wohl wenig; seine Gedanken weilten bei Ellen, seine unruhigen Blicke suchten sie überall. Er reichte mir, ohne ein Wort zu sagen, die Hand.

»Harry Drake ist noch nicht hier?« fragte Hauptmann Corsican.«

»Bis jetzt noch nicht«, anwortete ich.

»Begeben wir uns nach dem Ort des Zusammentreffens, aufs Hinterdeck.«

Fabian, Hauptmann Corsican und ich gingen am großen Deckzimmer hin. Der Himmel wurde mit jeder Minute dunkler, und dumpfes Grollen ließ sich hören, das wie ein tiefer Baß zu den Hurras und »Hips« tönte, die unaufhörlich aus den Speisesälen an unser Ohr drangen. Einige entfernte Blitze zuckten jäh und leuchtend durch die Wolken, die ganze Atmosphäre war von der gewaltig gespannten Elektrizität gesättigt.

Um fünf Uhr zwanzig Minuten kam Harry Drake mit seinen beiden Zeugen an; die Herren grüßten, und ihr Gruß wurde genau ebenso erwidert; Drake verhielt sich vollkommen schweigend, obgleich man auf seinem Gesicht große Erregtheit las. Er warf einen Blick des Hasses und der Wut auf Fabian, der apathisch an die Rampe gelehnt stand und ihn bis jetzt kaum bemerkt, geschweige denn angesehen hatte. Mac Elwin schien in tiefe Betrachtungen versunken und dachte vielleicht nicht einmal an die Rolle, die er in diesem ernsten Drama spielen sollte.

Inzwischen hatte sich Corsican an den Yankee, einen der Zeugen, gewandt und von ihm die Degen verlangt und erhalten. Es waren Floretts, deren volles Stichblatt die Hand des Kämpfenden gänzlich beschützte. Corsican betrachtete sie genau, bog die Klingen, maß sie und ließ den Yankee einen wählen. Harry Drake hatte während dieser Vorbereitungen seinen Hut fortgeworfen, den Rock abgelegt, sein Hemd aufgeknöpft und die Manschetten zurückgestreift; dann ergriff er den Degen, und ich bemerkte hierbei, daß er »links« war, wodurch ihm ein unbestreitbarer Vorteil gegen alle erwuchs, die gewohnt waren, mit der rechten Hand zu fechten.

Fabian hatte sich noch nicht von der Stelle gerührt; man hätte glauben können, daß all diese Vorbereitungen ihn nicht im geringsten angingen. Hauptmann Corsican trat zu ihm heran, berührte ihn leicht mit der Hand und überreichte ihm den Degen. Fabian betrachtete das funkelnde Eisen und es leuchtete in seinen Augen auf, als wenn ihm plötzlich alles wieder ins Gedächtnis käme.

Er faßte mit fester Hand den Degen.

»Ach richtig!« murmelte er, »ich erinnere mich!« und stellte sich Harry Drake gegenüber, der sich sofort deckte.

Auf diesem beschränkten Raum war ein Zurückweichen fast unmöglich, wer es versucht hätte, sich an den Schildern den Rücken zu decken, wäre übel daran gewesen; man mußte sich sozusagen an Ort schlagen.

»Los, meine Herren«, sagte Hauptmann Corsican.

Augenblicklich begannen die Degen ihren Tanz, und schon die ersten Berührungen der Klingen, gewisse Degagements, von beiden Seiten geführte »Eins-Zwei« und Gegenstöße im Ticktack lieferten mir den Beweis, daß Fabian und Drake ungefähr von gleicher Stärke sein mußten.

Ich hoffte alles für Fabian, denn er blieb vollkommen Herr über sich und schien nicht einmal Regungen des Zorns in sich aufkommen zu lassen. Er kam mir bei weitem gleichgültiger bei der ganzen Sache vor, als seine Zeugen. Harry Drake hingegen starrte ihn mit blutunterlaufenen Augen an, unter der zusammengekniffenen Oberlippe blitzten seine Zähne hervor, den Kopf hatte er eingezogen, und seine ganze Physiognomie zeigte die Symptome des gehässigsten Zorns, der jede Kaltblütigkeit von vornherein unmöglich machte. Er war hierhergekommen, um zu töten, und suchte jetzt seine Absicht auszuführen.

Nach dem ersten Gange, der einige Minuten gedauert hatte, senkten beide Kämpfer den Degen; keiner von ihnen war bis jetzt getroffen, nur eine leichte Schramme zeichnete sich auf Fabians Ärmel ab. Drake wie auch er ruhten einige Minuten, und ersterer trocknete sich den Schweiß, der in großen Tropfen auf seinem Gesicht stand.

Das Gewitter löste sich jetzt in seiner vollen entfesselten Wucht, der Donner rollte ohne Aufhören, und zuweilen vernahm man ein gewaltiges Krachen. Die Elektrizität entwikkelte sich mit solcher Intensität, daß auf den Degen wie auf Blitzableitern in Gewitterwolken Strahlenbüschelchen sprühten und tanzten.

Nach wenigen Augenblicken der Ruhe gab Hauptmann Corsican das Zeichen zum Wiederanfang; Fabian und Harry Drake fielen wieder in Deckung.

Dieser Gang war weit lebhafter als der vorhergehende; Fabian verteidigte sich mit einer Ruhe, die wirklich bewundewürdig war, während Drake mit kompletter Wut auf ihn eindrang. Mehrmals dachte ich, Fabian würde zu einem rasenden Hieb, einem heftigen Gegenstoß ausholen, aber stets täuschte er meine Erwartung.

Plötzlich fiel Drake auf ein Degagieren mittels Terz aus; ich glaubte nicht anders, als daß Fabian mitten auf der Brust getroffen sei; aber er war zurückgewichen und hatte, indem er einen zu niedrig geführten Stoß mit einer Quinte parierte, Harrys Degen mit einem Prellstoß getroffen. Dieser stand wieder auf, indem er sich mit einem raschen Halbkreis deckte, während gerade über uns die Wolken von flammenden Blitzen zerrissen wurden.

Fabian hatte jetzt gute Gelegenheit, einen Gegenstoß zu führen; aber nein! Er wartete und ließ seinem Gegner Zeit, sich wieder zu fassen. Ich muß gestehen, daß diese Hochherzigkeit, mit der ein Subjekt wie Harry Drake geschont wurde, mir wenig behagte.

Auf einmal, ohne daß wir uns irgendwie diese merkwürdige Selbstvergessenheit Fabians erklären konnten, ließ er den Degen sinken. War er tödlich getroffen, ohne daß wir eine Ahnung davon hatten? Alles Blut strömte mir zum Herzen.

Fabians Blick hatte plötzlich ein eigentümliches Leben angenommen.

»So verteidigen Sie sich doch«, brüllte Drake, indem er sich auf seine Kniekehlen stützte, bereit, sich im nächsten Augenblick auf seinen Gegener zu stürzen.

Ich glaubte, jetzt sei es um meinen entwaffneten Freund geschehen, und Corsican wollte sich soeben zwischen ihn und Drake werfen, um zu verhindern, daß der wehrlose Mann getroffen würde . . . als auch Harry Drake stutzte und regungslos stehenblieb.

Ich wandte mich um. Bleich wie eine Tote und mit ausgestreckten Händen kam Ellen auf die Kämpfenden zu; Fabian hatte ihr seine Arme entgegengebreitet, er schien wie bezaubert von ihrer Erscheinung und rührte sich nicht.

»Du! Du!« schrie Harry Drake dem armen Wesen zu; »du hier?«

Sein Degen mit der funkensprühenden Spitze zitterte hoch erhoben in seiner Hand; man hätte ihn für das Schwert des Erzengels Michael in der Hand des Bösen halten können.

Plötzlich hüllte ein blendender Blitzstrahl, ein gewaltsames Aufflammen der Atmosphäre das Hinterteil des Schiffes vollständig ein, ich wurde fast umgestoßen und atmete wie halb erstickt – Blitz und Donner waren auf einen Schlag gekommen. Ein schwefligen Geruch entwickelte sich, mit größter Anstrengung gewann ich jedoch meine Besinnung und erhob mich, denn ich war in die Knie gesunken. Als ich mich umschaute, sah ich, daß Ellen sich an Fabian lehnte; Harry Drake befand sich, wie versteinert, noch immer in derselben Stellung, aber sein Gesicht war schwarz!

Der Unglückliche hatte mit seiner Degenspitze denn Blitz

angezogen und war von ihm erschlagen worden!

Ellen näherte sich mit einem Blick himmlischen Mitleids Harry Drake und legte die Hand auf seine Schulter; diese leichte Berührung schon genügte, um den Körper aus seinem Gleichgewicht zu bringen, er stürzte, eine leblose Masse, zu Boden.

Während wir schaudernd und entsetzt zurückwichen, beugte sich Ellen über den Leichnam. Das elende Herz hatte aufgehört zu schlagen.

»Vom Blitz getötet!« rief der Doktor, indem er mich am Arm ergriff, »vom Blitz getötet! Wollen Sie jetzt noch nicht an die Intervention des Donners glauben?«

Harry Drake war wirklich vom Blitz erschlagen worden, wie Dean Pitferge versicherte; der Schiffsarzt behauptete freilich später, es sei ein Gefäß in der Brust des Unglücklichen gesprungen. Wer von ihnen beiden recht hatte, weiß ich nicht, aber so viel stand fest: Wir hatten in Harry Drake nur noch einen Leichnam vor Augen.

Vierunddreißigstes Kapitel

Ankunft in New York

Am folgenden Tag, Dienstag den 9. April, um elf Uhr morgens, lichtete der Great-Eastern die Anker und machte klar, um in den Hudson einzulaufen; der Lotse manövrierte mit einer unvergleichlichen Sicherheit des Blicks. Das Gewitter war während der Nacht vorübergegangen, die letzten Wolken verschwanden hinter dem Horizont, und das Meer belebte sich unter der Aufschwenkung einer Schonerflottille, die an der Küste hinstrich.

Gegen halb zwölf Uhr kam »La Santé« an und erwies sich als ein kleines Dampfboot, das die Sanitätskommission von New York trug. Es bewegte sich mit einem Balancier, der sich über dem Verdeck hob und senkte, äußerst rasch vorwärts und gab mir einen Begriff vonn den kleinen amerikanischen Flußdampfern, die uns bald in einer Menge von einigen zwanzig das Geleit gaben; sie alle waren nach ein und demselben System gebaut.

Binnen kurzem waren wir auch über das Lightboat, ein schwebendes Feuer, welches das Fahrwasser des Hudson bezeichnet, hinausgekommen, dann wurde die Spitze von Sandy-Hook, einer sandigen Landzunge mit Leuchtturm, umdampft, und von hier aus grüßte uns ein kräftiges Hurra aus den Kehlen einer dort versammelten Zuschauermenge.

Als der Great-Eastern um die Bucht gefahren war, die von der Spitze von Sandy-Hook gebildet wird, bemerkte ich die grünenden Höhen von New-Jersey, die starken Forts an der Bucht, und endlich die niedrige Linie der großen Stadt, die sich an dem Hudson- und East-River entlangzieht, wie etwa Lyon zwischen Rhône und Saône.

Nachdem wir an den Kais von New-York vorübergefahren waren, landeten wir um ein Uhr im Hudson, und die Anker hakten in die Telegrafenkabel im Flusse ein, die bei der Abfahrt zerrissen werden mußten.

Nun begann die Ausschiffung all der Reisegefährten, welche die Überfahrt mit uns gemeinsam gemacht hatten und sich von hier aus nach allen Richtungen zerstreuten. Die Kalifornier, die Anhänger des Südens, die Mormonen und auch das junge Paar sah ich an mir vorüberziehen . . . ich wartete noch auf Fabian und auf Hauptmann Corsican.

Kapitän Anderson hatte sich von mir die näheren Umstände des Duells, das auf seinem Schiff ausgefochten war, des genaueren erzählen lassen, und auch die Ärzte hatten ihm über den Todesfall Rapport erstattet. Da das Gericht nun mit dem Tode Harry Drakes nichts mehr zu schaffen hatte, war Befehl erteilt worden, ihm die letzte Ehre zu erweisen.

Eben jetzt näherte sich mir der Statistiker Cokburn, der, nebenbei gesagt, auf der ganzen Reise kein Wort mit mir gesprochen hatte, und sagte:

»Wissen Sie, wieviel Umdrehungen die Räder während unserer Überfahrt gemacht haben?«

»Nein, mein Herr.«

»100723.«

»Wirklich? Und wie viele die Schraube?«

»608130 Umdrehungen.«

»Bin Ihnen außerordentlich verbunden, mein Herr.«

Und Herr Statistiker Cokburn wandte sich um und verließ mich ohne den leisesten Abschiedsgruß.

Fabian und Hauptmann Corsican holten mich in diesem Moment ein, und mein Freund drückte mir mit wärmster Herzlichkeit die Hand.

»Ellen wird wieder genesen, sie hatte soeben einen lichten Augenblick; ach, Gott ist gerecht; er wird sie wieder ganz gesunden lassen!«

Während Fabian so sprach, lächelte er froh der Zukunft entgegen. Hauptmann Corsican breitete seine Arme aus und zog mich ohne alle Umstände an seine Brust.

»Auf Wiedersehen, auf Wiedersehen!« rief er mir noch zu, als er schon auf dem Lichterschiff Platz genommen hatte; Fabian und auch Ellen unter der Obhut von Frau R..., der Schwester meines Freundes, die ihm entgegengekommen war, wurden gleichfalls mit diesem ersten Schub der Passagiere zum »Pier« des Zollamts übergeführt.

Ich sah dem Fahrzeug nach, und als ich die arme, blasse Ellen zwischen Fabian und seiner Schwester bemerkte, gab auch ich mich der festen Hoffnung hin, daß es ihrer Liebe und Aufopferung gelingen würde, diesen durch Kummer und Seelenleiden gestörten Geist wieder zur Klarheit zu bringen.

Da ergriff mich jemand am Arm, und, ich fühlt's am Druck der Hand, es war Doktor Dean Pitferge.

»Nun? Was wird aus Ihnen?« fragte er.

»Wahrhaftig, Doktor, ich weiß es noch nicht genau, die Rückfahrt will ich jedenfalls wieder auf dem Great-Eastern machen, da er aber hundertzweiundneunzig Stunden in New-York bleibt, habe ich die Zeit hier zu meiner Verfügung. Vielleicht könnten diese acht Tage zu einer Besichtigung von New-York, dem Hudson, dem Tal von Mohawk, dem Erie-See, dem Niagara und jenem ganzen von Cooper besungenen Lande ausreichen?«

»Wie, Sie wollen nach dem Niagara?« rief Dean Pitferge lebhaft aus. »Bei Gott, ich würde ihn auch ganz gern einmal wiedersehen, und wenn ... ja faktisch, wenn es nicht indiskret wäre ...?«

Der kleine Kerl mit seinen sonderbaren Einfällen amüsierte mich im höchsten Grade; an ihm hatte ich einen ganz vorzüglichen und sehr unterrichteten Führer gefunden.

»Natürlich!« rief ich, »kommen Sie mit!«

Eine Viertelstunde später schifften wir uns auf dem Lichterschiff ein und logierten uns um drei Uhr, nachdem wir den Broadway hinaufgefahren waren, in zwei Zimmern des Fifth-Avenue-Hotel ein.

Fünfunddreißigstes Kapitel

Eine Weltstadt

Acht Tage in Amerika! Am 16. April sollte der Great-Eastern wieder aufbrechen, und am 9., drei Uhr nachmittags, hatte ich meinen Fuß zuerst auf den Boden der Vereinigten Staaten gesetzt. Acht Tage! Es gibt rasende Touristen, sogenannte »Kurier-Reisende«, denen diese Zeit vielleicht genügt hätte, ganz Amerika zu bereisen, aber ich darf mir nicht anmaßen, zu ihnen zu gehören; ja ich wagte nicht einmal, in der erwähnten Frist New-York genau zu durchforschen und nach dieser extrarapiden Prüfung ein Buch über Sitten und Gebräuche der Amerikaner zu schreiben. Was den physischen Anblick und die Verfassung New-Yorks betrifft, ist ein Überblick bald gewonnen, denn seine Bauart ist nicht mannigfaltiger oder interessanter, als etwa ein Schachbrett. Die Straßen der Stadt schneiden sich im rechten Winkel und werden »Avenues« genannt, wenn sie in die Länge, und »Streets«, wenn sie in die Quere gehen. All diese Avenues und Streets sind statt anderer Straßennamen mit Nummern bezeichnet, was zwar eine höchst praktische Idee, aber von außerordentlich monotoner Wirkung ist; durch sämtliche Avenues fahren amerikanische Omnibusse. Hiernach kann man sich vorstellen, daß, wer ein Viertel von New-York gesehen hat, die ganze große Stadt kennt, abgesehen vielleicht von dem Imbroglio von Straßen und Gassen, die sich von seiner Südspitze ineinander schlingen, und in denen die handeltreibende Bevölkerung ihren Sitz hat. New-York ist eine Landzunge, und wie bei einer »Zunge« konzentriert sich seine ganze Tätigkeit auf der Spitze. Auf den Seiten fließen der Hudson und der East-River, zwei von Schiffen durchfurchte Meeresarme. Die Ferry-boats auf ihnen verbinden die Stadt zur Rechten mit Brooklyn, zur Linken auf den Ufern von New-Jersey. Eine Hauptpulsader durchläuft schräg die symmetrisch geordneten Stadtviertel New-Yorks und bringt Leben in das Ganze. Das ist der alte »Broadway«, dasselbe, was für London der »Strand«, der Boulevard »Montmartre« für Paris ist. In seinem unteren Teil ist er durch den massenhaften Verkehr, der sich dort konzentriert, fast unzugänglich, während sein oberer Teil fast verödet daliegt; es ist dieses eine Straße, in der in unmittelbarster Nähe Baracken und Marmorpaläste miteinander abwechseln; ein förmlicher Strom vonn Fiakern, Omnibussen, Cabs und Güterwagen, über den hinweg man Brücken geschlagen hat, um von einem Ufer, oder vielmehr von einem Trottoir zum andern zu kommen. Der Broadway ist New-York, und auf ihm gingen Doktor Pitferge und ich während der Abendstunden spazieren.

Nachdem wir im »Fifth-Avenue-Hotel« diniert und hierbei liliputische Ragouts auf Puppenschüsselchen serviert, verzehrt hatten, beschloß ich den Tag mit einem Besuch von Barnums Theater. Es wurde gerade ein berühmtes Kassenstück: »New-York-Streets« aufgeführt, und will ich hier nur soviel davon erwähnen, daß im vierten Akt eine Feuersbrunst spielte, bei der wirkliche Feuerwehr mit Löschmannschaften und Wagen auf die Bühne kam. Daher natürlich »great attraction«.

Am folgenden Morgen gingen Doktor Pitferge und ich jeder besonders seinen Geschäften nach, nicht bevor wir uns verabredet hatten, um zwei Uhr wieder im Hotel zusammenzutreffen. Ich holte mir von der Post, Liberty Street, 51, meine Briefschaften, begab mich nach Rowling-Green, 2, am untern Ende des Broadway zum französischen Konsul, Herrn Baron Gauldrée Boilleau, bei dem ich sehr liebenswürdige Aufnahme fand, fuhr nach dem Hause Hoffmann, wo ich einen Wechsel zu ziehen hatte, und endlich nach Nr. 25 der sechsunddreißigsten Straße zu Frau R..., Fabians Schwester. Es verlangte mich danach, zu hören, wie es Ellen und meinen beiden Freunden erging; zu meiner Überraschung aber wurde mir hier die Nachricht, daß Fabian, Corsican und Frau R... auf ärztlichen Rat bereits New-York verlassen und Ellen mitgenommen hatten, um für ihr Leiden in frischer Wald- und Landluft Heilung zu suchen. Als ich nach Fifth-Avenue-Hotel zurückkehrte, fand ich ein Billett von Corsican vor; er war dort gewesen, um mich aufzusuchen, hatte mich aber nicht getroffen, und nur die kurze Benachrichtigung für mich hinterlassen, daß er in Begleitung seiner Freunde von New-York abreiste; bei dem ersten, schön gelegenen Punkt, der Ellen auffiel, wollten sie haltmachen und so lange dort bleiben, als die arme Kranke es wünschte. Er, Corsican, versprach, mich über ihr Ergehen auf dem laufenden zu halten, und fügte die Hoffnung hinzu, daß ich nicht Amerika verlassen würde, ohne noch einmal mit ihnen allen beisammengewesen zu sein. Er kam hiermit nur meinen Wünschen entgegen; wie gern wäre ich, wenn auch nur auf einige Stunden, noch mit Ellen, Fabian und Hauptmann Corsican zusammengetroffen! Doch dies ist die Schattenseite beim Reisen; sie waren fort – ich wußte nicht, wo? Ich selber hatte jetzt eigene Pläne zu verfolgen – wer konnte mir sagen, ob ein Wiedersehen zwischen uns möglich sein würde?

Um zwei Uhr traf ich im »Bar-room« unseres Hotels, das mit Gästen überfüllt war, Doktor Pitferge. Die Passanten und Reisenden verkehrten in diesem großen öffentlichen Saal wie auf einer Börse und konnten sich hier gratis Eiswasser, Zwieback und Chester geben lassen.

»Nun, Herr Doktor«, fragte ich, »wann reisen wir ab?«

»Heute gegen Abend um sechs Uhr.«

»Fahren wir auf der Hudson-Eisenbahn?«

»Nein, mit dem Saint-John, einem ganz vortrefflichen Dampfer; man könnte ihn wohl einen Fluß-Great-Eastern nennen. Es ist dies eine von jenen wundervollen Lokomotionsmaschinen, die gern in die Luft zu springen pflegen. Eigentlich hätte ich Ihnen den Hudson lieber bei Tage gezeigt, aber der Saint-John fährt nur in der Nacht; morgen früh um fünf Uhr werden wir in Albany ankommen, um sechs Uhr fahren wir auf der New-York-Zentralbahn weiter und können noch bei den Niagara-Fällen zu Abend essen.«

Ich hatte nichts gegen dies Programm einzuwenden und fügte mich ihm auf Treu und Glauben; die hydraulische Hebemaschine des Hotels hißte uns ins obere Stockwerk zu unsern Zimmern empor und setzte Pitferge und mich nebst unserem schmalen Touristengepäck in wenigen Minuten wieder unten ab. Ein Fiaker zu zwanzig Franken pro Fahrt brachte uns in einer Viertelstunde zum Pier des Hudson, vor dem der Saint-John schon bereitstand und dicke, schwarze Dampfwirbel in die Luft sandte.

Sechsunddreißigstes Kapitel

Fahrt auf dem »Saint-John« – Eine amerikanische Eisenbahn

Der Saint-John und mit ihm der »Dean-Richmond« sind die schönsten Dampfer auf dem Hudson; eigentlich könnte man sie eher Gebäude als Boote nennen, den sie haben zwei oder auch drei Stockwerke mit Terrassen, Galerien, Verandas und Promenadenplätzen; das Ganze mutete mich an, wie die Wohnung eines reichen Pflanzers. Darüber erheben sich zwanzig bewimpelte Pfähle, die mit eisernen Armaturen verbunden werden und das Ensemble des Baues zusammenhalten. Die beiden kolossalen Radkasten sind al fresco, etwa wie die Giebelfelder der St.-Marcuskirche in Venedig, gemalt. Hinter jedem Rade erhebt sich der Schornstein der beiden Kessel, die außerhalb und nicht in den Seiten des Steamers stehen; eine Vorsichtsmaßregel, die für den Fall einer Explosion sehr dankenswert ist. Der äußerst einfache Mechanismus bewegt sich im Mittelpunkt zwischen den Radkasten; er besteht aus einem einzigen Zylinder, einer Kolben- und Pleuelstange, die einen langen Balancier wie einen ungeheuren, auf- und abgehenden Schmiedehammer in Bewegung setzt, und aus einer einzigen Lenkstange, die der Welle dieser massiven Räder die Bewegung mitteilt.

Es waren bereits eine Menge Passagiere auf dem Verdeck des Dampfschiffs angelangt; Dean Pitferge und ich beeilten uns, eine Kajüte zu belegen, die neben einem großen Saal, einer Art Galerie, lag, deren abgerundetes Gewölbe wie in einem Tempel der Diana auf Reihen korinthischer Säulen ruhte. Überall begegnete dem Auge Luxus und Komfort, Teppiche, Sofas, elegante Kunstgegenstände, hohe Spiegel, Malereien, und sogar in einem kleinen Gasometer an Bord fabriziertes Gas.

Plötzlich erbebte die ungeheure Maschine und setzte sich in Bewegung; ich stieg auf die oberen Terrassen und blickte hinunter. Auf dem Vorderteil erhob sich ein in brillanten Farben gemaltes Haus, der Raum für die Steuerleute, vier kräftige Männer hielten sich gerade jetzt an den Speichen des doppelten Steuerrades. Nach einer kleinen Promenade von wenigen Minuten stieg ich wieder auf das Verdeck zwischen die schon roten Kessel, aus denen unter dem Druck der Ventilatoren kleine blaue Flammen entwichen. Vom Hudson konnte ich nichts sehen, denn schon kam die Nacht herauf, und mit ihr legte sich ein dichter Nebel über den Strom, daß man ihn nicht mit dem Säbel hätte durchhauen können. Der Saint-John wieherte wie ein riesenhaftes Mastodon im tiefen Schatten, kaum konnte man hier und da von den Städten, die am Ufer lagen, einige Lichter erkennen und die Laternen der Dampfboote unterscheiden, die unter lauten Pfiffen das dunkle Gewässer hinauffuhren.

Um acht Uhr trat ich wieder in den Saal und begab mich mit dem Doktor in eine prächtige, auf dem Zwischendeck hergerichtete Restauration, wo wir zu Abend aßen, und in der eine Menge schwarzer Kellner servierten. Dean Pitferge teilte mir hier mit, daß die Zahl der Reisenden an Bord sich auf 4000 belief, unter denen sich etwa 1500 Auswanderer befanden, die in dem unteren Teil des Steamers eingepfercht waren. Als wir von der Tafel aufstanden, suchten wir alsbald unsere komfortable Kajüte auf und begaben uns zur Ruhe.

Um elf Uhr erwachte ich, wie mir schien von einem heftigen Stoß; der Saint-John hielt, denn der Kapitän hatte in dieser dichten Finsternis nicht weiter manövrieren können und stoppen lassen. Das kolossale Boot lag in der Stromenge vor Anker und schlief ruhig ein.

Gegen vier Uhr morgens nahm der Dampfer seine Fahrt wieder auf, und ich erhob mich, um die Morgenstunden unter der Veranda des Vorderdecks zu verleben. Es hatte jetzt aufgehört zu regnen und der Nebel stieg; bald konnte ich das Flußwasser wieder sehen, und auch die Ufer tauchten nach und nach hinter dem schwindenden Nebel auf. Nach der rechten Seite hin sah man grüne Sträucher und Bäume, die dem Ufer fast das Ansehen eines langen Friedhofs gaben, während im Hintergrund eine Hügelkette den Horizont abgrenzte, zur Linken breitete sich, so weit das Auge reichte, flacher, sumpfiger Boden aus. Zwischen den Inseln des Hudson begegneten wir Schonern, die bei der ersten Brise klarmachen wollten, und ab und zu fuhren Dampfboote an uns vorüber, deren Weg den raschen Strom hinaufführte.

Nach einiger Zeit erschien auch mein Reisegefährte, Doktor Pitferge, unter der Veranda.

»Guten Morgen«, rief er mir entgegen, nachdem er einige Minuten lang die frische Luft in tiefen Zügen eingeatmet hatte; »wissen Sie, daß wir, Dank diesem verwünschten Nebel, in Albany unseren Zug versäumen werden? Unser Programm wird dadurch eine wesentliche Änderung erleiden.«

»Sehr fatal, Herr Doktor, besonders da uns unsere Zeit so knapp zugemessen ist.«

»Nun, so gar böse ist die Verzögerung nicht; wir werden den Niagarafall nur in der Nacht statt abends erreichen.«

»Es ist gerade nicht angenehm, aber wir müssen uns darein ergeben.«

Unsere Befürchtung traf ein, der Saint-John warf erst um acht Uhr am Kai von Albany seine Anker aus; wir mußten also den Zug ein Uhr vierzig abwarten und hatten volle Zeit, diese merkwürdige Stadt, die den legislativen Mittelpunkt im Staate New-York bildet, zu besichtigen. Die untere, sehr kommerzielle und volkreiche Stadt ist am rechten Ufer des Hudson angelegt, die obere besteht aus Backsteinhäusern und besitzt viele öffentliche Etablissements und ein sehr bedeutendes Fossilienmuseum. Dieser Teil von Albany hat viel Ähnlichkeit mit New-York, doch entfaltet es sich amphitheatralisch an einem Hügel.

Nachdem wir uns mit einem Frühstück refraichiert hatten, begaben wir uns auf den Bahnhof, der ohne jede Barriere, Geländer oder all dergleichen frei daliegt. Der Zug hält einfach auf der Straße wie ein Omnibus, und jeder, der ihn benutzen will, steigt ohne Umstände ein. Die langen Waggons werden vorn und hinten von einem Vierräder-System getragen und sind untereinander durch eine Art Brücke verbunden, die es den Reisenden ermöglichen, von einem Ende des Zuges nach dem andern zu promenieren. Zur bestimmten Stunde setzte sich unsere Lokomotive, ein Meisterstück der Maschinenbaukunst, in flinke Bewegung, und ohne daß wir Zugführer oder sonstige Beamte zu sehen bekommmen hatten, oder der Abgang durch Läuten signalisiert worden wäre, fuhren wir mit einer Schnelligkeit von zwölf Meilen in der Stunde davon. Anstatt, wie in den französischen Eisenbahnzügen, eingeschachtelt zu werden, hatten wir hier Freiheit auf und ab zu gehen, ungestempelte Zeitungen zu lesen und Bücher zu kaufen. Es scheint, als sei der Stempel bis jetzt noch nicht in die amerikanischen Sitten und Gebräuche aufgenommen, als ob noch keine Zensur in diesem merkwürdigen Lande darauf gekommen sei, daß die Lektüre der Reisenden mit mehr Sorgfalt überwacht werden müsse, als diejenige anderer Leute, die auf ihrem Sorgenstuhl am Kamin sitzen. Auch konnten wir uns all solche Bequemlichkeiten verschaffen, ohne auf Stationen oder Bahnhöfe zu warten, denn Bibliothck und Trinkhalle befanden sich mit im Zuge. Dieser durcheilte unterdessen Felder ohne Barrieren, frisch urbar gemachte Wälder, neue Städte mit breiten, von Schienen gefurchten Straßen, denen nur die Häuser mangelten, und Altstädte mit poetischen Namen der alten Geschichte, wie Rom, Syrakus oder Palmyra. So zog das ganze Mohawktal vor unseren Augen vorüber, das Land Fenimores, das den amerikanischen Romandichtern gehört, wie das Land Rob-Roys Walter Scott. Einige Augenblicke sahen wir am Horizont den Ontario-See glitzern, in dessen Gebiet Cooper die Szenen seines Meisterwerks verlegt hat; dieser ganze ehemals so wildromantische Schauplatz des großen Lederstrumpf-Epos ist jetzt eine kultivierte Landschaft geworden. Der Doktor geriet vor Freude ganz außer sich; er bestand darauf, mich Falkenauge zu nennen, und wollte selber nur noch auf den Namen Chingakook hören.

Um elf Uhr abends stiegen wir in Rochester um und fuhren dann über die Stromschnellen von Tennessee hinweg, die unter unseren Waggons in Kaskaden dahinschossen. Nachdem wir einige Meilen am Niagara hingefahren waren, ohne ihn jedoch zu sehen, kamen wir im Dorfe Niagara-Falls an, und der Doktor führte mich in ein prächtiges Hotel, das den stolzen Namen »Cataract-House« führt.

Siebenunddreißigstes Kapitel

Am Niagara

Der Niagara ist kein Strom, ja nicht einmal ein Fluß; es ist ganz einfach ein Ableitungsgraben der Natur, ein sechsunddreißig Meilen langer Kanal, der die Wasser des Obern-Sees, des Michigan-, des Huron- und Erie-Sees in den Ontario ergießt. Die Niveauverschiedenheit zwischen diesen beiden letzteren Seen beträgt dreihundertundvier engl. Fuß.* Wäre dieselbe gleichmäßig auf die ganze Strecke verteilt, so hätte sie kaum eine Stromschnelle erzeugt, aber die Fälle absorbieren für sich allein schon die Hälfte; so ist ihre furchtbare Vehemenz zu erklären.

Die Niagara-Rinne trennt Kanada von den Vereinigten Staaten, und so ist ihr rechtes Ufer amerikanisch, ihr linkes englisch; auf der einen Seite Polizeidiener, auf der andern nicht einmal ihr Schatten.

Am Morgen des 12. April gingen der Doktor und ich bei Tagesgrauen die breiten Straßen von Niagara-Falls hinunter; das unmittelbar an den Fällen erbaute Dorf ist eine Art kleine Wasserstadt mit guter Luft, reizender Lage, komfortablen Vil-

*Etwa 104 1/4 Meter.

len und prachtvollen Hotels, die während der schönen Jahreszeit viel von Kanadiern und Yankees besucht werden. Niagara-Falls liegt dreihundert Meilen von Albany entfernt.

Die Sonne stand heute köstlich strahlend am kalten Himmel; am Horizont bemerkte ich einige Dünste, die aber nicht Wolken sein konnten, und von fern her war ein dumpfes Brausen zu vernehmen.

»Rührt das Geräusch vom Niagarafall her?« fragte ich den Doktor.

»Geduld!« lautete seine einzige Antwort.

In wenigen Minuten waren wir an den Ufern des Niagarafalls angekommen; die Wasser flossen friedlich dahin und waren flach und hell; zahlreiche Felsspitzen von grauer Färbung tauchten hier und da auf; das Tosen des Katarakts trat deutlicher hervor, aber noch bemerkte man ihn nicht. Eine hölzerne Brücke, die von eisernen Bogen getragen wurde, vereinigte das linke Ufer mit einer Insel, die mitten im Strom lag, und auf diese Brücke brachte mich Dean Pitferge. Stromaufwärts erstreckte sich unabsehbar der Fluß, und stromabwärts, zu unserer Rechten, verspürte man die ersten raschen Bewegungen der Stromschnelle. Als wir eine halbe Meile weit die Brücke verfolgt hatten, hörte plötzlich vor unseren Füßen der Boden auf und Wasserstaubwolken schwebten in der Luft; das war »der amerikanische Fall«, den wir nicht sehen konnten. Jenseits sahen wir das kanadische Ufer, eine ruhige Landschaft mit Hügeln, Villen, kleinen Häusern und entblätterten Bäumen.

»Sehen Sie noch nicht hin! Sehen Sie nicht hin!« rief mir Doktor Pitferge zu, »sparen Sie sich's auf und machen Sie vorläufig die Augen zu. Ich werde Ihnen sagen, wenn Sie aufschauen sollen!«

Ich hörte nicht auf mein Original und blickte schon jetzt um mich. Als die Brücke überschritten war, befanden wir uns auf der Insel; sie heißt Goat-Island oder Ziegeninsel und umfaßt ein Stück Erde von siebzig Acres, ist mit Bäumen und frischen Laubgängen bedeckt, die so breit sind, daß Wagen bequem in ihnen wenden können, und liegt, mit einem Wort, wie ein Blumenstrauß zwischen dem amerikanischen und kanadischen Wasserfall. Wir eilten unter die hohen, prächtigen Bäume und überschritten die Abhänge, indem wir Treppen hinabstiegen. Das donnernde Geräusch verdoppelte sich jetzt, und feuchte Dunstwolken erfüllten die Luft.

»Jetzt sehen und staunen Sie!« rief Pitferge.

Der Niagara war beim Herausstürzen aus einem Mauergrunde jetzt in seiner ganzen Herrlichkeit erschienen; er machte an dieser Stelle eine scharfe Biegung und rundete sich ab, um den kanadischen Fall, den sogenannten »Horse-Shoe-Fall«, zu bilden. Er stürzt aus einer Höhe von hundertundachtundfünfzig Fuß in einer Breite von zwei Meilen hernieder.

Die Natur hat alles getan, um diesen Ort zum schönsten der Welt zu machen, und Licht und Schatten vereinigen sich hier, um die überraschendsten Wirkungen auf das Auge hervorzubringen. Die Sonne erzeugt in launischem Spiel die verschiedenartigsten Farbeneffekte, deren Herrlichkeit jeder Beschreibung spottet, kurz, wer nicht selbst vor diesem Naturspiel gestanden hat, wird sich nie ein Bild von seiner Großartigkeit und Schönheit machen können. Der Schaum bei Goat-Island ist so weiß und flockig wie frisch gefallener Schnee, in der Mitte des Katarakts jedoch sind die Fluten von köstlich meergrüner Farbe, von der man einen Schluß auf die Dicke der Wasserschicht ziehen kann. Der »Détroit«, ein Schiff mit zwanzig Fuß Tiefgang, ist einst diesen Fall hinabgefahren, ohne auf den Grund zu stoßen. Nach dem kanadischen Ufer zu glitzern die Wasserwirbel in eigentümlich metallischem Glanze unter den Lichtstrahlen, fast könnte man glauben, daß flüssiges, geschmolzenes Gold hinabfiele in die Tiefe. Der Fluß dort unten wird uns durch wirbelnde Dünste verborgen, aber mächtige, durch den Winter angehäufte Blöcke starren Eises schimmern zu uns herauf und scheinen ihrer Gestalt und Größe nach kolossale Ungetüme, die in ihren geöffneten Rachen so viel hundert Millionen Tonnen auffangen, wie hier mit jeder Stunde herniederstürzen.

Eine halbe Meile stromabwärts fließt der Strom wieder ruhig und bietet eine feste Fläche dar, welche die ersten Lüfte des April noch nicht haben schmelzen können.

»Und jetzt mitten hinein in den Strom!« rief der Doktor.

Ich wußte zuerst nicht, was er mit diesen Worten sagen

wollte, bemerkte aber bald einen Aussichtsturm, der ganz nahe am Abgrund, etwa hundert Fuß vom Ufer entfernt, erbaut ist; das Denkmal ist im Jahre 1833 von einem kühnen Mann namens Judge Porter errichtet und heißt der »Terrapin-Tower«.

Wir stiegen die Seitengelände von Goat-Island herab und sahen, als wir bei dem oberen Lauf des Niagara angekommen waren, eine Brücke oder eigentlich einige Bretter, die über Felsvorsprünge gelegt waren und Turm und Ufer verbanden. Diese Brücke ging dicht an dem Abgrunde her, und darunter brüllte der Strom hinweg. Wir hatten uns auf die Bretter gewagt, in wenigen Augenblicken den Hauptblock, auf dem der Terrapin-Tower steht, erreicht und sahen nun, daß der Turm etwa fünfundzwanzig Fuß hoch, rund und aus Stein aufgeführt ist; er hat einen kreisförmigen Balkon, der um seinen mit rötlichem Stuck bedeckten Dachstuhl läuft. Die Wendeltreppe ist aus Holz, und in ihr sind viele tausend Namen eingeschnitten. Oben angelangt, klammerten wir uns an das Balkongitter und schauten auf das gewaltige Chaos zu unseren Füßen hinab.

Man blickt mitten in den Katarakt hinein und bis zu den großen Eisenungeheuern hinunter, die in ihrem Rachen den Strom verschlingen; der Fels, auf dem der Turm steht, erzittert, ringsumher sieht man furchtbare Gruben, die der Strom ausgehöhlt hat, und kein Wort, das man spricht, wird von uns selber vor dem ungeheuren Brausen gehört, das wie ein fortwährendes Donnern alles andere übertönt. Die flüssigen Linien rauchen und pfeifen wie dahinschnellende Pfeile, der Schaum spritzt bis hinauf zur Spitze des Denkmals, und das zu feinem, feuchtem Staub gewordene Wasser bildet in der Luft einen farbenglänzenden Regenbogen.

Durch eine einfache Wirkung der Optik scheint es, als ob sich der Turm mit äußerster Schnelligkeit von der Stelle bewegte, und zwar glücklicherweise von dem Wasserfall hinweg; wäre die Illusion entgegengesetzter Art, so würde der Schwindel so unerträglich sein, daß niemand in den Schlund hinabsehen könnte.

Als wir keuchend und wie zerschlagen einen Augenblick auf den obersten Absatz des Turms hinausgetreten waren, glaubte Dean Pitferge den geeigneten Augenblick zu folgenden Worten gefunden zu haben:

»Ja, ja, mein lieber Herr, es wird nicht lange dauern, dann liegt dieser Tower tief unten im Abgrund. Die Sache wird sich schneller ereignen, als man vermutet!«

»Meinen Sie wirklich?«

»Gar keinem Zweifel unterworfen! Der große kanadische Fall weicht immer mehr zurück, zwar unmerklich, aber es ist doch klar erwiesen; als der Turm Anno 1833 erbaut wurde, war er bedeutend weiter vom Katarakt entfernt. Es gibt sogar Geologen, die da behaupten, daß der Fall vor 35000 Jahren in Queenstown, sieben Meilen von hier stromabwärts, gelegen habe. Nach M. Bakewell würde er nur in jedem Jahr um einen Meter zurückweichen, und nach Sir Charles Lyell sogar nur um einen Fuß. Jedenfalls wird der Augenblick kommen, wo der Felsen, auf dem der Turm steht, von dem Wasser unterminiert sein wird und den Katarakt hinabgleitet. Von einer Tatsache aber können Sie überzeugt sein, mein lieber Herr: Wenn der Terrapin-Tower hinabstürzt, werden sich gerade einige exzentrische Menschen hier an unserem Platz befinden, die dann mit ihm den Niagara hinabfahren.«

Ich sah mir unwillkürlich den Doktor darauf an, ob er wohl auch unter diesen Originalen sein würde, aber ich hatte keine Zeit, diesem Gedanken weiter nachzuhängen, denn er machte mir ein Zeichen, ihm zu folgen, und wir betrachteten von neuem den »Horse-Shoe-Fall« und die ihn umgebende Landschaft. Man unterschied jetzt den in der Entfernung etwas kleiner scheinenden amerikanischen Fall, der durch die Spitze von der Insel getrennt ist, auf der sich auch ein kleiner hundert Fuß breiter Zentral-Katarakt gebildet hat. Dieser amerikanische, ebenso schöne Fall ist ungekrümmt, und seine Höhe beträgt im Lot hundertvierundsechzig Fuß. Um ihn aber in seiner ganzen Majestät vor Augen zu haben, muß man sich gegenüber auf das kanadische Ufer stellen.

Bis der Abend hereinbrach, wanderten wir an den Ufern des Niagara umher, und immer wieder kehrten wir zu dem Turm zurück, der uns unwiderstehlich anzog; man wird nicht müde, das Gebrüll der Wasser, den mystischen Nebel der feuchten Dünste, das Spiel der Sonnenstrahlen zu betrachten und den erfrischenden, köstlichen Duft des Katarakts einzuatmen; dann wieder kehrten wir nach Goat-Island zurück, um den großen Wasserfall nochmals von dieser Richtung aus zu sehen, und gerieten immer wieder in neues Entzücken und erneutes Staunen. Gar zu gern hätte mich der Doktor nach der »Grotte der Winde«, einer hinter dem Zentralfall befindlichen Höhlung, geführt, zu der man auf einer Treppe gelangt, die an der Spitze der Insel hergestellt ist, aber der Zutritt zu der Grotte war damals untersagt, weil in letzter Zeit zu häufig Unglücke durch Einstürze in dem bröckligen Felsen vorgekommen waren.

Um fünf Uhr kehrten wir nach Katarakt-House zurück, und nach einem eiligen Mahl, das auf amerikanische Art hergerichtet war, schlugen wir abermals den Weg nach Goat-Island ein, um noch ein wenig darauf herumzuwandern und die »drei Schwestern«, reizende Inselchen, die an der Spitze der Insel zerstreut liegen, aufzusuchen. Als dann die Dunkelheit kam, führte mich Pitferge wieder auf den Schüttelfels zum Terrapin-Tower.

Die Sonne war hinter den Hügeln untergegangen und das letzte Tagesleuchten verschwunden, der Mond schimmerte, halb voll, in magischem Glanze, und die Schatten des Turms verlängerten sich bis zum Abgrund. Stromaufwärts glitten die Gewässer in leichtem Nebel ruhig dahin, und das kanadische Ufer kontrastierte seltsam mit den erleuchteten Massen Goat-Islands und des Dorfes Niagara-Falls. Der Schlund zu unseren Füßen schien durch das Halbdunkel zu einem unendlichen Abgrund vergrößert, aus dem der Katarakt grauenerregend heraufbrüllte. Der Eindruck, den ich hier zu dieser Stunde ;mpfing, war unbeschreiblich; welcher Künstler würde dergleichen jemals mit Feder oder Pinsel auch nur annähernd wiedergeben können! Für kurze Zeit erschien ein bewegliches Licht am Horizont – es war das Leuchtfeuer eines Eisenbahnzuges, der, zwei Meilen von uns entfernt, über die Niagarabrücke hinwegging. Wir blieben bis Mitternacht schweigend und in Betrachtung versunken auf der Spitze des Turms; immer wieder beugten wir uns über den Strom hinab und konnten uns nicht trennen von dem bezaubernden Anblick. In einem Augenblick, als die Mondstrahlen den flüssigen Staub unter einem gewissen Winkel trafen, sah ich einen Streifen, gleichsam ein weißes, durchsichtiges Band, das im Schatten hin- und herzitterte; es war ein Mondregenbogen, eine blasse Strahlung des Nachtgestirns, dessen sanfter Glanz sich zersetzte, indem es durch die Nebel des Katarakts hindurchfuhr.

Achtunddreißigstes Kapitel

Unerwartete Begegnung – Ellen erwacht aus ihrem Tiefsinn

Für den folgenden Tag, den 13. April, hatte Pitferges Programm einen Besuch des kanadischen Ufers angesetzt; wir waren um sieben Uhr morgens aufgebrochen und folgten den Anhöhen, die auf dem rechten Ufer des Niagara liegen, zwei Meilen weit, um die schwebende Brücke zu erreichen, und bald bemerkten wir von unserem gewundenen Pfade aus die ruhigen Wasser des Flusses, an dem hier nichts mehr von den Störungen des Falles zu sehen ist.

Um acht Uhr kamen wir in Suspension-Bridge an; es ist dies die einzige Brücke, auf welche die Great-Western und die New-York-Eisenbahn münden, und für Kanada die einzige, die den Eintritt auf das Gebiet des Staates New-York gewährt. Die schwebende Brücke wird aus zwei Flügeln gebildet, über deren oberen die Züge hinweggehen; der untere Flügel, der dreiundzwanzig Fuß tiefer liegt, dient für die Wagen und Fußgänger. Der kühne Ingenieur John A. Röbling aus Trendon (New-Jersey) hat es gewagt, diese Arbeit auszuführen. Es ist eine »schwebende« Brücke, zweihundertfünfzig Fuß hoch, über dem Niagara, der hier wieder in einer Stromschnelle dahingleitet; Suspension-Bridge ist achthundert Fuß lang, vierundzwanzig Fuß breit und wird durch eiserne Stützen, die an den Ufern eingeschlagen sind, vor dem Schaukeln bewahrt. Die Kabel, von denen sie getragen wird, haben zehn Zoll im Durchmesser und können einem Gewicht von 12400 Tonnen widerstehen, während die Brücke selber nur achthundert Tonnen wiegt. Ihre Kosten beliefen sich bei ihrer Einweihung im Jahre 1855 auf 500000 Dollar. Als wir in der Mitte der Suspension-Bridge angekommen waren, ging ein Zug über unseren Köpfen hin, und der Brückenflügel unter unseren Füßen sank um ein Meter.

Nur wenig tiefer als diese Brücke ist Blondin von einem Ufer bis zum andern auf gespanntem Seile über den Niagara gegangen. Das Unternehmen war nicht minder gefährlich, weil es nicht, wie oft irrtümlich behauptet wird, über dem eigentlichen Niagarafall ausgeführt wurde, aber wenn uns Blondin durch seine Kühnheit in Erstaunen setzt, was sollen wir von der Waghalsigkeit seines Freundes sagen, der sich ihm auf den Rücken setzte und auf diese Weise den luftigen Spaziergang mitmachte?

Vielleicht war dieser gute Freund ein rechtes Leckermaul, dem viel an den vorzüglichen Omeletten lag, die Blondin auf seinem straffen Seil bereitete.

Wir waren jetzt auf kanadischem Boden und gingen am linken Ufer aufwärts, um die Fälle aus einem anderen Gesichtspunkt anzusehen; eine halbe Stunde später traten wir in ein englisches Hotel ein, wo der Doktor ein Frühstück für uns bestellte; unterdessen hatte ich das Femdenbuch genommen und überflog die Namen der Reisenden, deren sich hier tausend und abertausend eingezeichnet hatten. Von den berühmtesten nenne ich hier folgende: Robert Peel, Lady Franklin, Graf von Paris, Herzog von Chartres, Prinz von Joinville, Louis Napoleon (1846), Prinz und Prinzessin Napoleon, Barnum (mit Adresse), George Sand (1865), Agassiz (1854), Almonte, Fürst Hohenlohe, Rothschild, Bertin (Paris), Lady Elgin, Burkardt (1832) usw.

»Und nun wollen wir unter die Fälle«, sagte der Doktor, als wir mit unserem Frühstück fertig waren.

Ich folgte Dean Pitferges Anweisungen, und bald befanden wir uns in einer Kleiderkammer, in der uns ein Neger mit wasserdichten Beinkleidern, Waterproof-Mänteln und Wachstafthüten versah; dann gingen wir mitten durch die pulverisierten Wasserdünste hinter den großen Katarakt, der vor uns niederfiel, wie der Theater-Vorhang vor den Schauspielern. Aber was für ein Theater war dies! Und wie projizierten sich auf ihm in ungestümen Strömungen die gewaltsam verdrängten Luftschichten! Wir waren so betäubt, geblendet und benetzt, daß wir uns weder sehen noch hören konnten; es war, als wenn wir uns in einer, durch dichte Wasserteppiche hermetisch verschlossenen Höhle befänden; und dieser Verschluß war undurchdringlicher, als die festesten Steinmauern.

Um neun Uhr kehrten wir ins Hotel zurück und entledigten uns unserer triefenden Kleider. Als wir das Ufer erreicht hatten, bemerkte ich einen hochgewachsenen Mann; ich schrie laut auf vor Freude und Überraschung:

»Hauptmann Corsican!«

Er hatte meine Worte gehört und kam auf mich zu.

»Sie hier! Wie freue ich mich, Sie wiederzusehen!« rief er fröhlich.

Ich drückte ihm wiederholt die Hände.

»Und wie geht es mit Fabian und Ellen?« fragte ich.

»Oh, so gut wie überhaupt möglich, sie sind beide hier, und Fabian strahlt förmlich vor Glück und Hoffnung; unsere arme Ellen geht von Tag zu Tag mit sichtbaren Schritten ihrer Genesung entgegen.«

»Aber wie kommt es, daß ich hier am Niagara mit Ihnen zusammentreffe?«

»Nun, der Niagara ist ein sehr beliebter Sommeraufenthalt für Engländer sowohl als Amerikaner, und so mancher findet hier Erfrischung und Heilung. Da es uns schien, als ob das erhabene Schauspiel des Katarakts und die herrliche Gegend auf Ellen einen sehr günstigen Eindruck machten, haben wir uns an den Ufern des Niagara niedergelassen und leben in jener Villa, die Sie dort auf halber Hügelhöhe zwischen den Bäumen hervorragen sehen, ganz en famille, mit Frau R . . ., Fabians Schwester, die sich mit großer Aufopferung Ellens Pflege gewidmet hat.«

»Hat Ellen Fabian schon wiedererkannt?«

»Nein, bis jetzt noch nicht«, antwortete Hauptmann Corsican; »Sie wissen doch, daß das arme Wesen in dem Moment, als Harry Drake zum Tode getroffen umsank, einen lichten Augenblick hatte, daß ihre Vernunft sich damals für kurze Zeit

Bahn brach durch die Umnachtung des Geistes; bald jedoch machte diese sich wieder in traurigster Weise geltend, und die Hoffnung, Ellen geheilt zu sehen, rückte wieder in die Ferne. Seit die arme junge Frau hier angekommen ist, hat sich jedoch eine merkliche Änderung in ihrem Zustand gezeigt; sie ist still, der Schlaf wird ruhiger, und in ihren Augen liest man eine gewisse Anstrengung, sich an etwas zu erinnern oder gegenwärtiges aufzufassen.«

»O gewiß! Sie wird durch Eure Sorgfalt und Liebe geheilt werden!« rief ich aus; aber wo kann ich Fabian und seine Braut finden?«

»Sehen Sie gefälligst dorthin«, sagte Corsican, und wies mit der Hand auf das Ufer des Niagara.

Dort, auf einem Felsen, stand Fabian, der uns augenscheinlich noch nicht bemerkt hatte, denn seine Blicke hafteten unausgesetzt an Ellen, die wenige Schritte von ihm entfernt unbeweglich auf einem großen Stein saß. Die Stelle, auf der sie sich befanden, liegt an dem linken Ufer und ist unter dem Namen »Table-Rock« bekannt; sie bildet eine Art Felsenvorsprung, der über dem zweihundert Fuß darunter brüllenden Flusse hervorragt. Früher war die Plattform ziemlich groß und reichte weit über das Wasser hin, aber nach und nach sind bedeutende Felsstücke in den Abgrund herniedergestürzt, so daß die Fläche jetzt nur einige Meter Raum bietet.

Von dieser Stelle aus ist die Aussicht auf die Katarakte »most sublime«, wie die Führer versichern, und ich kann ihnen nicht Unrecht geben; zur Rechten schaut man auf den kanadischen Fall, dessen Kamm mit Dünsten gekrönt wird und den Horizont einschließt; vorn der amerikanische Katarakt und darüber das zierliche Gemäuer von Niagara-Falls, das halb durch Bäume verborgen wird; zur Linken die ganze Perspektive des Flusses, der zwischen hohen Ufern dahinfließt, und unten der Strom, der mächtig ankämpft und ringt gegen die umgestürzten Eisblöcke.

Ich wollte Fabian nicht durch einen Ruf stören, aber Corsican, der Doktor und ich näherten uns langsam dem Table-Rock. Ellen saß noch immer vollständig unbeweglich da und schaute in das Wasser; welchen Eindruck mochte wohl diese

Szene auf ihren Geist machen? Erstand ihre Vernunft allmählich wieder unter dem Einfluß dieses grandiosen Schauspiels? Plötzlich sah ich, wie Fabian aufsprang und auf Ellen zustürzte; sie hatte sich erhoben und war ungestüm, indem sie beide Arme ausbreitete, an den Abgrund getreten. Dann zuckte sie jäh zusammen, blieb stehen und fuhr mit der Hand über ihre Stirn, als wollte sie ein unheimliches Bild verscheuchen; Fabian stand bereits, totenbleich, aber fest und ruhig zwischen seiner Geliebten und dem Gefahr drohenden Abgrund. Ellen schüttelte in tiefer Erregung ihr blondes Haar zurück, und ich bemerkte, daß ihre reizende Gestalt heftig zitterte. Ob sie jetzt Fabian erkannte? Nein! Es war, als ob eine Tote soeben ins Leben zurückkehrte und um sich her tastet, sich ihrer Existenz zu versichern und ihre Umgebung zu begreifen.

Hauptmann Corsican und ich wagten keinen Schritt vorwärts zu tun, und doch standen Fabian und Ellen so nah am Abgrund, daß wir uns der Furcht nicht erwehren konnten.

»Überlassen Sie alles dem Hauptmann Mac Elwin«, flüsterte uns Doktor Pitferge zu.

Jetzt hörten wir, wie die junge Frau laut schluchzte, unartikulierte Worte entrangen sich ihren Lippen, sie schien sprechen zu wollen, und doch versagte ihr die Stimme.

»Gott! Mein Gott! Allmächtiger Gott! Wo bin ich?« preßte sie endlich heraus; sie schien zu fühlen, daß sie nicht allein sei, und als sie sich halb umwandte, war eine sichtbare Veränderung mit ihr vorgegangen; ihre Augen hatten einen klaren, lebhaften Blick bekommen. Fabian stand stumm und tief ergriffen vor ihr und breitete ihr die Arme entgegen.

»Fabian! Fabian!« rief sie plötzlich aus.

Ellen war ohnmächtig geworden, und Mac Elwin fing sie in seinen Armen auf; aber er hielt sie für tot und schrie laut auf vor Schrecken und Schmerz.

Aber schon war der Doktor hinzugetreten und sagte beruhigend:

»Es ist eine Krisis eingetreten; diese Ohnmacht kann zu ihrer Rettung führen!«

Ellen wurde nun nach Clifton-House und auf ihr Lager gebracht, wo sie bald aus ihrer Ohnmacht in friedlichen Schlummer sank.

Fabian hatte durch den Doktor neue Hoffnung und frischen Mut bekommen. Ellen hatte ihn jetzt unzweifelhaft erkannt. – Bald kehrte er zurück und rief uns entgegen:

»Wir werden sie retten! Jeden Tag beobachte ich, wie ihre Seele neu aufersteht, und jetzt scheint die Zeit der Heilung gekommen zu sein; morgen, vielleicht heute schon werde ich meine Ellen wiederhaben; ach, Gott sei gelobt! – Wir werden hier noch so lange bleiben, wie es für ihren Zustand irgend dienlich ist, nicht wahr, Archibald?«

Der Hauptmann drückte Fabian an seine Brust; dann wandte sich mein Freund zu mir und Pitferge, und begrüßte uns mit herzlichen, jubelnden Worten; die Hoffnung leuchtete aus seinem Wesen, seiner Stimme, seinen Augen – er war wie verwandelt vor Glück und Lebensmut. Und seine Hoffnung war nicht vergebens, Ellens Genesung stand wirklich nahe bevor . . .

Aber unsere Zeit drängte, wir mußten abreisen. Kaum blieb uns eine Stunde über, wenn wir Niagara-Falls noch erreichen wollten. Als wir uns von den lieben Freunden trennten, lag Ellen immer noch in tiefem, sanftem Schlaf, aber Corsican versprach, uns baldige Nachricht über ihr Ergehen zukommen zu lassen. Er war tief bewegt, als wir voneinander Abschied nahmen; Fabian umarmte uns noch einmal, und um zwölf Uhr hatten wir Clifton-House verlassen.

Neununddreißigstes Kapitel

Der Ingenieur – Rückfahrt nach New York – Dean Pitferge abermals auf dem Great-Eastern – Das Telegramm – In der Studierstube

Wenige Minuten später stiegen wir auf einer sehr langen Treppe nach der kanadischen Küste herab und kamen so zum Ufer des Flusses, das von Eisblöcken ganz belagert war. Hier erwartete uns ein Boot, in dem wir »nach Amerika« übersetzten. Als wir einstiegen, hatte bereits ein Reisender in dem Fahrzeug Platz genommen; es war ein Ingenieur aus Kentucky, der dem stets teilnehmenden Pitferge bald seinen Namen und sonstige Verhältnisse anvertraut hatte. Wir schifften uns ohne Zeitverlust ein und kamen bald unter mancherlei Kollisionen mit den Eisschollen bis in die Mitte des Flusses, von wo wir dem herrlichen Niagarafall noch einen letzten Scheideblick zuwarfen.

Unser Reisegefährte beobachtete den Katarakt gleichfalls mit aufmerksamem Auge.

»Nicht wahr, mein Herr, das ist schön, bewunderungswürdig schön?« fragte ich ihn.

»Ja«, lautete seine Antwort, »aber welch ungemessene mechanische Kraft wird hier unnütz vergeudet; was für eine enorme Mühle ließe sich mit diesem Fall in Bewegung setzen!«

Nie bis zu dieser Stunde hatte ich so unbezwingbare Lust verspürt, einen Ingenieur ins Wasser zu werfen.

Als wir am andern Ufer angekommen waren, hißte uns eine vertikale kleine Eisenbahn, die durch einen Seitenstrang von dem amerikanischen Fall her in Bewegung gesetzt wurde, in wenigen Sekunden auf die Anhöhe. Um halb zwei Uhr fuhren wir mit dem Kurierzug ab, der uns um ein Viertel auf drei in Buffalo absetzte; wir statteten dieser jungen Großstadt einen flüchtigen Besuch ab, kosteten das Wasser des Erie-Sees und fuhren um sechs Uhr abends mit der New-York-Zentralbahn weiter. Als wir am folgenden Morgen die bequemen Schlafstätten des »Sleeping-Car« verließen, waren wir bereits in Albany, und die Hudson-Eisenbahn, die sich wasserpaß längs dem linken Flußufer hinzieht, brachte uns einige Stunden später nach New-York.

Am folgenden Tage, dem 15. April, durchstreifte ich in Gesellschaft meines unermüdlichen Führers die Stadt und sah mir den East-River und Brooklyn an; erst als der Abend herannahte, trennte ich mich von dem braven Doktor, und als ich ihm zum letztenmal die Hand drückte, hatte ich das Gefühl, als scheide ich von einem Freund.

Die Abfahrt des Great-Eastern war auf den 16. April festgesetzt, und ich begab mich demgemäß um elf Uhr morgens nach dem siebenunddreißigsten »Pier«, wo der Schleppdampfer die Reisenden erwarten sollte. Er war schon mit Passagieren und Collis überfüllt, als ich eintraf, und eben machte ich mich daran, einen näheren Umblick unter meinen künftigen Reisegefährten zu halten, als mich jemand derb am Arm erfaßte. Ich blickte mich um und sah abermals Pitferge neben mir stehen.

»Wie, Doktor, sind Sie's?« rief ich erstaunt, »Sie kehren wieder nach Europa zurück?«

»Ja, mein lieber Herr.«

»Und mit dem Great-Eastern?«

»Ganz gewiß«, versetzte mit größter Ruhe mein Original; »ich habe mir die Sache überlegt, und da es sehr möglich ist, daß der Great-Eastern von dieser Reise nicht mehr heimkommt, will ich doch lieber die Reise mitmachen; Sie wissen ja, ich möchte dabei sein!«

In wenigen Minuten sollte die Glocke zur Abfahrt läuten, als ein Steward aus Fifth-Avenue-Hotel eilig zu uns herankam und mir ein Telegramm, aus Niagara-Falls datiert, überreichte; es war von Hauptmann Corsican und meldete wie folgt: »Ellen ist wiedererwacht und im vollen Besitz ihrer Geisteskräfte, der Doktor bürgt für sie!«

Ich teilte die gute Nachricht sofort dem Doktor mit.

»Bürgt für sie! Bürgt für sie!« murmelte er vor sich hin, »ich bürge auch für sie, aber was will das beweisen! Wer für Sie und mich und uns alle bürgen wollte, könnte sich unter Umständen stark verrechnet haben! . . .«

Zwölf Tage später kamen wir in Brest an und am folgenden

Tage in Paris; die Überfahrt war zum großen Kummer des Doktors ohne Unfall verlaufen; er hatte sehr zuversichtlich auf den lange prophezeiten Schiffbruch gewartet.

Als ich endlich wieder in meiner Blouse und vor meinem Schreibtisch saß, wäre ich fast versucht gewesen, meinen vierwöchentlichen Aufenthalt in der schwimmenden Stadt, die man den Great-Eastern nennt, die Begegnung mit Ellen und Fabian, ja auch meine Erlebnisse an den Niagarafällen für einen lebhaften Traum zu halten, aber die Aufzeichnungen, die ich Tag für Tag während meiner Fahrt gemacht hatte, schützten mich davor. Ach! Reisen ist doch schön, selbst wenn man ohne zu scheitern heimkehrt, wie auch der Doktor darüber denken mag!

Acht Monate vergingen, ohne daß ich etwas von meinem Original hörte; da, eines Tages, brachte mir der Postbote einen mit vielfarbigen, seltsamen Marken beklebten Brief, der folgendermaßen begann:

»An Bord des Coringuy, Aucklands-Klippen.

Endlich haben wir Schiffbruch erlitten . . .«

und mit den Worten schloß:

»Niemals habe ich mich wohler gefühlt!

Mit herzlichen Grüßen
Ihr
Dean Pitferge.«

Die Blockade-Brecher

Erstes Kapitel

Der Delphin

Der erste Fluß, der unter den Rädern eines Dampfers schäumte, war der Clydefluß, und zwar geschah dies im Jahre 1812. Das Boot hieß der »Komet« und versah mit einer Schnelligkeit von sechs (engl.) Meilen pro Stunde regelmäßigen Dienst zwischen Glasgow und Greenock. Seit jener Zeit sind wohl über eine Million Steamer oder Paketboote den schottischen Strom auf- und abgefahren, und die Bewohner der großen Handelsstadt haben nachgerade Gelegenheit gehabt, sich mit den Wundern der Dampfschiffahrt vertraut zu machen.

Trotzdem befand sich am 3. Dezember 1862 eine ungeheure Volksmenge, die aus Reedern, Kaufleuten, Arbeitern, Seeleuten, Manufakturisten, Frauen und Kindern bestand, in Glasgow auf dem Wege nach Kelvin-Dock, einem großen Schiffsbauplatz, der den Herren Tod und Mac Gregor gehörte. Der letztere dieser beiden Namen beweist zur Genüge, daß auch die berühmtesten Abkömmlinge der Highlanders unter die Industriellen gegangen sind und die alten Vasallen der ehemaligen Clans zu Hüttenarbeitern gemacht haben.

In Zeit von wenigen Minuten hatten die Schaulustigen ihr Ziel erreicht, und nun ergoß sich ein wahrer Menschenstrom über die unermeßlichen Werften am rechen Ufer des Clyde; kein Platz auf den Kais, keine Wharfmauer, ja nicht einmal die Dächer der Magazine blieben von Neugierigen Unbesetzt.

Der Grund dieser allgemeinen Aufregung war durchaus keine seltene Zeremonie, es sollte ganz einfach ein Schiff vom Stapel gelassen werden, und doch konnte man annehmen, daß dies für die Bewohner von Glasgow kein ungewöhnliches Ereignis sei. War an dem »Delphin« – so hieß das von den Herren Tod und Mac Gregor erbaute Fahrzeug – etwas so ganz Besonderes? Offen gestanden: nein! Es war ein großes Schiff wie andere auch, von 1500 Tonnen Gehalt, in Eisenblech erbaut, bei dem alle Einrichtungen nur darauf hinausliefen, eine vorzügliche, schnelle Fahrt zu erzielen; seine Hochdruckmaschine, die aus den Werkstätten einer Lancefield-Schmiede hervorgegangen war, besaß fünfhundert Pferdekraft und setzte zwei Zwillingsschrauben in Bewegung, die auf jeder Seite des Hinterstevens in den dünnen Partien des Hinterteils lagen und voneinander vollkommen unabhängig waren. Es ist dies eine neue Anwendung des von Herrn Dudgeon aus Millwal erfundenen Systems, das den Schiffen große Schnelligkeit verleiht und ihnen die Möglichkeit gestattet, auf sehr beschränktem Raum zu schwenken. Was den Tiefgang des Delphin anbetraf, so waren die sachverständigen Beobachter darüber einig, daß er sehr gering sein müsse, und schlossen daraus, daß das Schiff nur für Fahrwasser mittlerer Tiefe bestimmt sei. All diese Eigentümlichkeiten konnten jedoch nicht das allgemeine Interesse rechtfertigen, das die Einwohnerschaft von Glasgow an ihm nahm, denn alles in allem genommen, zeichnete er sich vor vielen anderen Dampfern nicht aus.

War bei seinem Ablauf vielleicht ein mechanisches Hindernis zu überwinden? Auch das nicht; der Clyde hatte schon manch Fahrzeug von stärkerem Tonnengehalt in seine Gewässer aufgenommen, und der Stapellauf des Delphin mußte demnach auf die allergewöhnlichste Weise vonstatten gehen.

Als sich die Ebbe bemerklich machte, wurden die Vorkehrungen getroffen, Hammerschläge fielen im Takt auf die Keile nieder, die den Schiffskiel heben sollten, ein Zittern teilte sich schon jetzt dem ganzen massiven Bau mit; die gleitende Bewegung entwickelte sich mehr und mehr, wurde dann schneller und schneller, und in wenigen Augenblicken verließ der Delphin den sorgfältig eingeseiften Stapel und tauchte, ringsum weiße Gischt aufspritzend, in den Clyde. Sein Hinterteil stieß gegen den Schlammboden des Flusses, dann hob er sich auf einer riesigen Woge und hätte, von seinem Schwunge fortgerissen, an den Kais der Werften von Govan zerschellen können, wären nicht all seine Anker zugleich mit furchtbarem Geräusch hinuntergelassen, und sein Lauf hierdurch gehemmt worden.

Der Stapellauf war vollständig gelungen, und der Delphin wiegte sich jetzt ruhig auf den Fluten des Clyde. Alle Zuschauer klatschten dem Fahrzeug Beifall zu, als es von seinem natürlichen Element Besitz ergriffen hatte, und von beiden Ufern erschallte ein Hurrarufen, das nicht enden wollte.

Weshalb denn aber all dies Geschrei und Bravorufen? Jedenfalls wären die leidenschaftlichsten unter den Zuschauern in Verlegenheit geraten, wenn sie den Grund zu ihrem Enthusiasmus hätten angeben sollen; woher rührte also die besondere Teilnahme, die diesem Schiff gezollt wurde?

Lediglich von dem Geheimnis, das seine Bestimmung umhüllte. Niemand hatte eine Ahnung, welcher Art von Handelsverbindungen es dienen sollte, und wenn man die Gruppen von Neugierigen befragt hätte, wären die verschiedenartigsten Vermutungen hierüber an den Tag gekommen.

Die Bestunterrichteten, oder die es doch zu sein glaubten, kamen überein, daß dies Dampfboot in dem schrecklichen Kriege, der zu jener Zeit die Vereinigtenn Staaten Nordamerikas dezimierte, eine Rolle spielen solle. Zu weiteren Schlüssen aber verstiegen auch sie sich nicht, und ob der Delphin ein Kaperschiff oder zum Transport bestimmt, ob er ein Schiff für die Südstaaten oder die nordstaatliche Marine war, blieb unerforschlich.

Die einen riefen »Hurra« und versicherten jedem, der es hören wollte, daß der Delphin auf Rechnung der Südstaaten gbaut sei.

»Hip! Hip! Hip!« schrien wieder andere und schworen Stein und Bein darauf, daß nie bis jetzt ein so schnelles Schiff an den amerikanischen Küsten gekreuzt hätte.

Was hier die Menge anzog, war also das Geheimnisvolle, Unbekannte; denn um genau zu wissen, was man von der Bestimmung des Delphin zu halten habe, hätte man eben Associé oder doch zum mindesten der intime Freund des Hauses Vincent Playfair u. Co. in Glasgow sein müssen.

Letzteres galt als ein reiches, bedeutendes und intelligentes Handelshaus, dessen Inhaber von den sogenannten Tobacco-Lords abstammten, die einst die schönsten Viertel der Stadt erbaut hatten und ihren angesehensten, ältesten Familien angehörten. Diese ingeniösen Kaufleute hatten infolge der Unionsakte die ersten Kontore in Glasgow begründet, indem sie einen Handel mit Virginia- und Maryland-Tabak begannen; sie sammelten unermeßliches Vermögen und schufen einen neuen Mittelpunkt für den Handelsverkehr. Bald erhoben sich auch Spinnereien und Schmelzhütten auf allen Seiten der Stadt, und in wenigen Jahren stieg der Wohlstand auf den höchsten Punkt; Glasgow war eine Industrie- und Manufakturstadt geworden.

Das Haus Playfair hatte von dem unternehmenden Geiste seiner Vorfahren nichts verloren; noch immer stürzte es sich in die kühnsten Operationen und hielt die Ehre des englischen Handels hoch. Sein jetziges Oberhaupt war Vincent Playfair, ein Mann in den fünfziger Jahren, der bei allen Dingen wesentlich den praktischen und positiven Gesichtspunkt ins Auge faßte, aber trotzdem von kühnem Temperament – kurz, ein echter Vollblutreeder. Nichts, was außerhalb der kommerziellen Fragen lag, ja nicht einmal die politische Seite der Geschäfte, machte Eindruck auf ihn, nichtsdestoweniger aber bildeten Loyalität und strenge Rechtlichkeit einen Hauptzug seines Charakters.

Der Gedanke an den Bau und die Ausrüstung des Delphin war jedoch nicht *seinem* Hirn entsprungen, sondern dankte seine Entstehung Herrn James Playfair, den wir hiermit die Ehre haben, als den etwa dreißigjährigen Neffen des alten Herrn und einen der tüchtigsten Skipper* der Handelsmarine vorzustellen.

Als James Playfair sich eines Tages mit seinem Onkel in dem Tontine-Coffee-Room unter den Arkaden des Stadtsaales befand und dort mit großem Eifer die amerikanischen Zeitungen studiert hatte, legte er Herrn Vincent folgenden, sehr abenteuerlichern Plan vor:

»Onkel, wir könnten in einem Zeitraum von höchstens zwei Monaten zwei Millionen gewinnen.«

»Und was würde der Einsatz sein?« fragte Onkel Vincent.

»Ein Schiff mit Ladung.«

»Weiter nichts?«

*Benennung für einen Kapitän der Handelsmarine in England.

»Nun, etwa noch die Haut des Kapitäns und der Mannschaft, aber das wird nicht mit in Rechnung gebracht.«

»Diese Erörterung wäre näher zu erörtern«, bemerkte Onkel Vincent, der diesen Pleonasmus liebte.

»Alles bereits erörtet!« rief James Playfair. »Hast du die ›Tribune‹, den ›New-York-Herald‹, die ›Times‹, den ›Enquirer of Richmond‹ und die ›American Review‹ gelesen?«

»Zwanzigmal zum mindesten, lieber Neffe.«

»Und bist du auch der Ansicht, daß der Krieg unter den Vereinigten Staaten noch lange währen wird?«

»Noch sehr lange sogar.«

»Du weißt, Onkel, wie sehr diese Kämpfe ganz Großbritannien, besonders den Handel von Glasgow schädigten?«

»Und des spezielleren noch die Interessen des Hauses Playfair u. Co.«, fügte Onkel Vincent seufzend hinzu.

»Das ist Tatsache«, bestätigte der junge Kapitän.

»Es ist das mein täglicher Ärger, James, und ich denke mit Schrecken der kommerziellen Unglücksschläge, die dieser Krieg nach sich ziehen wird. Nicht, als ob das Haus Playfair schwanken könnte, lieber Neffe, aber seine Korrespondenten können es im Stich lassen. Ach diese Amerikaner! Ob sie nun Sklavenzüchter oder Abolitionisten sind, meinetwegen können sie alle zum Teufel fahren!«

Herr Vincent Playfair hätte so nicht sprechen dürfen, weil überall die große Humanitäts-Prinzipienfrage über die persönlichen Interessen die Oberhand behalten muß; man konnte ihm jedoch nicht unrecht geben, wenn die rein kommerzielle Seite der Frage Berücksichtigung fand. Der wichtigste Stoff des amerikanischen Exportgeschäfts fehlte auf dem Markt von Glasgow gänzlich; die »Cotton Famine«*, um den energischen englischen Ausdruck dafür anzuwenden, wurde von Tag zu Tag drohender, und Tausende von Arbeitern sahen sich gezwungen, von Almosen zu leben. Glasgow besitzt 25000 mechanische Professionisten, die vor dem amerikanischen Krieg 625000 Meter Baumwolle täglich, und das will sagen 50000000 Pfund jährlich spannen. Hiernach möge man die industriellen Störungen beurteilen, die in der Stadt hervorgeru-

*Wörtlich Baumwollen-Hungersnot.

fen wurden, als das Webematerial fast gänzlich ausging; stündlich wurden Fallissements erklärt, in allen Werkstätten mußte die Arbeit eingestellt werden, und unter den niederen Schichten der Bevölkerung wüteten Hungersnot und verheerende Krankheiten.

Durch den Anblick dieses entsetzlichen Elends war James Playfair auf seinen kühnen Plan gekommen.

»Koste es, was es wolle«, sagte er, »ich werde Baumwolle besorgen.«

Da er aber ebenso wie sein Onkel Vincent »Geschäftsmann« war, beschloß er, die Operation in Gestalt eines Tauschhandels zu entrieren.

»Onkel Vincent, soll ich dir meinen Gedanken näher auseinandersetzen?«

»Dieses Vorhaben wäre näher zu erörtern, James.«

»Wir müssen erstens ein Schiff von großer Tragfähigkeit und schnellstem Gange bauen.«

»Das ginge ja wohl an.«

»Und dann hätten wir es mit Kriegsmunition, Lebensmitteln und Kleidungsstücken zu befrachten.«

»Das würde sich dann schon machen.«

»Ich selbst übernehme den Oberbefehl auf dem Steamer, wir laufen allen Schiffen der nordstaatlichen Marine an Schnelligkeit den Rang ab und brechen die Blockade in einem der südlichen Häfen.«

»Du könntest deine Ladung teuer an die Konföderierten verkaufen; sie werden dergleichen brauchen«, sagte der Onkel.

»Ja natürlich, und dann gedenke ich mit einer Ladung Baumwolle zurückzukommen . . .«

»Die sie dir umsonst geben werden.«

»Das habe ich mir auch gedacht, Onkel Vincent; geht's?«

»Jawohl geht's. Wirst du aber durchkommen?«

»Mit einem guten Schiffe, ja.«

»Ich will dir eins expreß dazu bauen lassen. Aber wie steht's mit der Mannschaft?«

»Darum keine Sorge! Ich brauche nur soviel Leute, um manövrieren zu können; wir wollen die Nordstaatlichen ja nur in ihrem Lauf überholen und uns nicht mit ihnen herumschlagen.«

»Überholen sollt ihr sie«, erklärte Onkel Vincent sehr entschieden. »Jetzt sage mir aber, James, welchen Punkt der amerikanischen Küste du dir zu deiner Operation ausersehen hast.«

»Bis jetzt ist schon die Blockade von New-Orleans, Willmington und Savannah durchbrochen worden, ich meinesteils denke geradewegs in Charleston einzuziehen. Kein englisches Fahrzeug ist noch in sein Fahrwasser vorgedrungen, mit Ausnahme der ›Bermuda‹ höchstens. Ich werde es genauso machen wie sie, und wenn mein Schiff geringen Tiefgang hat, werde ich einen Weg einschlagen, auf dem mir die nordstaatlichen Schiffe nicht folgen können.«

»Charleston ist mit Baumwolle vollgepfropft, das ist erwiesen«, hub Onkel Vincent nach einer kleinen Pause wieder an. »Man soll sie sogar verbrennen, nur um sie aus dem Wege zu schaffen.«

»Das hat seine Richtigkeit«, bestätigte James; »außerdem ist die Stadt fest umzingelt, und es fehlt Beauregard stark an Munition; er wird mir meine Ladung ohne allen Zweifel mit Gold aufwiegen.«

»Schön, mein lieber Neffe, und wann gedenkst du abzufahren?«

»In sechs bis sieben Monaten; Ich brauche lange Nächte, Winternächte, um leichter durchzukommen.«

»Ich will dir das Schiff zu rechter Zeit fertigstellen, Neffe.«

»Also abgemacht, Onkel?«

»Abgemacht.«

»Unter Diskretion?«

»Diskretion – versteht sich!«

Und fünf Monate nach dieser Unterredung wurde ein Steamer, dessen Bestimmung niemand kannte, von den Werften von Kelvindock abgelassen – es war der Delphin.

Zweites Kapitel

Ankerlichten

Die Ausrüstung des Delphin nahm nicht viel Zeit in Anspruch; seine Betakelung war fertig, er mußte nur noch adjustiert werden. Der Delphin führte drei Schonermasten, und dies war fast als überflüssiger Luxus anzusehen, denn er rechnete nicht auf den Wind, um den nordstaatlichen Kreuzern zu entkommen, sondern nur auf die mächtige Maschine in seinen Seiten, und er tat recht daran.

Gegen Ende Dezember wurde der Delphin in der Bucht des Clyde erprobt, und es war schwer zu bestimmen, ob er den Kapitän oder den Erbauer mehr zufriedenstellte. Der neue Steamer glitt prächtig dahin, und das »Patent Log«* zeigte eine Schnelligkeit von siebzehn Meilen in der Stunde**, was bis jetzt weder bei einem englischen, französischen noch amerikanischen Schiffe erreicht worden war. Bei einem Wettlauf mit den raschesten Fahrzeugen, bei einem Match zur See hätte der Delphin jedenfalls um mehrere Längen gewonnen.

Am 25. Dezember sollte die Befrachtung vor sich gehen, und der Steamer legte sich zu diesem Zweck an den Steam-boat-Kai, etwas unterhalb Glasgow-Bridge, der letzten Brücke, die vor seiner Mündung über den Clyde führt. Ungeheure Wharfs waren dort mit Kleider-Magazinen, Waffen und Munition gefüllt, welche Vorräte so schnell wie möglich in den Rumpf des Delphin übergingen. Diese Ladung verriet nun freilich die Bestimmung des Schiffes, und das Haus Playfair konnte nicht länger sein Geheimnis verschwiegen halten. Kein amerikanischer Kreuzer war gegenwärtig in den englischen Gewässern signalisiert worden, und da die Abfahrt des Delphin nahe bevorstand, mußte doch auch die Mannschaft angeworben werden. Auch hierbei war es natürlich nötig, daß das Schweigen gebrochen wurde, denn wenn man die Leute einschiffte, mußte man ihnen doch auch ihre Bestimmung und das Ziel der

*Ein Instrument, das vermittels Nadeln, die sich auf in Grade eingeteilten Quadranten bewegen, die Schnelligkeit des Fahrzeugs angibt.

**Sieben Lieues und $^{87}/_{100}$. Die Seemeile ist gleich 1852 Metern (also 17 Meilen = 31 484 Meter).

Reise mitteilen. Man forderte, daß sie ihre Haut zu Markte tragen sollten, und solch Verlangen war nur gerechtfertigt, wenn man ihnen reinen Wein darüber eingeschenkt hatte, wie und zu welchem Zweck.

Die Bestimmung des Schiffes hielt indessen niemanden von der Reise zurück; der Sold war hoch, und jedem Mann wurde von vornherein ein Anteil an dem Unternehmen zugesichert. James Playfair hatte nur zu wählen, denn es erschienen bewährte, tüchtige Seeleute in Menge, und man mußte gestehen, er wählte mit schnellem Auge und richtigem Verständnis; nach Verlauf von vierundzwanzig Stunden waren die Namen von dreißig Matrosen in die Bemannungsliste eingetragen, die der Yacht Ihrer allergnädigsten Majestät Ehren gemacht haben würden.

Die Abreise des Delphin wurde auf den 3. Januar festgesetzt, und schon am 31. Dezember war er bereit; sein Rumpf war mit Munition und Lebensmitteln angefüllt, die Kammern strotzten von Kohlen, kurz, nichts hielt ihn mehr zurück.

Am 2. Januar befand sich James Playfair an Bord und überschaute noch einmal mit dem Blick eines Kapitäns sein Schiff, als ein Mann am Hinterdeck an der Öffnung im Schiffsborde erschien und den Skipper zu sprechen wünschte. Ein Matrose führte ihn auf die Brücke.

Es war ein kräftiger, breitschultriger Mensch mit sehr rotem Gesicht, hinter dessen harmlosem, fast einfältigem Ausdruck ein gewisser Fonds von Schlauheit und Munterkeit verborgen zu sein schien. Man sah bald, daß er in seemännischen Gebräuchen nicht bewandert war; auch blickte er um sich wie jemand, der noch nicht viel auf ein Schiffsverdeck gekommen ist, trotzdem aber suchte er sich das Ansehen eines alten Seebären zu geben, betrachtete das Takelwerk des Delphin und schlenderte nach Art der Matrosen.

Als er vor dem Kapitän stand, sah er ihm fest ins Auge und fragte:

»Kapitän James Playfair?«

»Ja, was wünschest du von mir?«

»Möchte mich an Bord einschiffen.«

»Ich habe keinen Platz mehr. Die Mannschaft ist vollzählig.«

»Ein Mann mehr wird nichts schaden; im Gegenteil.«

»So, meinst du?« sagte James Playfair und sah ihn scharf an.

»Ja, das meine ich«, antwortete der Matrose.

»Wer bist du denn?«

»Ein schlichter Seemann, ein starker Kerl und ein entschlossener Kumpan, dafür sage ich gut. Ein paar so kräftige Arme, wie ich sie Ihnen hier präsentiere, sind an Bord gewiß nicht zu verachten.«

»Es gibt noch mehr Schiffe als den Delphin, und andere Kapitäne wie James Playfair, warum kommst du gerade hierher?«

»Weil ich an Bord des Delphin und unter Kapitän James Playfair dienen will.«

»Ich kann dich nicht brauchen.«

»Einen kräftigen Mann kann man immer brauchen; wenn ich meine Kräfte einmal mit drei oder vier von den Stärksten Ihrer Mannschaft messen soll . . .«

»Du gehst ja drauflos!« meinte James Playfair; »wie heißt du?«

»Crockston, zu dienen.«

Der Kapitän trat einige Schritte zurück, um den Herkules, der sich ihm auf so »achtkantige« Weise vorstellte, besser zu mustern. Haltung, Wuchs und matrosenhaftes Ansehen straften seine Ansprüche auf Kraft nicht Lügen; man sah sofort, daß er ungewöhnlich stark und zu allem entschlossen war.

»In welchen Meeren bist du gefahren?« fragte Playfair.

»So ziemlich überall.«

»Und du weißt, was der Delphin dort unten zu tun hat?«

»Darum gerade will ich mit.«

»Nun, Gott straf mich, wenn ich mir solchen Kerl entgehen lasse; frage nach dem Obersteuermann, Mr. Mathew, und laß dich von ihm einschreiben.«

Nach diesen Worten erwartete James Playfair, daß sein Mann kehrtmachen und sich nach dem Vorderteil des Schiffes begeben würde, aber weit gefehlt; Crockston rührte sich nicht von der Stelle.

»Nun, hast du mich verstanden?« fragte der Kapitän.

»Jawohl, Herr Kapitän, aber das ist noch nicht alles; ich wollte Ihnen noch einen Vorschlag machen.«

»Ach was! Ärgere mich nicht, ich habe keine Zeit, mich länger mit dir aufzuhalten«, rief James ungeduldig.

»Ich werde Sie nicht weiter aufhalten, Herr Kapitän, ich wollte Ihnen nur sagen – ich habe einen Neffen.«

»Da hat er einen netten Onkel, das muß wahr sein!«

»Nun, nun!« begütigte Crockston.

»Wirst du bald zu Ende kommen?« fragte der Skipper; er war nachgerade verdrießlich geworden.

»Ja, Herr Kapitän, die Sache verhält sich so: Wenn man den Onkel nimmt, muß man den Neffen auch mitnehmen.«

»So, wirklich?«

»Ja, das macht man gewöhnlich so; einer geht nicht ohne den andern.«

»Erkläre dich deutlicher; wer und was ist dein Neffe?«

»Ja, sehen Sie, Herr Kapitän, es ist ein junger Mensch von fünfzehn Jahren, dem ich mein Handwerk beibringe. Er hat recht guten Willen und wird gewiß einmal einen tüchtigen Seemann abgeben.«

»Potz Tausend, Meister Crockston, du hältst wohl gar den Delphin für eine Schiffsjungenschule?«

»Verachten Sie nicht die Schiffsjungen, Herr Kapitän; es hat einmal einen gegeben, aus dem ist der Admiral Nelson geworden, und noch einen, aus dem wurde der Admiral Franklin.«

»Potz Blitz! Freund, du könntest mir gefallen. Bringe deinen Neffen her, aber wenn sein Onkel solch ein tüchtiger Kerl nicht ist, wie er vorgibt, wird er's mit mir zu tun bekommen. Mach dich fort und sei in einer Stunde wieder hier.«

Crockston ließ sich das nicht zweimal sagen; er grüßte ziemlich linkisch und begab sich auf den Kai zurück. Eine Stunde später traf er mit seinem Neffen, einem Bürschchen von vierzehn bis fünfzehn Jahren, wieder ein. Der kleine Kerl sah sehr furchtsam und erstaunt aus und schien eine ziemlich zarte Konstitution zu haben; von den körperlichen Eigenschaften seines Onkels hatte er jedenfalls nicht viel geerbt. Crockston mußte ihm sogar schon jetzt Mut einsprechen:

»Nur immer dreist und munter«, raunte er ihm zu, als sie aufs Verdeck stiegen, »es ist immer noch Zeit zum Umkehren.«

»Nein, nein!« rief der Kleine, »Gott bewahre uns davor!«

Noch an demselben Tage wurden der Matrose Crockston nebst seinem Lehrling John Stiggs in die Bemannungsliste des Delphin eingetragen.

Am folgenden Morgen um fünf Uhr waren die Feuer unter den Kesseln kräftig geschürt, das Verdeck bebte unter den Schwingungen des Kessels, und der Dampf entwich zischend durch die Ventile. Die Stunde der Abfahrt war gekommen.

Eine Menge Volk drängte sich trotz der frühen Tageszeit auf den Kais und auf Glasgow-Bridge, um zum letzten Mal den Steamer zu grüßen, und auch Vincent Playfair hatte sich eingefunden, um sich von Kapitän James zu verabschieden und ihn zu umarmen; er benahm sich wie ein alter Römer aus längst vergangener Zeit; seine heroische Fassung verließ ihn keinen Augenblick, und die beiden kräftigen Küsse, die er seinem Neffen rechts und links auf die Wangen applizierte, ließen auf eine große Seele schließen.

»Reise glücklich, James«, lauteten seine Abschiedsworte, »reise schnell und kehre noch schneller wieder heim. Besonders aber vergiß nicht, die Situation auszunutzen; verkaufe so teuer wie möglich und kaufe billig wieder ein; die Achtung deines Onkels soll dir dann gewiß sein.«

Nach dieser letzten Anempfehlung, die aller Wahrscheinlichkeit nach dem »Handbuch des perfekten Kaufmanns« entlehnt war, trennten sich Neffe und Onkel, und alle Besucher verließen das Schiff.

Crockston und John Stiggs standen nebeneinander auf der Schanz, und der Matrose sagte zu dem Kleinen:

»Du sollst es sehen, alles geht prächtig. In zwei Stunden sind wir auf hoher See, und ich ahne, daß uns die ganze Reise nach Wunsch gehen wird, nun wir mit dem Anfang solch gutes Glück gehabt haben!«

Statt aller Antwort drückte der Lehrling seinem Onkel die Hand.

James Playfair gab den letzten Befehl zur Abfahrt.

»Ist voller Dampf?« fragte er den Obersteuermann.

»Ja, Herr Kapitän.«

»Die Ankertaue aufwinden!«

Das Manöver wurde sofort ausgeführt; die Schrauben setzten sich in Bewegung, der Delphin ging zwischen den Schiffen, die im Hafen lagen, hindurch und entschwand bald den Augen der Menge, die ihm noch mit einem letzten Hurra einen Gruß nachsandte.

Die Fahrt aus dem Clyde ging leicht vonstatten; man kann wohl behaupten, daß dieser Fluß von Menschen und zwar von Meisterhand geschaffen sei. Seit sechzig Jahren hat er, dank den Baggern und dem unaufhörlichen Ausschlämmen, mindestens fünfzehn Fuß an Tiefe gewonnen, und seine Breite zwischen den Kais der Stadt ist verdreifacht worden. Bald verlor sich der Wald von Masten und hohen Schornsteinen in Rauch und Nebel, das Geräusch der Schmiedehämmer und der Äxte von den Schiffswerften erlosch in der Ferne, und auf Schiffsbauplätze und Werkstätten folgten Landhäuser, Villen und Luftschlösser. Der Delphin mäßigte jetzt seine Dampfkraft und machte seine Evolutionen zwischen den Deichen, die den Fluß höher als seine Ufer eindämmen und ihm oft nur sehr enges Fahrwasser gewähren. Es ist dies ein Übelstand, der nur von geringer Bedeutung ist, da die Tiefe für einen schiffbaren Fluß wichtiger ist, als die Breite. Der Steamer glitt, von einem vorzüglichen Lotsen des Irländischen Meeres geführt, ohne Stockung zwischen den schwimmenden Bojen, den Säulen von Stein und von »Biggings«* dahin, auf deren Spitze das Fahrwasser durch dort angebrachte Baken bezeichnet wird. Bald kam das Schiff auch über den Marktflecken Renfrew hinaus, und nun, am Fuße der Hügel von Kilpatrick, wurde der Clyde breiter und ergoß sich vor der Bucht von Bowling, in deren Hintergrund sich die Mündung des Kanals öffnet, der Edinburg mit Glasgow vereinigt.

Endlich sah man auch vierhundert Fuß hoch das Schloß Dumbarton, wie es seine vom Nebel halb verwischten Umrisse von dem Firmament abhob, und bald darauf tanzten und

*Kleine Steinhügel.

schwankten die Schiffe am linken Ufer des Hafens unter den vom Delphin aufgewühlen Wogen. Noch einige Meilen weiter, und man kam an Greenock, der Vaterstadt von James Watt, vorüber. Der Delphin befand sich nun an der Mündung des Clyde und an dem Eingang des Busens, durch den er seine Wasser in den Nordkanal ergießt. Dort verspürte er die ersten Wellenbewegungen des Meeres und fuhr an dem malerisch schönen Küstenstrich der Insel Arran entlang.

Das Vorgebirge von Cantyre, das sich quer in den Kanal erstreckt, wurde umschifft, und man bekam die Insel Rathlin in Sicht; der Lotse begab sich jetzt in seiner Schaluppe auf den kleinen Kutter zurück, der auf der See kreuzte, und der Delphin, jetzt wieder der Autorität des Kapitäns unterstellt, schlug nördlich von Irland eine von Schiffen weniger frequentierte Straße ein und befand sich, nachdem ihm die letzte europäische Küste aus dem Gesicht geschwunden war, allein auf der Höhe des Meeres.

Drittes Kapitel

Auf hoher See

Der Delphin hatte eine gute Bemannung; zwar keine Kampfmatrosen oder Entermatrosen, aber lauter Leute, die gut zu manövrieren verstanden; es waren sämtlich entschlossene Männer, aber auch sämtlich mehr oder weniger gewinnsüchtig; sie jagten dem Glück und nicht dem Ruhme nach. Es lag ihnen äußerst wenig daran, ihre Flagge zu zeigen oder gar, sie mit Kanonenschüssen zu verteidigen; auch wäre ihnen dies letztere wohl schwer geworden, denn die ganze Artillerie an Bord bestand aus zwei kleinen Drehbassen, die nur dazu geeignet waren, Signale zu geben.

Der Delphin schoß außerordentlich rasch durch die Wellen; er erfüllte aufs Schönste alle Hoffnungen seiner Erbauer wie auch des Kapitäns und hatte bald die Grenze der britischen Gewässer hinter sich gelassen. Übrigens war kein einziges

Schiff in Sicht und die weite Straße des Ozeans vollständig frei; außerdem hätte aber auch kein Fahrzeug der nordstaatlichen Marine den Delphin unter englischer Flagge angreifen dürfen, wenn es ihm natürlich auch freistand, dem Dampfer zu folgen und ihn am Durchbrechen der Blockadelinie zu hindern. Doch James Playfair hatte, eigens um solch eine Verfolgung zu vermeiden, alles beim Bau seines Schiffes auf Schnelligkeit berechnet und manchen anderen Vorzug geopfert, um diesem Hauptgesichtspunkt gerecht zu werden.

Für alle Fälle wurde an Bord genaue Wache gehalten; trotz der Kälte befand sich fortwährend ein Mann im Mastkorb, der bereit war, das fernste Segel, das am Horizont auftauchte, zu signalisieren. Als der Abend hereinbrach, ließ James Playfair dem Obersteuermann, Mr. Mathew, die genauesten Instruktionen zukommen.

»Lassen Sie Ihre Wachen nicht zu lange auf dem Mastkorbe«, empfahl er ihm; »die Kälte kann sie leicht überwältigen, und in solcher Lage ist an scharfe Beobachtung nicht zu denken. Die Leute müssen sich häufig ablösen.«

»Ganz Ihrer Meinung, Herr Kapitän«, stimmte Mr. Mathew bei.

»Ich empfehle Ihnen noch besonders Crockston zu diesem Dienst; der Kerl behauptet, ein vorzügliches Auge zu haben; wir wollen seine Aussage auf die Probe stellen. Übergeben Sie ihm die Frühwache während der Morgennebel, und wenn irgend etwas vorkommen sollte, benachrichtigen Sie mich sofort.«

Nach diesen Worten zog sich James Playfair in seine Kajüte zurück, während Mr. Mathew Crockston kommen ließ und ihm die Befehle des Kapitäns mitteilte.

»Du wirst dich morgen früh um sechs Uhr nach dem Beobachtungsposten auf dem Fockmast begeben.«

Crockston gab keine eigentliche Antwort, sondern begnügte sich damit, einen Ton, der allenfalls ein affirmatives Grunzen vorstellen konnte, hervorzustoßen; aber kaum hatte Mr. Mathew den Rücken gewandt, als er sehr beunruhigt vor sich hinbrummte und schließlich ausrief:

»Was in aller Welt meint er eigentlich mit seinem Fockmast?«

In diesem Augenblick trat der Neffe, John Stiggs, auf dem Deck zu ihm heran.

»Nun, mein wackerer Crockston, wie geht dir's?« begann er.

»Nun, es geht nur soso, lala«, erwiderte der Onkel. »Der Racker von Boot schüttelt sich hin und her wie ein Hund, der seine Flöhe loswerden will; mir wird schon ganz schlimm und übel.«

»Armer Freund!« sagte mitleidig der Lehrling, indem er Crockston mit einem dankbaren Blick ansah.

»Und wenn ich denke, daß ich bei meinem Alter die Seekrankheit bekomme! Ach, was ich doch für ein altes Weib bin! Das alles mag indes noch angehen, davor habe ich keine Bange; es soll aber irgendwo hier herum sogenannte Fockmasten geben, die mir jetzt zu schaffen machen ...«

»Du guter Crockston, und das alles für mich ...«

»Und für ihn«, fiel Crockston ein. »Aber kein Wort darüber, John; wir wollen unsere Hoffnung auf Gott setzen, er wird Sie nicht verlassen.«

Nach dieser Unterredung begaben sich John Stiggs und Crockston auf den Matrosenposten zurück, und der Seemann schloß seine Augen erst zum Schlaf, als er sah, daß der junge Lehrling ruhig in der engen Kajüte, die ihm angewiesen war, schlummerte.

Am andern Morgen um sechs Uhr erhob sich Crockston von seinem Lager, um den bezeichneten Posten einzunehmen; er begab sich auf das Verdeck und erhielt vom Obersteuermann den Befehl, auf das Mastwerk zu steigen und genauen Ausguck zu halten.

Der Seemann sah zuerst etwas unentschieden aus, dann aber schien er einen plötzlichen Entschluß zu fassen, denn er machte eilig kehrt und steuerte flott auf das Hinterteil des Delphin los.

»Heda, wo willst du hin?« rief der Obersteuermann.

»Natürlich, wohin Sie mich schicken«, antwortete Crockston.

»Ich habe dir gesagt, du sollst auf den Fockmast gehen.«

»Hm, ja, ich gehe ja schon«, erwiderte der Matrose mit unerschütterlicher Ruhe und machte sich wieder nach dem Deckzimmer zu auf den Weg.

»Höre, Kerl, willst du mich hier foppen?« rief Mr. Mathew übel gelaunt; oder gedenkst du den Fockmast auf dem Besanmast zu suchen. Du sähst mir gerade aus wie ein Cockney*, der nichts davon versteht, einen Seising zu schlingen oder ein paar Taue zu splissen! An Bord von welcher Schute bist denn du gefahren, alter Freund? Zum Fockmast sage ich, du Esel, zum Fockmast!«

Die wachehabenden Matrosen waren bei den Worten des Obersteuermanns herzugeeilt und konnten sich eines schallenden Gelächters nicht erwehren, als Crockston, vollständig fassungslos, wieder nach dem Mitteldeck zurückkam.

»Ja so!« sagte er und schaute am Mast empor, dessen Ende sich ganz unsichtbar im Morgennebel verlor. »Ja so! Da oben soll ich hinaufklettern?«

»Ja«, sagte ungeduldig Mr. Mathew, »beeile dich nur; beim heiligen Patrick, ein nordstaatliches Schiff hätte Zeit, sein Bugspriet mit unserer Takelage zu verwickeln, ehe dieser Taugenichts an seinen Posten kommt. Nun, wird's endlich?«

Crockston sagte kein Wort und schwang sich mühsam auf die Verschanzungen; dann fing er an, mit ausnehmender Ungeschicklichkeit, wie jemand, der nicht weiß, was er mit seinen Händen und Füßen machen soll, die Wantung zu erklimmen. Als er endlich am Fockmast angekommen war, blieb er, statt sich leicht hinaufzuschwingen, unbeweglich stehen und klammerte sich krampfhaft an das Takelwerk, wie wenn er vom Schwindel ergriffen wäre. Mr. Mathew erstaunte über eine solche Unbeholfenheit; das Blut stieg ihm vor Zorn zu Kopf, und er befahl Crockston, sofort wieder aufs Verdeck herabzusteigen.

»Der Kerl ist nie in seinem Leben Matrose gewesen!« wandte er sich an den Bootsmann; »sehen Sie doch einmal nach, Johnston, was er in seinem Bündel hat.«

Der Bootsmann begab sich eilig nach dem Matrosenposten.

Crockston suchte indessen mit vieler Mühe wieder herunterzukommen, aber er glitt mit einem Fuß aus und purzelte un-

*Londoner Stadtkind, Geck.

sanft aufs Verdeck nieder.

»Oh, du Süßwassermatrose! Du ungeschickter Tölpel!« rief Mr. Mathew ihm als Trost zu; »weshalb, in aller Welt, bist du an Bod des Delphin gegangen? Für einen tüchtigen Seemann gibt sich der Kerl aus und kann nicht den Fockmast vom Besanmast unterscheiden! Warte, wir wollen ein Wörtchen miteinander reden!«

Crockston erwiderte nichts; er stand, den Buckel herausgekehrt und den Kopf gesenkt da, wie jemand, der sich darein ergibt, alle Unbill des Schicksals auf sich einstürmen zu lassen. Eben jetzt kam der Bootsmann von seiner Inspizierung zurück.

»Dies ist absolut alles, was in dem Bündel dieses verdammten Bauern zu finden war; eine Brieftasche mit verdächtigen Briefschafte«, rapportierte er.

Mr. Mathew nahm das Ding an sich und warf einen Blick auf die Papiere.

»Briefe mit dem Stempel der Vereinigten Staaten von Nordamerika«, sagte er, »Mr. Halliburtt aus Boston! Ein Abolitionist! Ein Nordstaatlicher . . . Kerl, du bist ein Spion, du hast dich an Bord geschlichen, um uns zu verraten! Nun warte! Wir wollen dir deine Schliche austreiben, du sollst die neunschwänzige Katze* zu kosten bekommen! Bootsmann, benachrichtigen Sie den Kapitän, und ihr anderen bewacht hier den Schuft.«

Crockston hatte ein Gesicht gemacht wie ein eingefleischter Teufel, als all diese Komplimente auf ihn einstürmten, aber kein Wort kam über seine Lippen; man hatte ihn an das Gangspill gebunden, so daß er weder Hände noch Füße regen konnte.

Wenige Minuten später trat James Playfair aus seiner Kajüte und kam auf das Mitteldeck zu. Mr. Mathew trat ihm sofort entgegen und setzte ihn von dem Gang der ganzen Angelegenheit in Kenntnis.

»Was hast du darauf zu erwidern?« fragte James Playfair, der nur mit Mühe seinen Ärger zurückhielt.

»Nichts«, antwortete Crockston.

*Wörtlich: Cat of nine tails, ein aus neun Riemen zusammengesetzter Kantschu, der bei der englischen Marine als Zuchtmittel in häufigem Gebrauch ist.

»Was hast du auf meinem Schiffe tun wollen?«

»Nichts.«

»Was denkst du, daß ich jetzt mit dir machen werde?«

»Nichts.«

»Wer bist du? – Nach diesen Briefen zu schließen, ein Amerikaner?«

Crockston gab keine Antwort.

»Bootsmann, fünfzig Hiebe mit der neunschwänzigen Katze hier diesem Menschen!« rief James Playfair; »wird die Portion groß genug sein, Crockston?«

»Das wird man ja sehen«, antwortete der Matrose, ohne eine Miene zu verziehen.

»Heran, ihr da!« kommandierte der Bootsmann.

Sofort entblößten zwei kräftige Matrosen Crockston seiner wollenen Bluse, ergriffen das furchtbare Instrument und schwangen es schon, um die Operation zu vollziehen, als plötzlich der Lehrling John Stiggs außer sich und blaß wie der Tod auf das Verdeck stürzte.

»Kapitän, Kapitän!« rief er.

»Ah so, der Neffe«, bemerkte James Playfair.

»Herr Kapitän«, schluchzte der Kleine hervor, nachdem er seine Aufregung so weit bekämpft hatte, daß er reden konnte, »lassen Sie Crockston nicht schlagen, ich will alles sagen, was er verschweigen wollte. Ja, es ist wahr, er ist ein Amerikaner; er und auch ich – wir alle beide. Wir sind auch Feinde der Sklavenhalter, aber Spione sind wir nicht, Herr Kapitän, und nichts liegt uns ferner, als den Delphin zu verraten und ihn den nordstaatlichen Schiffen zu überliefern.«

»Was habt ihr dann hier zu suchen gehabt?« fragte der Kapitän mit strenger Miene, indem er den Knaben von Kopf bis zu Fuß musterte.

Der Kleine zögerte ein wenig mit der Antwort; dann sagte er mit fester Stimme:

»Herr Kapitän, dürfte ich wohl einige Minuten unter vier Augen mit Ihnen sprechen?«

Während John Stiggs sich zu dieser Bitte entschloß und sie dem Kapitän vortrug, hatte dieser ihn fortwährend genau beobachtet; das junge, sanfte Gesicht des Lehrlings, seine eigentümlich sympathische Stimme, die Zartheit seiner Händchen, die sogar unter einer Lage Ruß kenntlich war, seine großen Augen, deren Erregtheit ihren sanften Ausdruck nicht beeinträchtigen konnte, kurz, das ganze Ensemble ließ einen Gedanken in dem Kapitän aufkommen, den er von Minute zu Minute mit größerer Gewißheit verfolgte. Als John Stiggs seine Bitte ausgesprochen hatte, schaute Playfair fragend auf Crockston, der als Erwiderung nur mit den Achseln zuckte; dann sah er forschend zu dem Lehrling hinüber, aber dieser konnte den Blick des Kapitäns nicht ertragen, denn er errötete heftig und schlug die Augen nieder.

»Kommen Sie«, sagte James Playfair zu ihm.

John Stiggs folgte seinem hohen Vorgesetzten aufs Hinterdeck, und hier öffnete der Kapitän die Tür zu seiner eigenen Kajüte, stellte sich an den Eingang und sagte mit höflich einladender Handbewegung:

»Haben Sie die Güte einzutreten, Miß.«

John Stiggs, der vorher bleich gewesen war vor innerer Erregung, errötete bei dieser Anrede über und über, und zwei große Tränen rannen aus seinen Augen.

»Bitte, beruhigen Sie sich, Miß«, sagte jetzt James Playfair mit bei weitem sanfterer Stimme, »und teilen Sie mir gefälligst mit, welchem Umstand ich die Ehre verdanke, Sie an Bord zu haben.«

Das junge Mädchen zögerte einen Augenblick mit der Antwort, als aber ein gütiger Blick des Skippers ihr neuen Mut eingeflößt hatte, entschloß sie sich zu reden:

»Herr Kapitän, ich wollte meinen Vater aufsuchen, er ist in Charleston; da aber die Stadt vom Lande her eingeschlossen und von der See aus blockiert ist, war es unmöglich, durchzudringen, und ich befand mich nahezu in Verzweiflung. Da erfuhr ich, daß der Delphin die Blockade brechen wollte, und bot alles auf, was in meinen Kräften stand, um mit auf Ihr Schiff zu kommen. Bitte, verzeihen Sie mir, daß ich ohne Ihre Einwilligung gehandelt habe, Herr Kapitän, aber wenn ich Ihnen mein Verlangen offen dargelegt hätte, würden Sie es mir aller Wahrscheinlichkeit nach verweigert haben.«

»Gewiß würde ich das«, bestätigte rückhaltlos James Playfair.

»Dann habe ich also doch wohl daran getan, Sie nicht darum zu bitten«, fügte die junge Dame mit festerer Stimme hinzu.

Der Kapitän schlug die Arme übereinander und schritt einige Male in seiner Kajüte auf und ab, dann blieb er stehen und begann von neuem sein Verhör:

»Wie ist Ihr Name?«

»Jenny Halliburtt.«

»Ihr Vater ist, wenn ich aus der Adresse der aufgefangenen Briefe schließen darf, aus Boston?«

»Ja.«

»Demnach befindet sich dieser Mann des Nordens in einer Stadt des Südens, im Kriegsgetümmel der Vereinigten Staaten.«

»Mein Vater ist gegenwärtig Gefangener, Herr Kapitän; er hielt sich bei den ersten Flintenschüssen des Bürgerkrieges, und als die Unionstruppen von den Konföderierten aus Fort Sumter vertrieben wurden, in Charleston auf. Die Ansichten meines Vaters gaben ihn dem Haß der Sklavenhalter preis, und so wurde er auf Befehl des Generals Beauregard gegen alles Völkerrecht in Charleston eingekerkert. Was mich betrifft, so befand ich mich damals in England bei einer alten Verwandten, die vor kurzem aber gestorben ist, und so war es jetzt mein sehnlichster Wunsch, mit dem Beistand des treuesten Dieners unserer Familie nach Charleston zu gelangen, um dort die Kerkerhaft mit meinem Vater zu teilen.«

»Und wer ist Mr. Halliburtt?« fragte James Playfair.

»Mein Vater ist ein loyaler, braver Journalist«, antwortete Jenny, indem sie ihr Auge stolz erhob, »einer der ehrenwertesten Redakteure der ›Tribune‹* und unerschrockener Verteidiger der Schwarzen.«

»Ein Abolitionist also!« rief der Kapitän heftig; »einer von den Männern, die unter edelklingendem Vorwande ihr Vaterland mit Ruinen bedeckt und mit Blut gedüngt haben!«

»Herr Kapitän, Sie beschimpfen meinen Vater!« erwiderte Jenny Halliburtt erbleichend, »vergessen Sie nicht, daß nur ich

---

*Eine der Abschaffung der Sklaverei vollständig ergebene Zeitung.

ihn hier verteidigen kann.«

Eine hohe Röte stieg dem jungen Kapitän in die Wangen, und ein Gefühl der Scham, aber auch des Zornes bemächtigte sich seiner. Vielleicht schwebte ihm schon eine harte Erwiderung auf der Zunge, aber er beherrschte sich noch zu rechter Zeit und ging, indem er das Gespräch abbrach, nach der Tür seiner Kajüte und öffnete sie.

»Bootsmann!« rief er hinaus.

Dieser eilte sogleich herbei.

»Diese Kajüte gehört von jetzt an Miß Jenny Halliburtt; sorgen Sie dafür, daß mir eine Hängematte im Hintergrund des Deckaufbaues eingerichtet wird; weiteres ist für mich nicht vonnöten.«

Der Bootsmann schaute überrascht auf den jungen Lehrling, der ihm soeben unter weiblichem Namen vorgestellt war; aber auf ein Zeichen James Playfairs entfernte er sich sofort.

»Und nun, Miß, haben Sie die Güte, sich hier als zu Hause anzusehen«, sagte der junge Kapitän des Delphin, machte Fräulein Jenny Halliburtt eine Verbeugung und zog sich zurück.

Viertes Kapitel

Crockstons Bosheiten

Bald war die ganze Mannschaft in Miß Halliburtts Geschichte eingeweiht, denn Crockston nahm keinen Anstand, sie überall zu erzählen. Er war auf Befehl des Kapitäns von dem Gangspill losgebunden worden und hatte mit großer Befriedigung gesehen, wie die neunschwänzige Katze wieder in ihre Behausung zurückkroch.

»Ein nettes Tierchen«, meinte er – »besonders wenn es schläft!«

Sobald der treue Diener wieder auf freien Fuß gesetzt war, stieg er in die Matrosenkammer hinab, nahm ein kleines Felleisen und überbrachte es Miß Jenny; das junge Mädchen konnte nun wieder Frauenkleider anlegen, blieb aber heute den ganzen Tag in ihrer Kajüte eingeschlossen und erschien nicht wieder auf Deck.

Was Crockstons Seemannsdienste anbetraf, so war es an den Tag gekommen, daß er nicht mehr davon verstand, als der erste beste Stallknecht; man mußte wohl oder übel darauf verzichten, daß er sich an Bord nützlich machte.

Indessen durchdampfte der Delphin mit großer Schnelligkeit den Atlantischen Ozean; seine beiden Schrauben durchwühlten die Fluten mit ungeheurer Macht, und die Wache an Bord wurde mit großer Vorsicht und Aufmerksamkeit versehen. Am Tage nach der geschilderten Szene, die das Inkognito der Miß Jenny verriet, ging Kapitän James Playfair schnellen Schrittes auf der Brücke auf und ab. Er hatte keinen Versuch gemacht, sich dem jungen Mädchen wieder zu nähern oder die Unterhaltung vom vorigen Tage wieder aufzunehmen.

Während seines Spaziergangs bemerkte er, daß Crockston ihn wieder und immer wieder in den Weg kam und ihn mit einer Grimasse unverkennbarer Befriedigung angrinste. Augenscheinlich wünschte er mit dem Kapitän zu plaudern, denn er zeigte eine Beharrlichkeit ihn anzustarren, die diesen endlich verdroß.

»Was, zum Teufel, willst du von mir?« redete er ihn endlich an; »der Kerl dreht sich um mich herum, wie ein Schwimmer um die Boje! Was soll das heißen?«

»Nehmen Sie's nicht für ungut, Herr Kapitän«, sagte Crockston blinzelnd und zog seinen Mund von einem Ohr bis zum andern, »ich hätte Ihnen wohl etwas zu sagen.«

»Nun, wird's bald?«

»Oh, Herr Kapitän, es ist nichts Besonderes; ich wollte Ihnen nur einmal rundheraus sagen, daß Sie im Grunde ein wakkerer Mann sind.«

»So! Warum denn im Grunde?«

»Im Grunde und auch auf der Oberfläche, Herr Kapitän.«

»Es ist gut, du kannst dir deine Komplimente sparen.«

»Keine Komplimente, Herr Kapitän; die werde ich Ihnen erst machen, wenn Sie alles fertiggebracht haben.«

»Wie denn alles fertig?«

»Nun, wenn Ihre Aufgabe zu Ende ist, meine ich, Herr Kapitän.«

»So! Ich hätte also eine Aufgabe zu erledigen?«

»Natürlich, Herr Kapitän! Sie haben mich und das Fräulein an Bord aufgenommen – gut. Sie haben Miß Halliburtt Ihre Kajüte gegeben – gut, sehr gut! Sie haben mir das Kätzchen geschenkt – sehr angenehm, ganz ausgezeichnet, Herr Kapitän! Sie wollen uns direkt nach Charleston fahren; das ist herrlich! Aber alles ist das noch nicht, Herr Kapitän.«

»Wie, noch nicht alles?« rief James Playfair, über solch anspruchsvolles Gebahren erstaunt.

»Gewiß nicht, Herr Kapitän«, entgegnete Crockston mit seinem listigen Blinzeln; »der Vater von Fräulein Jenny wird da unten gefangengehalten.«

»Nun, und?...«

»Nun, und wir müssen doch den Vater befreien.«

»Den Vater der Miß Halliburtt soll ich befreien?«

»Gewiß, Herr Kapitän; ein ehrenwerter Mann, ein mutiger Bürger, unser Herr Halliburtt! Es lohnt schon, daß man für ihn etwas riskiert.«

»Höre, Crockston«, sagte James Playfair nach einer kleinen Pause, »du scheinst mir ein Spaßvogel erster Sorte zu sein; aber wenn ich dir raten soll, so merke dir ein für alle Mal: Ich habe keine Lust, mit dir meine Scherze zu machen.«

»Sollen Sie auch nicht, Herr Kapitän, ich spreche im vollsten Ernst. Mein Vorschlag mag Ihnen zuerst wohl abgeschmackt scheinen, aber wenn Sie sich alles überlegt haben, werden Sie zu der Ansicht kommen, daß Sie nicht anders handeln können.«

»Du behauptest also, ich *müßte* Mr. Halliburtt befreien?«

»Gewiß, Herr Kapitän; Sie werden von General Beauregard seine Freilassung fordern, und er wird sie Ihnen nicht verweigern.«

»Und *wenn* er sie mir nun verweigert?«

Diese Querfrage des Kapitäns setzte Crockston keinen Augenblick in Verlegenheit:

»Dann wenden wir eben ein Kraftmittel an«, meinte er, ohne sich zu besinnen, »und entführen den Konföderierten ihren Gefangenen vor der Nase.«

»So?« rief James Playfair, empört über diese Zumutung; »nicht genug, daß ich durch die nordstaatliche Flotte dringe und die Blockade von Charleston breche, soll ich auch noch unter den Kanonenschüssen des Forts wieder meine Rückreise antreten, und das alles weshalb? Um einen mir wildfremden Herrn, einen Abolitionisten, den ich verabscheue, zu befreien, einen Federfuchser, der sich damit begnügt, Tinte zu verspritzen, statt sein Blut fürs Vaterland zu vergießen!«

»Ein Kanonenschuß mehr oder weniger wird dem Delphin nichts schaden, Herr Kapitän«, bemerkte Crockston.

»Verstehe mich recht, Meister Crockston«, sagte jetzt Playfair: »Unterstehe du dich noch einmal, mir von dieser Geschichte zu sprechen, so schicke ich dich für die ganze Dauer der Fahrt in den untersten Schiffsraum; dort kannst du lernen, deine Zunge besser im Zaum zu halten.«

Der Amerikaner machte sich eiligst aus dem Staube, murmelte aber, als er eine Strecke entfernt war, vergnügt vor sich hin:

»Ich bin durchaus nicht unzufrieden mit dieser Unterhaltung! Die Sache ist jetzt eingefädelt und wird sich machen!«

Als James Playfair von einem Abolitionisten, den er verabscheue, gesprochen hatte, war seine Zunge, wie man wohl zu sagen pflegt, mit ihm durchgegangen. Er war nichts weniger als ein Anhänger der Sklaverei, aber er mochte nicht zugestehen, daß die Sklavenfrage die vorwiegende in dem Bürgerkriege der Vereinigten Staaten sei, trotzdem Präsident Lincoln dies in den formellsten Ausdrücken erklärt hatte. Behauptete er vielleicht, daß die Südstaaten – acht gegen sechsunddreißig – prinzipiell recht hatten, sich abzusondern, da sie sich doch freiwillig dem Bundesstaat angeschlossen hatten? Auch das nicht; er war gegen die Männer des Nordens eingenommen, und zwar weil sie, ehemalige Brüder, sich von der gemeinsamen Familie losgerissen hatten, eigentlich Engländer, die eben nur für gut befunden hatten zu tun, was er, James Playfair, jetzt bei den konföderierten Staaten billigte. So weit die politischen Ansichten des Kapitäns; vor allen Dingen aber war ihm der amerikanische Krieg persönlich lästig, und er hegte ein Gefühl der Erbitterung gegen diejenigen, von denen er ausging. Nach alledem begreift man wohl, weshalb James Playfair den Vorschlag, einen Verteidiger der Sklaven zu befreien und gegen die Konföderierten, seine Handelsfreunde, zu agieren, mit solcher Indignation aufnahm.

Gleichwohl konnte er sich die Insinuationen Crockstons nicht ganz aus dem Sinn schlagen, und als Miß Jenny am folgenden Morgen ein wenig auf das Verdeck kam, konnte er ihr nicht gerade in das Gesicht schauen.

Und abgesehen von allem andern, war das schade, denn das junge Mädchen sah mit ihrem hübschen blonden Haar und dem sanften, verständigen Blick so lieblich aus, daß sie immerhin einen wohlgefälligen Blick von dem dreißigjährigen jungen Mann verdient hätte. Aber James konnte sich in ihrer Gegenwart einer gewissen Verlegenheit nicht erwehren; er fühlte, daß sie eine große, edelmütige Seele besaß, die in der Schule des Unglücks gereift war, und begriff, daß sein Schweigen dem jungen Mädchen gegenüber die Verweigerung ihrer liebsten Wünsche bedeutete. Was Miß Jenny anbetraf, so suchte sie den Kapitän weder auf, noch vermied sie ihn; doch kam sie während der ersten Tage überhaupt sehr wenig aus ihrer Kajüte heraus und wäre wohl nie auf den Gedanken gekommen, James Playfair anzureden, hätte nicht Crockston eine Kriegslist ersonnen, um die beiden Parteien einander zu nähern.

Der würdige Amerikaner war, wie schon erwähnt, ein treuer Diener der Familie Halliburtt; er hatte von Jugend auf im Hause seines Herrn gelebt und war ihm und der Familie desselben grenzenlos ergeben. Verstand und Mut waren seinem Geiste in ebenso hohem Maße eigen, wie seinem Körper die Kraft; außerdem wohnte ihm eine gewisse Elastizität bei, die ihn die Ereignisse dieses Lebens mit einer besondern Philosophie anschauen ließ und die Entmutigung von vornherein aus seinem Geistesleben verbannte. Selbst den ungünstigsten Konjunkturen pflegte Crockston noch eine gute Seite abzugewinnen, und überall wußte er sich aus der Affäre zu ziehen.

Dieser Mann nun hatte es sich in den Kopf gesetzt, Mr. Halliburtt zu befreien, zu seiner Rettung den Delphin und Kapitän Playfair zu benutzen und dann nach England zurückzukehren.

So dachte er, wenn auch das junge Mädchen keinen andern Zweck hatte, als ihren Vater aufzusuchen und seine Gefangenschaft zu teilen. Crockston hatte deshalb den Plan gefaßt, den Kapitän entschiedener in die Angelegenheit zu verflechten, und wie wir bereits gesehen haben, eine erste Salve bereits abgefeuert, freilich bis jetzt ohne den gewünschten Erfolg.

»Miß Jenny und der Kapitän müssen sich durchaus verständigen«, brummte er vor sich hin; »wenn sie während der ganzen Fahrt in dieser Weise miteinander schmollen, kann nichts aus meinem Plan werden. Sprechen müssen sie und miteinander diskutieren und streiten; vor allen Dingen aber muß er mit ihr plaudern, und ich will mich hängen lassen, wenn James Playfair nicht im Lauf der Unterhaltung dazu kommt, selbst das vorzuschlagen, was er mir verweigert hat.«

Als aber Crockston sah, daß Jenny und Playfair sich gegenseitig aus dem Wege gingen und vermieden, geriet er mehr und mehr in Verlegenheit.

»Wie wär's, wenn man die Sache forcierte?« fragte er sich. Und am Morgen des vierten Tages trat er selbstzufrieden lächelnd und sich die Hände reibend in die Kajüte von Miß Halliburtt.

»Gute Nachricht, Miß, gute Nachricht! Wenn Sie wüßten, was der Kapitän soeben mit mir für Pläne geschmiedet hat! Wirklich ein sehr vortrefflicher junger Mann, sehr brav, wirklich!«

»Wie«, rief Jenny, deren Herz heftig zu klopfen begann, »er hat mit dir über unsere Angelegenheiten gesprochen und mit dir Pläne gemacht? . . .«

»Mr. Halliburtt zu befreien, ihn den Konföderierten zu entführen und dann mit ihm nach England überzusetzen.«

»Ist das wirklich wahr?« rief Jenny aus.

»Wie ich Ihnen schon sagte, Miß; ein edles Herz, dieser Kapitän Playfair! Aber so sind die Engländer, entweder ganz gut oder ganz schlecht. Nun, auf meine Dankbarkeit kann er rechnen, ich würde mich von jetzt an für ihn in Stücke hauen lassen, wenn er's wünschen sollte.«

Jenny war innig erfreut, als sie Crockston so reden hörte. Sie hätte nie gewagt, einen Plan zur Befreiung ihres Vaters zu machen, und jetzt wollte gar der Kapitän des Delphin sein herrliches Schiff nebst Mannschaft aufs Spiel setzen, um ihr dazu behilflich zu sein!

»Ja, so ist er«, fügte Crockston noch schließlich hinzu, »und ich dächte, Miß Jenny, solches Benehmen wäre schon einen Dank von Ihrer Seite wert.«

»O mehr, viel mehr als meinen Dank«, rief das junge Mädchen begeistert; »meine Verehrung und Freundschaft für immer!«

Und sie verließ sofort die Kajüte, um James Playfair aufzusuchen und ihn ihrer überquellenden Gefühle zu versichern.

»Nun ist die Kugel im Rollen«, murmelte der Amerikaner, »wir wollen hoffen, daß sie schneller und schneller läuft und endlich am Ziel ankommt.«

James Playfair ging nichtsahnend auf den Deckzimmern spazieren, als er das Fräulein in tiefer Bewegung, tränenden Auges auf ihn zukommen sah. Sie streckte ihm sogleich ihre Hand entgegen und rief, indem sie ihn voll und dankbar anschaute: »Wie innig danke ich Ihnen, Herr Kapitän, für Ihren Edelmut gegen mich, eine Fremde, die solche Aufopferung nie erwartet haben würde.«

James Playfair machte ein Gesicht, wie jemand, der nicht begreifen kann, um was es sich handelt.

»Ich weiß wirklich nicht, Miß . . .« begann er.

»O doch! Herr Kapitän«, rief Jenny; »Sie wollen meinetwegen so vielen Gefahren Trotz bieten, vielleicht gar Ihre eigenes Interesse schädigen, und haben doch schon so viel für mich getan, indem Sie mir auf Ihrem Schiffe eine Gastlichkeit gewährten, auf die ich nicht im mindesten ein Recht hatte.«

»Verzeihen Sie, Miß Jenny«, nahm jetzt James Playfair das Wort, »ich versichere Ihnen, daß ich Ihre Worte nicht verstehe; ich habe mich gegen Sie benommen, wie sich jeder wohlerzogene Mann gegen eine Dame benehmen würde, aber meine Handlungsweise verdient weder so viel Erkenntlichkeit, noch irgendwelche Danksagungen.«

»Herr Playfair«, sprach Jenny in unerschütterlichem Glauben an ihre Sache, »Sie suchen vergeblich, sich meinem Dank noch länger zu entziehen; Crockston hat mir bereits alles mitgeteilt.«

»Ah so!« sagte Kapitän Playfair ein wenig gedehnt, »Crockston hat Ihnen alles mitgeteilt? Aber dann begreife ich, offen gestanden, noch viel weniger, was Sie aus Ihrer Kajüte hervorgelockt hat, um mich Worte hören zu lassen, die . . .«

Als der junge Mann so sprach, war er in nicht geringer Verlegenheit; er erinnerte sich noch sehr genau an die brutale Art und Weise, mit der er den Amerikaner abgewiesen hatte; aber Jenny ließ ihm zum Glück keine Zeit, sich weiter zu erklären, und unterbrach ihn mit den Worten:

»Herr James, ich hatte von vornherein nur die Absicht, nach Charleston zu reisen und hoffte, daß die Sklavenhalter dort, so grausam sie auch sein mögen, mir nicht verweigern würden, das Gefängnis mit meinem Vater zu teilen. Auf eine mögliche Rückkehr nach England hätte ich nie gehofft; da aber Ihr Edelmut so weit geht, daß Sie meinen armen gefangenen Vater befreien und alles zu seiner Rettung versuchen wollen, seien Sie meiner aufrichtigsten Dankbarkeit versichert und gestatten Sie mir, Ihnen die Hand zu reichen.«

James wußte nicht, was er zu alledem sagen, wie er sich dabei benehmen sollte; er biß sich auf die Lippen und wagte die Hand des jungen Mädchens nicht anzunehmen. Natürlich sah er, daß Crockston ihn »kompromittiert« hatte, um ihm den Rückzug abzuschneiden, und doch kam es ihm nicht in den Sinn, sich in eine so böse Geschichte, wie die Befreiung Mr. Halliburtts füglich werden konnte, zu verwickeln.

Andererseits konnte er sich nicht entschließen, die Hoffnungen, die das arme Mädchen gefaßt hatte, mit grausamem Schlage zu vernichten; wie konnte er diesen Händedruck ablehnen, den sie ihm in so herzlichem Freundschaftsgefühl zugedacht hatte? Er brachte es nicht über das Herz, die Tränen der Dankbarkeit, die jetzt ihren Augen entströmten, in Tränen der Scham und des Schmerzes zu wandeln.

So versuchte denn der junge Mann, ausweichend zu antworten und sich die Freiheit seiner Handlungsweise für die Zukunft vorzubehalten.

»Miß Jenny«, begann er und nahm ihre kleine Hand in die seine, »glauben Sie mir, daß ich tun werde, was in meinen

Kräften steht, um ...«

Aber bei dem sanften Druck ihres Händchens fühlte er, wie sein Herz weich wurde und seine Gedanken sich verwirrten; die Worte, um auszudrücken, was er sagen wollte, fehlten ihm in diesem Augenblick, und er stammelte nur einige unbestimmte Ausdrücke, wie:

»Miß ... Miß Jenny ... für Sie ...«

Der Amerikaner hatte unterdessen von ferne gestanden und die beiden beobachtet; jetzt rieb er sich vergnügt die Hände und brummte vor sich hin:

»Es wird etwas! Wahrhaftig, es wird etwas! Ich glaube beinahe, es ist schon was geworden!«

Wie sich James Playfair aus dieser verlegenen Situation ohne jeden Zwischenfall herausgeholfen haben würde, ist wohl eine schwer zu entscheidende Frage, aber zum Glück für ihn, wenn auch nicht für sein Schiff, ließ sich in diesem Augenblick die Stimme des Matrosen vom Mastkorbe vernehmen:

»He! Offizier von der Wache!«

»Was gibt's?« fragte Mr. Mathew.

»Ein Segel vor dem Winde!«

James Playfair verabschiedete sich eilig von dem jungen Mädchen und stürzte in die Wantung des Besan-Mastes.

Fünftes Kapitel

Die Kugeln des Irokesen und Miß Jennys Beweisgründe

Die Reise des Delphin war bis jetzt sehr glücklich und mit staunenswerter Schnelligkeit vonstatten gegangen; es war dies das erste Schiff, das sich in Sicht zeigte und von der Wache signalisiert wurde.

Der Delphin befand sich gerade unter 32° 15' Br. und 57° 43' L. westl. von dem Meridian von Greenwich, er hatte also bereits drei Fünftel seiner Fahrt zurückgelegt. Seit achtundvierzig Stunden bedeckte ein Nebel, der jetzt zu steigen begann, die Wasser des Ozeans; wenn der Delphin auch einerseits von diesem Nebel begünstigt, das heißt verborgen wurde, so hinderte derselbe ihn andererseits, das Meer auf eine weite Fläche hin zu beobachten, und er konnte, um sich so auszudrücken, Bord an Bord mit Schiffen fahren, die er allen Grund hatte zu meiden. Dieser letztere Fall war nun eingetroffen, denn das signalisierte Schiff befand sich in einer Entfernung von kaum drei Meilen* vor dem Winde.

Als James Playfair die Kreuzhölzer erreicht hatte, bemerkte er auf einer lichten Stelle deutlich eine große nordstaatliche Corvette, die mit vollem Dampfe arbeitete und auf den Delphin zusteuerte, um ihm den Weg abzuschneiden.

Nachdem der Kapitän das Schiff sorgfältig beobachtet hatte, stieg er wieder auf das Verdeck herab und ließ seinen Obersteuermann kommen.

»Was halten Sie von diesem Schiff, Herr Mathew?« begann er.

»Ich kann nichts anderes annehmen, Herr Kapitän, als daß es ein Dampfer der nordstaatlichen Marine ist, der unsere Absichten beargwöhnt.«

»Über seine Nationalität ist allerdings kein Zweifel mehr möglich, da, sehen Sie!«

Wirklich wurde soeben an der Gaffel auf der Corvette die Sternflagge der Vereinigten Staaten von Nordamerika aufgezogen, und ihre Echtheit mit einem Kanonenschuß verifiziert.

»Das ist soviel wie eine Einladung, unsere Farben zu zeigen«, sagte Mr. Mathew. »Das können wir tun, wir brauchen uns ihrer nicht zu schämen.«

»Aber zu welchem Zweck, Mr. Mathew? Unsere Flagge würde uns nicht decken und die Leute keinen Augenblick davon abhalten, uns ihren Besuch abzustatten. Nein, ich halte es für besser, draufzuzufahren.«

»Und wir müssen eilen«, versetzte Mr. Mathew; »wenn mich meine Augen nicht trügen, habe ich diese Corvette schon in der Umgegend von Liverpool bemerkt, wo sie sich aufhielt, um den Bau einiger Fahrzeuge zu überwachen. Ich will nicht Mathew heißen, wenn auf dem Gemälde seines ›Taffrail‹**

*5556 Meter, etwas über $5^1/_2$ Kilometer.

**Name für das Hinterteil der amerikanischen Schiffe.

nicht »Der Irokese« steht.«

»War es ein guter Segler?«

»Mit einer der besten von der ganzen nordstaatlichen Marine.«

»Wieviel Kanonen führt er?«

»Acht.«

»Oho!«

»Verlassen Sie sich darauf, Kapitän«, erwiderte Mathew mit ernsthaftem Ton; von den acht Kanonen gehen zwei auf Angeln, die eine, ein Sechzigpfünder, steht auf der Schanze, die andere, ein Hundertpfünder, auf dem Verdeck; beide gezogen.«

»Teufel!« rief James Playfair, »es sind Parrotts; sie tragen drei Meilen weit!«

»Drei Meilen und weiter, Kapitän.«

»Nun, Herr Mathew, ob es nun Hundertpfünder oder Vierpfünder sind, ob sie drei Meilen oder fünfhundert Ellen weit tragen, wenn wir schnell genug fahren, um ihren Kugeln zu entgehen, kann uns das gleichgültig lassen. Wir wollen diesem Irokesen zeigen, was ein Dampfer vermag, der eigens zum Schnellfahren gebaut ist. Lassen Sie die Feuer schüren.«

Der Obersteuermann übermittelte sofort dem Ingenieur* die Befehle des Kapitäns, und bald wirbelten schwarze Rauchsäulen über den Schornsteinen des Steamers.

Diese Symptome schienen dem Geschmack der Corvette nicht zu behagen, denn sie gab dem Delphin ein Zeichen, back zu legen. Aber James Playfair kümmerte sich um diese Anweisung äußerst wenig und änderte die Richtung seines Schiffes nicht im geringsten.

»Jetzt wollen wir sehen, wozu sich der Irokese entschließen wird; er hätte die schönste Gelegenheit, seinen Hundertpfünder zu versuchen und zu erproben, wie weit er trägt. Allen Dampf beigesetzt!«

»Gut!« meinte Mr. Mathew, »wir werden bald schöne Grüße bekommen.«

Als der Kapitän auf die Deckzimmer zurückkam, sah er Miß Halliburtt, die ruhig neben dem Geländer saß.

---

*Titel für die Maschinisten der englischen Marine.

»Miß Jenny«, wandte er sich an sie, »wir werden sehr wahrscheinlich von der Corvette, die Sie dort vor dem Winde sehen, verfolgt werden, und da sie sich uns voraussichtlich mit Kanonenschüssen verständlich machen wird, erlaube ich mir, Ihnen meinen Arm zu bieten, um Sie in Ihre Kajüte zurückzuführen.«

»Ich sage Ihnen meinen besten Dank, Herr Playfair«, antwortete das junge Mädchen, indem es ruhig zu dem Kapitän aufblickte, »aber ein Kanonenschuß läßt mich nicht erzittern.«

»Die Sache kann aber trotz der Entfernung gefährlich werden, Miß.«

»Oh! Ich bin nicht zu dem furchtsamen Mädchen erzogen worden, für das Sie mich zu halten scheinen; wir werden in Amerika an alles gewöhnt, und ich versichere Ihnen, daß ich bei den Kugeln des Irokesen ruhig und ohne Furcht bleiben werde.«

»Sie sind mutig, Miß Jenny.«

»Wenn Sie das zugeben, werden Sie mir auch gestatten, hier bei Ihnen zu bleiben, nicht wahr, Herr Playfair?«

»Es liegt mir fern, Ihnen etwas zu verweigern, Milß Halliburtt«, erwiderte der Kapitän, als er die ruhige Sicherheit des jungen Mädchens sah.

Kaum hatte er diese Worte ausgesprochen, als aus den Verschanzungen der nordstaatlichen Corvette ein weißer Dampf aufstieg, aber bevor das Krachen bis zum Delphin herüberschallte, schoß ein zylindrokonisches Projektil, das sich mit wirbelnder Geschwindigkeit um sich selbst drehte, auf den Steamer zu. Man konntc das Geschoß auf seiner Bahn verfolgen, da es sich mit relativer Langsamkeit fortbewegte, denn die Projektile kommen weniger rasch aus der Mündung gezogener Kanonen, als aus jeder anderen mit glattem Rohr.

Als das Projektil nur noch in einer Entfernung von zwanzig Klaftern* stand, senkte sich seine Flugbahn sehr merklich, und es streifte die Wogen, indem es auf seinem Wege eine Reihe kleiner Wasserfälle bildete; dann geriet es in neuen Schwung, sprang wieder bis zu einer gewissen Höhe empor, ging über

*37 1/2 Meter.

den Delphin fort, indem es den Steuerbordarm der Fockrah durchschnitt, fiel dreißig Klafter* jenseits des Schiffes wieder herab und versank in den Fluten.

»Teufel!« rief James Playfair, »Vorwärts! Vorwärts! Die zweite Kugel wird nicht lange auf sich warten lassen.«

»Nun, es bedarf schon einer gewissen Zeit, um solch ein Geschützstück wieder zu laden«, bemerkte Mr. Mathew.

»Das ist wahrhaftig interessant mit anzusehen«, meinte Crockston, der wie ein ganz unbeteiligter Zuschauer mit übereinander geschlagenen Armen der Szene beiwohnte. Und dabei muß man sich nun sagen, daß unsere Freunde uns mit solchen Zusendungen beehren.«

»Ah! Du bist es!« rief James Playfair, indem er den Amerikaner vom Kopf bis zu den Füßen maß.

»Ja, freilich, Herr Kapitän«, erwiderte der Amerikaner, ohne sich im geringsten aus dem Konzept bringen zu lassen; »ich will mir auch mit ansehen, wie die braven Nordstaatler schießen. Nicht übel, wahrhaftig, gar nicht übel!«

Die Antwort des Kapitäns wäre wohl ziemlich unverblümt ausgefallen, aber eben jetzt wurde seine Aufmerksamkeit abgelenkt, denn ein zweites Projektil schlug quer durch die Steuerbord-Wölbung ins Meer.

»Ausgezeichnet!« rief James Playfair; »wir haben schon zwei Kabellängen vor dem Irokesen voraus. Deine Freunde fahren wie auf einer Boje, Meister Crockston, hörst du?«

»Das kann ich nicht bestreiten«, versetzte der Amerikaner, »und zum ersten Mal in meinem Leben ist mir das sehr angenehm.«

Eine dritte Kugel blieb weit hinter den beiden ersten zurück, und in weniger als zehn Minuten war der Delphin außer Schußweite der Kanonen auf dem Corvettendampfer.

»Das wiegt alle ›Patent-logs‹ der Welt auf, Herr Mathew«, sagte James Playfair mit großer Befriedigung. »Dank dieser Kugeln wissen wir nun, was wir an Schnelligkeit leisten können. Lassen Sie jetzt die Feuer im Hinterteil mäßigen, wir wollen Feuerungsmaterial nicht unnötig verschwenden.«

»Sie haben ein gutes Schiff unter Ihrem Kommando«,

*56 1/4 Meter.

wandte sich jetzt Miß Halliburtt an den jungen Kapitän.

»Ja, Miß Jenny, der Delphin legt mit Bequemlichkeit seine siebzehn Knoten zurück, und noch ehe sich heute der Tag zu Ende neigt, werden wir diese Corvette der Nordstaaten aus dem Gesicht verloren haben.«

James Playfair übertrieb nicht, als er so die nautischen Vorzüge seines Fahrzeugs rühmte; die Sonne war noch nicht untergegangen, als die Mastspitzen des amerikanischen Schiffes hinter dem Horizont verschwanden.

Miß Halliburts Benehmen bei diesem Zwischenfall hatte dem Kapitän ihren Charakter von einer ganz andern Seite gezeigt, auch war das Eis der kühlen Zurückhaltung mit der Stunde gemeinsamer Gefahr dahingeschmolzen, und der Verkehr zwischen Kapitän Playfair und seiner jungen Reisegefährtin gestaltete sich von nun an bei weitem zwangloser und angenehmer; ihre Unterhaltungen wurden immer häufiger und von längerer Dauer.

Jenny Halliburtt zeigte sich dem jungen Kapitän mehr und mehr als ein ruhiges, kraftvolles Mädchen, das verständig nachdachte, nach Art der Amerikaner freimütig ihre Gedanken aussprach, sich so ziemlich über alles, was ihr zugänglich war, ihre eigene Ansicht bildete und diese mit einer Überzeugung zur Geltung brachte und verteidigte, die James Playfair in manchen Beziehungen unwillkürlich beeinflußte.

Die junge Dame war ihrem Vaterlande mit großer Liebe ergeben und verfocht begeisterungsvoll die Idee der Union, sowie ihre Überzeugung in bezug auf den amerikanischen Krieg.

Es geschah bei solchen Gelegenheiten mehrmals, daß James Playfair ihr nicht sogleich zu entgegnen wußte, denn oft fanden sich die Ansichten des »Geschäftsmannes« in argem Dilemma; Jenny griff sie oft mit schonungslosem Nachdruck an und wollte auf keinen Kompromiß eingehen. Anfangs diskutierte James eifrig und versuchte, die Konföderierten gegen die Nordstaatlichen zu verteidigen und zu beweisen, daß das Recht auf seiten der Sezessionisten sei; auch versicherte er, daß Leute, die freiwillig eine Vereinigung eingegangen seien, sich auch ebenso wieder trennen könnten. Das Fräulein aber wollte in diesem Punkte nicht nachgeben; sie bewies, daß die

Sklavenfrage in diesem Kampf der Amerikaner des Nordens gegen die des Südens als die Hauptsache zu betrachten sei, daß es sich weit mehr um die Prinzipien der Sittlichkeit und Humanität, als um die der Politik handle, und James mußte ihre Behauptungen zugeben, ohne die seinigen aufrechthalten zu können.

Übrigens begnügte er sich bei diesen Erörterungen meistens damit zuzuhören; ob er hierbei mehr von den Beweisgründen Miß Jennys hingerissen wurde oder von dem Zauber ihrer Rede und ihres Wesens, mag dahingestellt bleiben; schließlich aber mußte er anerkennen, daß die Sklavenfrage im Krieg der Vereinigten Staaten ein hauptsächliches Moment sei, und daß sie als ein letzter Überrest barbarischer Zeiten gelöst werden müsse.

Indessen, wie schon erwähnt, die politische Meinung des Kapitäns war ihm nicht von großem Belang, und vielleicht hätte er noch weit ernstere Ideen Argumenten geopfert, die in so fesselnder Form vorgetragen wurden; er gab also seine Ansichten auf diesem Gebiet leicht auf. Aber hiermit war es noch nicht genug; Miß Jenny griff direkt seine nächsten Interessen an und opponierte gegen die Handelsbestimmung des Delphin, in bezug auf die Kriegsmunition, die er den Konföderierten zuführte.

»Ja, Herr James«, erklärte Miß Halliburtt eines Tages, »die Dankbarkeit gegen Sie kann mich nicht daran hindern, offen und freimütig meine Meinung auszusprechen, im Gegenteil: gerade weil Sie ein tüchtiger Seemann und gewandter Kaufmann sind, und weil das Haus Playfair seiner Ehrenhaftigkeit wegen weit und breit berühmt ist, bedaure ich um so mehr, daß es mit dieser Operation gegen seine Prinzipien verstößt.«

»Wie!« rief James, »Sie behaupten, daß das Haus Playfair kein Recht hätte, bei dieser Gelegenheit seine Handelsinteressen wahrzunehmen?«

»Gewiß behaupte ich das; der Delphin führt den Unglücklichen, die in offener Empörung gegen die geordnete Regierung des Landes begriffen sind, Kriegsmunition zu, und das heißt so viel, als einer schlechten Sache Waffen leihen.«

»Nun, Miß Jenny, ich will nicht weiter mit Ihnen über das

Recht der Konföderierten disputieren, aber meine Entgegnung ist, daß ich Geschäftsmann bin und mich als solcher von den Interessen meines Hauses leiten lasse; ich suche überall Gewinn, wo er sich bietet.«

»Das gerade ist sehr tadelnswert, Herr James«, fiel das junge Mädchen ein; »der Gewinn entschuldigt nicht. In diesem Augenblick, wo Sie den Leuten des Südens die Mittel liefern, einen verbrecherischen Krieg fortzusetzen, sind Sie ebenso strafbar, als wenn Sie den Chinesen Opium lieferten, der sie zu Tieren erniedrigt.«

»Nein, Miß Jenny, diesmal sind Sie aber wirklich zu schroff, und ich kann nicht zugeben . . .«

»Was ich sage, ist vollkommen richtig, Herr Kapitän, und wenn Sie die Sache objektiv ansehen, und über die Folgen Ihrer Handlungsweise nachdenken wollten, für die Sie in den Augen jedes Urteilsfähigen verantwortlich sind, so werden Sie mir auch in diesem Punkte recht geben müssen.«

James Playfair stand bei diesen Worten des jungen Mädchens ärgerlich und ein wenig konsterniert da. Er verabschiedete sich ohne ein weiteres Wort, denn er wußte auf solche Beweisgründe nichts zu erwidern, und schmollte eine halbe Stunde, wenn es hoch kam, ein Stündchen, um dann wieder zu Fräulein Jenny zurückzukehren und sich ihren Beweisgründen und ihrem liebenswürdigen Lächeln von neuem auf Gnade und Ungnade zu ergeben.

Kurz, obgleich Kapitän James Playfair es sich selber nicht eingestand, war seine Unabhängigkeit dahin, und man konnte ihn nicht mehr »den Herrn nächst Gott« an Bord seines Schiffes nennen.

Auch die Angelegenheiten Mr. Halliburtts schienen sich zu Crockstons großem Jubel äußerst günstig zu gestalten, der Kapitän war augenscheinlich entschlossen, alles ins Werk zu setzen, was zur Befreiung von Miß Jennys Vater dienen konnte, und sollte auch der Delphin darüber Ladung und Mannschaft aufs Spiel setzen und der Zorn des würdigen Onkels Vincent heraufbeschworen werden.

Sechstes Kapitel

Das Seegatt der Insel Sullivan

Zwei Tage nach der Begegnung mit dem Irokesen befand sich der Delphin auf der Höhe der Bermudainseln und hatte daselbst eine gewaltige Windsbraut auszuhalten. Diese Breiten werden häufig von außerordentlich heftigen Orkanen heimgesucht und sind infolgedessen durch Unglücksfälle berühmt; Shakespeare hat diese Gegenden zum Schauplatz der aufregendsten Szenen seines Dramas: »Der Sturm«, in dem Ariel und Caliban sich um die Herrschaft der Fluten streiten, gemacht.

Die Windstöße waren furchtbar, und James Playfair gab einen Augenblick dem Gedanken Raum, auf Mainland, einer der Bermuda-Inseln, anzulegen, wo die Engländer einen Militärposten haben, doch hätte dies einen argen Querstrich durch seine Pläne gemacht. Glücklicherweise zeigte sich der Delphin während dieses Unwetters als ganz vortrefflich, und nachdem er einen ganzen Tag vor dem Orkan geflohen war, konnte er seine Fahrt in der Richtung nach der amerikanischen Küste wieder aufnehmen.

Aber wenn die Leistungen des Delphin James Playfair zufriedenstellten, so war er von dem Mut und der Kaltblütigkeit des jungen Mädchens nicht minder entzückt; Miß Halliburtt hatte die schlimmsten Stunden des Orkans bei ihm auf dem Verdeck zugebracht, und der Kapitän mußte sich mehr und mehr gestehen, daß eine leidenschaftliche, tiefe Liebe zu dem jungen Mädchen ihn ergriffen hatte.

»Ich kann es nicht leugnen«, sagte er, »das tapfere Mädchen hat mehr Einfluß über mich und mein Tun erlangt, als ich je für möglich gehalten hätte; ich beuge mich vor ihr, wie ein Schiff vor dem Sturm, ja ich fühle, daß ich mich ergeben muß. Oh, was würde Onkel Vincent sagen! Was macht die Liebe aus uns! Ich glaube, ich wäre imstande, diese ganze verwünschte Ladung Konterbande ins Meer zu werfen, wenn Jenny es von mir verlangte.«

Zum Glück für das Haus Playfair u. Co. forderte indessen

Miß Halliburt dies Opfer nicht; trotzdem aber war der arme Kapitän ihr mit Leib und Seele ergeben, und Crockston, vor dem sein Herz dalag wie ein aufgeschlagenes Buch, rieb sich ein Mal über das andere mit solcher Vehemenz die Hände, daß er sich die Oberhaut zerscheuerte.

»Jetzt haben wir ihn im Schlepptau«, brummte er vergnügt vor sich hin, »und ich will darauf wetten, daß mein Herr, ehe noch acht Tage vergehen, in der besten Kajüte an Bord des Delphin installiert ist.«

Ob wohl Miß Jenny sich darüber klar wurde, was sie in dem jungen Kapitän für Gefühle wachgerufen hatte, und ob ihr Herz ihm gleichfalls entgegenschlug? Das vermochte niemand zu sagen und am wenigsten James Playfair. Das junge Mädchen hielt sich vollkommen reserviert, wie das bei ihrer amerikanischen Erziehung nicht anders zu erwarten war, und ihr Geheimnis blieb tief in ihrem Herzen verborgen.

Während die Liebe bei dem Kapitän so rasche Fortschritte machte, dampfte der Delphin mit nicht geringerer Geschwindigkeit auf Charleston zu.

Am 13. Januar signalisierte die Wache Land auf zehn Meilen Entfernung im Westen, eine niedrige Küste, die mit der Wasserlinie am Horizont fast verschwamm. Crockston schaute scharf aus, und als er morgens um neun Uhr einen Punkt an einer lichten Stelle des Firmaments erspähte, rief er aus:

»Der Leuchtturm von Charleston!«

Wäre der Delphin bei Nacht hier angekommen, so würde dieser hundertundvierzig Fuß über der Meeresfläche gelegene Turm schon seit mehreren Stunden bemerkt worden sein, denn der Glanz seines Drehlichts zeigt sich vierzehn Meilen weit.

Nachdem die Lage des Delphin durch diese Wahrnehmung genau bestimmt war, blieb James Playfair nur noch übrig, sich zu entscheiden, durch welches Fahrwasser er in die Bucht einlaufen wollte.

»Wenn sich uns nicht besondere Hindernisse in den Weg legen, können wir binnen drei Stunden in den Docks des Hafens und in Sicherheit sein.«

Die Stadt Charleston liegt an einem Wasserbecken, das sieben Meilen lang und zwei Meilen breit, und in das die Einfahrt ziemlich schwierig ist, da es sich zwischen der Insel Morris im Süden und der Insel Sullivan* im Norden stark verengt. Zu der Zeit, als der Delphin versuchte, die Blockade zu brechen, gehörte die Insel Morris schon den Truppen der Nordstaatlichen, und General Gillmore ließ dort Batterien aufpflanzen, welche die Reede bestreichen konnten und sie somit beherrschten. Die Insel Sullivan hingegen war in den Händen der Konföderierten, die in dem Fort Moultrie standhielten. Demnach war es für den Delphin sehr vorteilhaft, so nahe wie möglich an den nördlichen Gestaden hinzustreifen und so das Feuer der Batterien von der Insel Morris zu vermeiden.

Man kann auf fünf verschiedenen Einfahrten in das Wasserbecken gelangen; erstens durch das Seegatt der Insel Sullivan, dann das nördliche Seegatt, ferner das Seegatt Overall, dann das Hauptseegatt, und endlich das Seegatt Lawford; dies letztere darf jedoch nur dann von Fremden befahren werden, wenn sie ausgezeichnete Sachverständige an Bord haben und ihre Schiffe mit weniger als sieben Fuß Tiefgang fahren. Das nördliche Seegatt und das Seegatt Overall waren gegenwärtig von den nordstaatlichen Batterien eingeschlossen, der Gedanke, sie zu passieren, mußte also von vornherein aufgegeben werden. Hätte James Playfair sich einen Weg wählen können, so würde er sein Schiff in das Hauptseegatt gelenkt haben, da dies das beste, und nach vorzüglichen Karten leicht zu verfolgen ist; aber man mußte sich wohl oder übel den Umständen anbequemen und nach der Lage der Dinge entscheiden.

Übrigens kannte der Kapitän auf das genaueste alle Geheimnisse und Gefahren der Bucht, die Tiefe ihrer Gewässer bei Ebbe und Flut und ebenso ihre Strömungen; er war also imstande, sein Fahrzeug mit vollkommener Sicherheit durchzubringen, sobald es nur in eine der engen Wasserrinnen eingelaufen war; die große Frage hieß nur: Wie hineinkommen?

Jedenfalls war dies Manöver nicht auszuführen, ohne eine große Seetüchtigkeit und die spezielle Kenntnis des Delphin und seiner Eigenschaften.

Es kreuzten gerade zwei nordstaatliche Fregatten in den Ge-

*Auf diese Insel hat der berühmte amerikanische Romanschriftsteller Edgar Poe seine barocksten Szenen verlegt.

wässern von Charleston, und Mr. Mathew verfehlte nicht, sie alsbald der Aufmerksamkeit des Kapitäns zu signalisieren.

»Es scheint, als wollten sie uns fragen, was wir in diesen Gewässern zu suchen haben?«

Inzwischen steuerten die Kreuzer mit vollem Dampf auf den Delphin los, während dieser seine Fahrt ruhig fortsetzte und nur darauf bedacht war, sich außer Sichtweite ihrer Kanonen zu halten. Um indessen Zeit zu gewinnen, bediente sich James Playfair der List, südwestlich zu steuern, damit man glauben sollte, daß der Delphin beabsichtige, sich in das Fahrwasser der Insel Morris zu begeben; dort aber befanden sich Batterien und Kanonen, von denen eine einzige Kugel hinreichend gewesen wäre, um den Delphin in den Grund zu bohren. Die Nordstaatlichen ließen deshalb den Delphin ruhig nach Südwesten laufen, ohne besonders lebhaft Jagd auf ihn zu machen, und begnügten sich damit, ihn zu beobachten.

So verging eine Stunde, ohne daß sich die respektive Lage der Schiffe veränderte. Übrigens hatte James Playfair, um eine Täuschung über den Gang des Delphin zu begünstigen, das Spiel der Schieber mäßigen lassen und fuhr nur mit geringer Dampfkraft; man hätte jedoch an den dicken Rauchwirbeln, die aus den Schornsteinen drangen, sehen können, daß er sein Maximum an Druck und demzufolge auch an Geschwindigkeit zu erlangen suchte.

»Sie werden nicht wenig erstaunt sein, wenn wir ihnen plötzlich unter den Händen davongleiten«, dachte James Playfair.

Und wirklich, als sich der Kapitän der Insel Morris ziemlich nahe und vor einer Linie Kanonen sah, deren Tragweite ihm unbekannt war, wechselte er plötzlich seine Richtung, ließ sein Schiff um sich selbst schwenken und fuhr nordwärts, während die Kreuzer zwei Meilen vor dem Wind hinter ihm zurückblieben. Als diese das Manöver sahen und die Absicht des Steamers begriffen, begannen sie eine sehr entschiedene Verfolgung des Delphin, aber vergebens, es war zu spät. Der schnelle Dampfer gewann ihnen unter voller Tätigkeit seiner Schrauben bald den Rang ab und näherte sich wieder der Küste; es pfiffen zwar noch einige Kugeln hinter ihm her, aber die Nordstaatlichen verschossen ihre Projektile umsonst, sie tauchten schon auf halbem Wege von ihrem Ziel in die Fluten. Um elf Uhr morgens fuhr der Steamer dicht an der Insel Sullivan vorüber und steuerte, von seinem geringen Tiefgang begünstigt, mit voller Dampfkraft in das enge Fahrwasser hinein. Hier befand er sich vollkommen in Sicherheit, denn kein nordstaatlicher Kreuzer hätte es wagen dürfen, ihm in dies Seegatt zu folgen, das bei niedrigem Wasserstande nicht über elf Fuß tief ist.

»Nun wahrhaftig!« rief Crockston, »das hätte ich mir schwerer gedacht.«

»Oh, die Gefahr ist noch nicht vorüber, Meister Crockston«, entgegnete James Playfair, »wir sind zwar glücklich hineingekommen, aber die Hauptschwierigkeit liegt im Auslaufen.«

»Bah!« erwiderte der Amerikaner, »darüber mache ich mir keine Sorge; mit einem Schiff wie der Delphin und einem Kapitän wie Sie, Herr James Playfair, läuft man ein und aus, ganz nach Belieben.«

James Playfair untersuchte, mit dem Fernglas in der Hand, aufmerksam die zu verfolgende Straße. Er hatte ausgezeichnete Küstenkarten vor sich, die ihm gestatteten, ohne Hindernis und Zögern vorwärts zu gehen.

Als der Delphin glücklich in das enge Seegatt, das sich längs der Insel Sullivan hinzieht, eingelaufen war, steuerte James eine Strecke, indem er die Mitte des Forts Moultrie West-halb-Nord peilte, bis sich im Nord-Nord-Osten das an seiner düsteren Farbe erkennbare Schloß Pickney auf einem isoliert liegenden Inselchen, »Shute's Folly« zeigte. Auf der andern Seite dampfte er an dem Hause des Fort Johnson vorüber, das um zwei Grad nördlich von dem Fort Sumter offen daliegt.

In diesem Augenblick wurde der Delphin von einigen Kugeln begrüßt, die von den Batterien der Insel Morris abgefeuert wurden, ohne ihn jedoch zu erreichen. Er setzte seine Fahrt fort, ohne auch nur um ein Haar breit abzuweichen, ging vor Moultrieville vorbei, das am äußersten Ende der Insel Sullivan liegt, und lief in die Bucht ein. Bald ließ er auch das Fort Sumter zur Linken und wurde durch dasselbe vor den nordstaatlichen Batterien maskiert.

Dies in dem Kriege der Vereinigten Staaten berühmte Fort

liegt über drei Meilen* von Charleston und ungefähr eine Meile von jeder Seite der Bucht entfernt; es ist ein abgestutztes Fünfeck, auf einer künstlichen Insel, von Granit aus Massachusetts erbaut, dessen Aufführung zehn Jahre gedauert und mehr als 900 000 Dollar** gekostet hat.

Aus diesem Fort wurden am 13. April 1861 Anderson und die nordstaatlichen Truppen verjagt, und gegen dasselbe der erste Schuß der Separatisten abgefeuert. Die Massen von Eisen und Blei, mit denen es sodann von den Kanonen der Nordstaatlichen beworfen wurde, entziehen sich jeder Schätzung. Das Fort leistete jedoch beinahe drei Jahre lang Widerstand und fiel erst einige Monate nach der beschriebenen Durchfahrt des Delphin unter den dreihundertpfündigen Kugeln der gezogenen Parrot-Kanonen, die General Gillmore auf der Insel Morris aufpflanzen ließ; damals aber stand es noch in seiner vollen Kraft, und die Fahne der Konföderierten schwebte über dem ungeheuren Pentagon von Granit.

Als das Fort passiert war, kam die Stadt Charleston, zwischen den beiden Flüssen Ashley und Cooper hingelagert, in Sicht; sie bildete eine scharf hervortretende Spitze.

James Playfair steuerte mitten durch die Bojen, die das Seegatt bezeichnen, und ließ den Leuchtturm von Charleston südsüdwestlich liegen; jetzt flatterte an der Gaffel seines Schiffes lustig die Flagge Englands.

Nachdem der Delphin die Boje der Quarantäne auf Steuerbordseite gelassen hatte, rückte er frei in der Bucht vor. Miß Halliburtt stand auf dem Deck und schaute gedankenvoll auf die Stadt, in der ihr Vater gefangengehalten wurde; ihre Augen schwammen in Tränen.

Endlich wurde auf den Befehl des Kapitäns der Gang des Schiffes gemäßigt; der Delphin dampfte an den Batterien des Südens und Ostens vorüber, und bald warf er seinen Anker am Kai in dem »North-Commercial wharf«.

---

*Fünf Kilometer.

**Etwa 5 000 000 Franken (= 4 000 000 Reichsmark).

Siebtes Kapitel

Ein General der Südstaaten

Als der Delphin an den Kais von Charleston ankam, war er von einer großen Volksmenge mit stürmischem Hurra begrüßt worden. Die Einwohner dieser von der Seeseite so streng blokkierten Stadt waren seit langem nicht mehr den Besuch europäischer Schiffe gewohnt und fragten sich erstaunt, was dieser große Steamer, der so stolz die Flagge Englands wehen ließ, in ihren Gewässern wolle. Als man aber den Zweck seiner Reise erfuhr, und weshalb er das Fahrwasser von Sullivan durchbrochen hatte, als sich das Gerücht verbreitete, daß seine Seitenteile eine ganze Ladung Kriegskonterbande enthielten, nahm das Beifallrufen und Freudengeschrei kein Ende.

James Playfair setzte sich, ohne einen Augenblick Zeit zu verlieren, mit dem General Beauregard, dem Kommandanten der Stadt, in Verbindung. Dieser empfing den jungen Kapitän des Delphin mit großer Zuvorkommenheit, denn er sah dem Ersatz an Uniformen und Kriegsmunition für seine Armee mit Freuden entgegen. Es wurde zwischen den beiden Herren abgemacht, daß die Ausladung des Schiffes unverzüglich vor sich gehen sollte, und zahlreiche Arme kamen hierbei den englischen Matrosen zu Hilfe.

Bevor James Playfair noch sein Schiff verließ, hatte er von Miß Halliburtt die dringendsten Weisungen in Betreff ihres Vaters erhalten; der junge Kapitän stellte sich ihr vollständig zu Gebote.

»Die können auf mich rechnen, Miß Jenny«, hatte er zu dem jungen Mädchen gesagt; »ich werde tun, was in meinen Kräften steht, um Ihren Vater zu retten; und ich hoffe, daß diese Angelegenheit keine unübersteiglichen Schwierigkeiten bieten wird; ich werde noch heute mit dem General Beauregard zusammenkommen und von ihm zu erfahren suchen, in welcher Lage er sich befindet; ob er auf Ehrenwort frei umhergeht oder wie ein Gefangener gehalten wird; ein direktes Verlangen aber gedenke ich in dieser Beziehung heute noch nicht an den Kommandanten zu stellen.«

»Mein armer, lieber Vater«, klagte Jenny; »er hat keine Ahnung davon, wie nahe ich ihm bin. Ach, warum kann ich nicht in seine Arme eilen?«

»Noch ein wenig Geduld, Miß Jenny, bald werden Sie Ihren Vater umarmen. Verlassen Sie sich darauf, daß ich mit der größten Aufopferung, dabei aber auch als verständiger Mann mit Überlegung handeln werde.«

Nachdem James Playfair die kaufmännischen Interessen seines Hauses wahrgenommen hatte, die Ladung des Delphin dem General überliefert und ein ungeheurer Vorrat von Baumwolle zu äußerst niedrigem Preis eingekauft war, brachte er das Gespräch auf die Ereignisse des Tages. »Sie glauben also an den Triumph der Sklavenhalter?« fragte er den General Beauregard.

»Ich zweifle nicht einen Augenblick an unserm ganz definitiven Sieg, und was speziell Charleston anbetrifft, so wird die Armee Lees wohl binnen kurzem die Einschließung aufheben. Was läßt sich übrigens von denn Abolitionisten erwarten? Wenn wirklich, was jedoch nie der Fall sein wird, die Handelsstädte Virginias, der beiden Carolinas, Georgiens, Alabamas und Mississippi in ihre Gewalt fielen, was dann? Sie würden Herren des Landes sein, ohne es doch besetzen zu können, und so würde ihr Sieg, wenn es nämlich zu einem solchen käme, sie nur in Verlegenheit bringen.«

»Und sind *Sie* Ihrer Soldaten ganz sicher?« fragte der Kapitän; »fürchten Sie nicht, daß Charleston einer Belagerung müde werden könnte, die die Stadt ruiniert?«

»Nein! Wir haben keinen Verrat zu fürchten, übrigens würden die Verräter erbarmungslos geopfert werden, und ich selbst würde mit Feuer und Schwert die Stadt zerstören, wenn ich in ihr die geringste unionistische Bewegung entdeckte. Jefferson Davis hat mir Charleston anvertraut, und Sie können sich versichert halten, daß die Stadt in treuen Händen ist.«

»Haben Sie Gefangene von den Nordstaatlichen?« fragte James Playfair, der hiermit an den interessanten Gegenstand der Unterhaltung anlangte.

»Ja, Kapitän«, lautete die Antwort des Generals; »in Charleston wurde der erste Schuß in diesem Krieg abgefeuert; die

Abolitionisten, welche sich gerade hier befanden, versuchten Widerstand zu leisten, unterlagen aber und werden jetzt als Kriegsgefangene hier zurückgehalten.«

»Sind ihrer viele?«

»Etwa hundert.«

»Gehen sie frei in der Stadt umher?«

»Ich gestattete das bis zu dem Tage, wo eine Verschwörung unter ihnen entdeckt wurde; es war ihrem Rädelsführer gelungen, sich mit den Belagerern in Verbindung zu setzen; ich habe natürlich sofort die gefährlichen Gäste einkerkern lassen, und mehrere der Gefangenen werden ihre Zelle nur verlassen, um sich auf den Glacis vor zehn Kugeln der Konföderierten zu stellen.«

»Wie! Sie sollen erschossen werden?« rief der junge Kapitän unwillkürlich von einer Bewegung ergriffen, die er mit Mühe zurückhielt.

»Ja, und vor allem ihr Rädelsführer; es ist ein sehr entschlossener, in einer belagerten Stadt geradezu gefährlicher Mensch. Ich habe seine Korrespondenzen der Präsidentschaft in Richmond übersandt, und in einem Zeitraum von acht Tagen wird zweifelsohne sein Schicksal besiegelt sein.«

»Wer ist der Mann, von dem Sie soeben sprechen?« fragte James Playfair, scheinbar mit vollkommenster Gleichgültigkeit.«

»Ein Journalist aus Boston, ein engagierter Abolitionist und gewissermaßen die rechte Hand Lincolns.«

»Wie heißt er?«

»Jonathan Halliburtt.«

»Der arme Teufel!« meinte James, der sich Gewalt antun mußte, um seine Erregung zu beherrschen. »Wie sehr er auch sein Schicksal verdient haben mag, man kann doch nicht umhin, ihn zu bedauern. Sie glauben also, er wird erschossen werden?«

»Ich zweifle keinen Augenblick daran«, erwiderte Beauregard; »wir wehren uns, so gut wir können. – C'est la guerre!«

»Man muß sich so objektiv wie möglich zu derartigen Szenen stellen«, sagte der Kapitän; »überdies werde ich, wenn die Hinrichtung stattfindet, sehr wahrscheinlich nicht mehr in der

Stadt sein.«

»Wie! Sie denken schon wieder an Ihre Abreise?«

»Ja, Herr General; ich bin vor allen Dingen Geschäftsmann, und meine Handelsinteressen gebieten mir in See zu stechen, sobald meine Baumwollenladung gestaut ist. Es ist mir zwar gelungen, glücklich nach Charleston hineinzukommen, die Hauptfrage bei meinem Unternehmen bleibt aber doch, wie ich wieder herauskomme. Der Delphin ist ein gutes Schiff und kann es in bezug auf Schnelligkeit mit allen Fahrzeugen der nordstaatlichen Marine aufnehmen, aber eine hundertpfündige Kugel in ihrem Lauf zu überholen, würde ihm doch schwer werden, und solch ein Stück Eisen in seinem Rumpf oder seiner Maschine könnte meinen kaufmännischen Kombinationen einen argen Fehlschlag bereiten.«

»Ganz wie es Ihnen am besten scheint, Herr Kapitän«, bemerkte Beauregard, »ich habe Ihnen in solcher Lage keinen Rat zu erteilen und würde an Ihrer Stelle wahrscheinlich wie Sie handeln. Übrigens hat der Aufenthalt in Charleston wenig Angenehmes, und eine Reede, auf der es so häufig Bomben regnet wie bei uns, ist den Schiffen nicht gerade zu empfehlen. Reisen Sie also ab, wann Sie für gut finden. Aber eine Nachfrage werden Sie mir erlauben; wie verhält es sich mit der Macht und Zahl der nordstaatlichen Schiffe, die vor Charleston kreuzen?«

James Playfair befriedigte, so gut er konnte, die Wißbegierde des Generals und verabschiedete sich von ihm im besten Einvernehmen. Dann kehrte er mit sorgenschwerem Herzen über die soeben empfangenen Nachrichten nach dem Delphin zurück.

»Was werde ich Miß Jenny sagen?« fragte er sich; »soll ich sie vollständig über die schreckliche Lage, in der Mr. Halliburtt schwebt, aufklären, oder ist es besser, das arme Kind in Unkenntnis über die Gefahr zu lassen, in der ihr Vater schwebt?«

James Playfair war in diesen Überlegungen noch zu keinem Resultat gekommen, als plötzlich Crockston auf seinem Wege neben ihm auftauchte; der würdige Amerikaner hatte ihm, seit er das Schiff verließ, nachgespürt und hier aufgelauert.

»Wie steht's, Herr Kapitän?«

James Playfair sah Crockston mit einem gewissen starren, unheilkündenden Blick an, und dieser begriff sofort, daß er keine günstigen Nachrichten erhalten würde.

»Haben Sie mit Beauregard über ihn gesprochen?« fragte er.

»Ja«, antwortete zurückhaltend James Playfair.

»Und haben Sie ihn über Mr. Halliburtt ausgeforscht?«

»Er hat mir selber von ihm erzählt.«

»Nun, Herr Kapitän?«

»Kann man dir alles anvertrauen, Crockston?«

»Ja, Herr Kapitän, alles!«

»Nun, um mich kurz zu fassen, General Beauregard hat mir mitgeteilt, daß dein Herr in spätestens acht Tagen erschossen werden soll.«

Ein anderer wäre bei dieser Nachricht zornig aufgelodert oder hätte sich von seinem Schmerz hinreißen lassen, aber unser Amerikaner, der niemals unschlüssig war, lächelte nur verächtlich und sagte:

»Bah, was tut's?«

»Kerl, bist du des Teufels?« rief James Playfair. »Ich sage dir, daß Mr. Halliburtt in acht Tagen erschossen werden soll, und du antwortest mir: Was tut's?«

»Freilich, Herr Kapitän; was tut's, wenn er in sechs Tagen an Bord des Delphin ist, und wir in sieben Tagen auf hoher See schwimmen?«

»Oh, jetzt verstehe ich dich«, sagte James Playfair und drückte Crockston die Hand. »Ich sehe, du bist ein entschlossener Mann; ich meinesteils würde mich, Onkel Vincent und der Ladung des Delphin zum Trotz, für Miß Jenny in die Luft sprengen lassen.«

»Nicht vonnöten, Herr Kapitän«, das käme nur den Fischen zugute«, erwiderte der Amerikaner. »Die Hauptsache ist jetzt, Mr. Halliburtt zu befreien.«

»Das wird aber seine Schwierigkeiten haben!«

»Wird so schlimm nicht sein!« rief Crockston.

»Es handelt sich darum, mit einem streng bewachten Gefangenen in Beziehung zu treten.«

»Nun freilich!«

»Und eine fast unmögliche Entführung ins Werk zu setzen!«

»Bah«, meinte Crockston, »ein Gefangener sinnt mehr darauf zu entfliehen, als sein Kerkermeister daran denkt, ihn zu bewachen, also müßte es eigentlich jedem Gefangenen gelingen, das Weite zu suchen; alle Chancen sind für ihn. Und auch Mr. Halliburtt wird mit unserer Hilfe entkommen.«

»Ich hoffe, du behältst recht, Crockston.«

»Wie immer, Herr Kapitän.«

»Aber wie werden wir die Sache einfädeln? Wir müssen einen Plan machen und allerlei Vorkehrungen treffen.«

»Ich werde nachdenken, Herr Kapitän.«

»Aber wenn Miß Jenny erfährt, daß ihr Vater zum Tode verurteilt ist, und daß der Befehl zu seiner Hinrichtung jeden Tag eintreffen kann . . .«

»Sie muß es eben nicht erfahren.«

»Ja, wir wollen es ihr verbergen; es ist so besser für sie und für uns.«

»Wo ist Mr. Halliburtt eingekerkert?« fragte Crockston.

»In der Zitadelle.«

»Vortrefflich! Aber jetzt kommen Sie mit an Bord, Herr Kapitän!«

Achtes Kapitel

Die Flucht

Miß Jenny saß auf dem Deckzimmer des Delphin und erwartete ungeduldig die Rückkehr von James Playfair, und doch konnte sie, als er ihr endlich gegenüberstand, kein Wort hervorbringen, und nur ihre Blicke sprachen die Frage aus, die ihr Mund verschwieg.

James Playfair teilte nun, von Crockston unterstützt, dem jungen Mädchen mit, was er über die Einkerkerung ihres Vaters erfahren hatte. Er sagte ihr, daß er Beauregard vorsichtig über die Kriegsgefangenen ausgeforscht, aber bald gemerkt habe, daß der General ihnen nicht günstig gestimmt sei.

»So hielt ich es für angemessen«, fuhr er fort, »mit meinen Wünschen zurückzuhalten und mich von den Umständen leiten zu lassen. Da Mr. Halliburtt nicht frei in der Stadt umhergehen darf, wird seine Flucht allerdings größere Schwierigkeiten bieten, aber ich hoffe doch mit Bestimmtheit, mein Ziel zu erreichen. Ja, ich schwöre Ihnen, Miß Jenny, daß der Delphin die Reede von Charleston nicht verlassen soll, ohne daß Ihr Vater mit an Bord ist.«

»Danke, Herr James«, sagte Jenny, »meinen wärmsten, innigsten Dank!«

James Playfair fühlte, wie ihm das Herz bei diesen Worten stürmisch klopfte. Er näherte sich feuchten Blickes dem jungen Mädchen und hätte vielleicht, von der Macht des Augenblicks überwältigt, seine Gefühle für Jenny verraten; aber Crockston sprang gleichsam dazwischen und rief:

»Nichts für ungut, Herr Kapitän, aber für Rührung haben wir jetzt keine Zeit; es ist noch viel zu verabreden und zu beschließen.«

»Hast du einen Plan gefaßt, Crockston?« fragte die junge Dame.

»Natürlich! Ich habe immer Pläne, das ist meine Spezialität«, antwortete der Amerikaner.

»Aber ob auch immer gute, das bleibt noch dahingestellt«, bemerkte der Kapitän.

»Diesmal ist mein Plan ausgezeichnet«, versicherte Crockston, »so ausgezeichnet, daß alle Minister in Washington keinen besseren ersinnen könnten. Es ist eigentlich so gut, als wenn Mr. Halliburtt schon hier an Bord wäre.«

Crockston sprach mit solcher Zuversicht und Treuherzigkeit, daß nur ein ungläubiger Thomas noch Mißtrauen in seine Worte hätte setzen können.

»Wir sind bereit zu hören«, sagte James Playfair.

»Gut. Sie, Herr Kapitän, verfügen sich zum General Beauregard und bitten ihn um eine Gefälligkeit, die er Ihnen gewiß nicht verweigern wird. Sie bitten ihn nämlich um Erlaubnis, einen liederlichen Kerl, der während der Überfahrt Ihre Leute zur Empörung aufgehetzt hat, während Ihres hiesigen Aufenthaltes in der Zitadelle einschließen zu dürfen. Bei Ihrer Abreise gedächten Sie ihn wieder an Bord zu nehmen und nach England zurückzuführen, um ihn dort dem Landesgericht zu überliefern.«

»Gut, das läßt sich wohl machen«, sagte lächelnd James Playfair, »Beauregard wird mir solche Bitte gewiß nicht abschlagen.«

»Davon bin ich überzeugt, Herr Kapitän.«

»Mir fehlt dazu nur eins«, meinte James Playfair.

»Und das wäre?«

»Nun, der Strolch.«

»Der Strolch steht vor Ihnen, Herr Kapitän.«

»Wie? Der abscheuliche Kerl . . .?«

»Bin ich, Herr Kapitän, es darf Ihnen aber nicht unangenehm sein.«

»Oh, du mutiges, treues Herz!« rief Jenny und drückte mit ihren kleinen Händchen die großen harten Hände des Amerikaners.

»Jetzt verstehe ich deinen Plan«, rief Playfair, »und bedaure nur, daß ich nicht deine Stelle einnehmen kann.«

»Jeder nach seiner Kunst und seinen Gaben, Herr Kapitän«, erwiderte Crockston; »wenn Sie meine Rolle als Strolch spielen sollten, würden Sie sehr in Verlegenheit geraten, während das bei mir nicht der Fall sein wird. Sie werden später genug zu tun haben, um uns unter den Kanonenschüssen der Konföderierten aus der Reede zu steuern; dergleichen Aufgaben würden mir wohl schwerlich gelingen.«

»Gut, Crockston, nur weiter!«

»Also ich bin in der Zitadelle und sehe mich genau um. Das Weitere muß dann vom Zufall abhängen; davon aber seien Sie überzeugt: ich werde meine Sache nicht schlecht machen. Sorgen Sie unterdessen nur dafür, daß die Geschäfte in Ordnung kommen und die Ladung des Delphin beendigt wird.«

»Was frage ich jetzt nach Geschäften?« rief James Playfair, »dergleichen ist gegenwärtig Nebensache!«

»Wieso? Durchaus nicht! Was würde dazu Onkel Vincent sagen? Unsere Gefühle und Handelsoperationen können ja

Hand in Hand gehen; auch müssen Sie die Geschäfte gehörig wahrnehmen, damit kein Argwohn aufkommt. Wie ist's? Können Sie in Zeit von sechs Tagen fertig sein?«

»Ich will es so einrichten.«

»Halten Sie den Delphin zum 22. Januar beladen und zur Abfahrt bereit. Sodann schicken Sie am Abend desselben Tages ein Boot mit Ihren besten Leuten nach White-Point, an das Ende der Stadt, mit der Weisung, dort bis neun Uhr zu warten, und Sie werden Mr. Halliburtt und seinen Diener daselbst erscheinen sehen.«

»Aber wie wird es dir möglich sein, Mr. Halliburtt zu befreien und dabei auch selbst zu entkommen?«

»Das überlassen Sie mir, Herr Kapitän.«

»Du willst dein Leben aufs Spiel setzen, um meinen Vater zu retten, lieber Crockston!« rief Jenny.

»Beunruhigen Sie sich nicht um mich, Miß Jenny, wenn ich bitten darf; ich setze durchaus gar nichts aufs Spiel.«

»Wann soll ich dich einschließen lassen?« fragte James Playfair.«

»Wenn irgend möglich, noch heute; Sie verstehen, Herr Kapitän, ich demoralisiere Ihre Leute; es ist keine Zeit zu verlieren.«

»Soll ich dich mit Geld versorgen? Es könnte dir in der Zitadelle vielleicht nützen.«

»Geld, um den Kerkermeister zu bestechen, meinen Sie? Nein, das ist zu teuer und, nehmen Sie's nicht übel, Herr Kapitän, auch zu einfältig. Wenn man dergleichen anfängt, behält der Kerkermeister das Geld und den Gefangenen obendrein; und der Mann hat recht! Nein, mein Mittel ist sicherer. Aber ein paar Dollar nehme ich an; man muß zu Zeiten auch ein Gläschen trinken können.«

»Respektive den Kerkermeister berauscht machen.«

»Nein, Herr Kapitän, auch das nicht. Ein berauschter Kerkermeister würde mir alles verderben. Lassen Sie mich nur machen, ich habe schon meine Idee.«

»Hier, mein lieber Crockston, nimm diese zehn Dollar.«

»Zehn Dollar sind zuviel, Herr Kapitän, ich werde Ihnen das übrige seinerzeit wieder herausgeben.«

»Bist du nun bereit?«

»Ja, Herr Kapitän, bereit, um ein Erzstrolch zu werden.«

»Dann vorwärts!«

»Crockston«, sagte das junge Mädchen mit bewegter Stimme, »Crockston, du bist doch der beste Mensch auf der ganzen Welt.«

»Das glaube ich schon«, antwortete der Amerikaner, indem er hell auflachte; »aber Ihnen, Herr Kapitän, möchte ich noch etwas Wichtiges anempfehlen.«

»Nun?«

»Im Fall der General Ihnen vorschlagen sollte, Ihren Strolch hier in Charleston hängen zu lassen – Sie wissen, alte Soldaten pflegen in solchen Dingen nicht viel Federlesens zu machen –, so antworten Sie ihm, daß Sie sich's noch überlegen wollten.«

»Das verspreche ich dir.«

Noch am nämlichen Tage wurde Crockston zum großen Erstaunen der Mannschaft, die nicht mit ins Geheimnis gezogen war, an Händen und Füßen gebunden und von etwa zehn Seeleuten ans Land gebracht. Eine halbe Stunde später kam er in der Zitadelle von Charleston an und wurde, trotz heftigen Widerstandes von seiner Seite, in die Gefangenenliste eingetragen.

Während dieses und der darauffolgenden Tage betrieb Kapitän Playfair mit großer Eile die Ausladung des Delphin, und die Bevölkerung der Stadt wohnte der interessanten Operation in großen Mengen bei und legte hier und da mit Hand an, indem sie den Matrosen half und ihnen Artigkeiten erwies. James Playfair ließ jedoch seinen Leuten nicht viel Zeit, das freundliche Entgegenkommen der Amerikaner zu erwidern; er trieb sie mit förmlich fieberhafter Hast an, die Arbeit zu beschleunigen, wozu die Seeleute allerdings den Grund nicht ahnten.

Drei Tage später, am 18. Januar, wurden die ersten Baumwollballen im Schiffsrumpfe aufgestapelt. Obgleich dies für James Playfair gegenwärtig keine Frage von großer Wichtigkeit war, muß hier doch erwähnt werden, daß das Haus Playfair u. Co. ganz vorzügliche Geschäfte machte, da es die ganze

Masse von Baumwolle, welche in den Wharfs von Charleston lagerte, zu sehr geringem Preis erstanden hatte.

Von Crockston hatte man keine Nachricht mehr erhalten, und Jenny befand sich in größter Sorge und Aufregung. Wenn das arme Mädchen auch keine Klage laut werden ließ, so sprach doch ihr Blick und der niedergeschlagene Ausdruck ihres lieblichen Gesichts deutlicher als viele Worte. James Playfair suchte sie, so gut er vermochte, zu trösten und zu beruhigen.

»Ich habe das beste Vertrauen auf Crockston, er ist Ihnen mit unerschütterlicher Treue ergeben«, sagte er; »und Sie, Miß Jenny, die Sie ihn so viel länger kennen als ich, müßten sich doch jetzt beruhigen können. Ehe noch drei Tage vergehen, werden Sie Ihren Vater umarmen, glauben Sie es mir auf mein Wort.«

»Ach, Herr James, wie werde ich Ihnen je so viel Aufopferung danken können? Wie wird es meinem Vater und mir möglich sein, Ihnen Ihre Güte zu lohnen?«

»Das werde ich Ihnen sagen, Miß Jenny, wenn wir uns in englischen Gewässern befinden«, antwortete der junge Kapitän.

Jenny sah ihn einen Augenblick fragend an und schlug die Augen nieder; dann zog sie sich in ihre Kajüte zurück.

James Playfair hatte gehofft, daß das junge Mädchen, bis ihr Vater in Sicherheit sei, nichts von der furchtbaren Gefahr seiner Lage erfahren würde, aber während des letzten Tages erlangte sie durch die unwillkürliche Indiskretion eines Matrosen Kunde von dem wahren Sachverhalt. Die Antwort aus dem Kabinett zu Richmond war mit einer Estafette, welche die Vorpostenlinie durchdrungen hatte, am Abend angekommen; sie enthielt das Todesurteil des Bürgers Jonathan Halliburtt, und dieser sollte am andern Morgen in der Frühe erschossen werden. Die Kunde von der bevorstehenden Hinrichtung hatte sich schnell in der Stadt verbreitet und wurde von einem der Matrosen des Delphin an Bord gebracht. Der Mann teilte die vermeintliche Neuigkeit seinem Kapitän mit, ohne zu ahnen, daß Miß Halliburtt sich in Hörweite befand. Die junge Dame schrie herzzerreißend auf und stürzte bewußtlos auf dem Verdeck zusammen, worauf James Playfair sie in ihre Kajüte trug und es durch die angestrengtesten Bemühungen dahin brachte, daß sie wieder zum Leben zurückkehrte.

Als sie wieder die Augen aufschlug, schaute sie auf den jungen Kapitän, der ihr mit einem Finger auf den Lippen strenges Schweigen gebot. Sie gewann es über sich, ruhig zu bleiben und die Aufwallungen ihres heftigen Schmerzes zu bezwingen. Als James Playfair sah, daß sie sich ein wenig erholt hatte, neigte er sich herab und flüsterte ihr zu:

»Jenny, in zwei Stunden wird Ihr Vater in Sicherheit und hier bei Ihnen sein, und wenn ich meinen Tod bei seiner Rettung finden sollte.«

Dann verließ er die Kajüte und sprach vor sich hin:

»Jetzt muß er um jeden Preis entführt werden, und wenn seine Freiheit mit meinem Leben und mit meiner ganzen Mannschaft erkauft würde!«

Endlich war die entscheidende Stunde gekommen; der Delphin hatte am Morgen den letzten Teil seiner Baumwollenladung eingenommen, und alle Kohlenkammern waren mit Brennmaterial angefüllt. In zwei Stunden konnte das Schiff die Anker lichten; James Playfair hatte es bereits aus dem »North-Commercial-Wharf« herausgelotst und auf die Reede gebracht, und so wie die Flut, die um neun Uhr abends voll sein mußte, eintrat, konnte die Reise vor sich gehen.

Als James Playfair Miß Halliburtt verließ, schlug es gerade sieben Uhr; die Vorbereitungen zur Abfahrt mußten ins Werk gesetzt werden. Bis jetzt war das Geheimnis zwischen ihm, Jenny und Crockston streng bewahrt worden, aber nun hielt er es für geeignet, Mr. Mathew in die Situation einzuweihen, und er tat dies sofort.

»Zu Befehl«, antwortete Mr. Mathew, ohne die geringste weitere Bemerkung zu machen. »Also um neun Uhr?«

»Ja, lassen Sie die Feuer anzünden und kräftig in Brand setzen.«

»Zu Befehl, Herr Kapitän.«

»Der Delphin ruht auf einem Notanker; wir werden unser Ankertau durchhauen und abdampfen, ohne nur eine Sekunde Zeit zu verlieren.«

»Ganz recht.«

»Lassen Sie an der Spitze des großen Mastes eine Laterne befestigen; die Nacht ist dunkel, und es steigt Nebel auf. Wir dürfen nicht Gefahr laufen, uns zu verirren, wenn wir an Bord zurückkommen. Lassen Sie vorsichtshalber von neun Uhr ab die Schiffsglocke läuten.«

»Ihre Befehle werden pünktlich ausgeführt werden, Herr Kapitän.«

»Und nun lassen Sie das Gig*fertig machen, Herr Mathew«, fügte James Playfair hinzu; »bemannen Sie es mit unseren kräftigsten Männern, wir werden sogleich nach White-Point abfahren. Ich empfehle Ihnen noch Miß Jenny während meiner Abwesenheit, Gott behüte uns, Herr Mathew.«

»Gott behüte Sie, Herr Kapitän«, sagte der Obersteuermann. Sodann gab er die nötigen Befehle zur Bemannung des Boots und zur Heizung der Kessel. In wenigen Augenblicken bestieg James Playfair, nachdem er Jenny noch einmal Lebewohl gesagt hatte, sein Gig und konnte noch, als er abstieß, wahrnehmen, wie Ströme schwarzen Rauches sich in der dunklen, nebligen Atmosphäre verloren.

Es war außerordentlich finster; der Wind hatte sich gelegt, und eine vollkommene Stille herrschte auf der weiten Reede, die Flut schien im Schlummer zu liegen. Einige kaum erkennbare Lichter zitterten hier und da durch den Nebel.

James Playfair stand am Steuer und lenkte sein Boot mit sicherer Hand nach White-Point zu; er hatte etwa zwei Meilen bis dorthin zu machen. Während des Tages hatte James seine Aufnahmen vollständig festgestellt, so daß er die Spitze von Charleston in gerader Linie erreichen konnte.

Als das Gig mit seinem Vorderteil White-Point berührte, schlug es an der St.-Philippskirche acht Uhr.

James hatte jetzt noch eine Stunde vor dem von Crockston festgesetzten Moment zu warten; der Kai war vollständig verödet, nur der Posten der Süd- und Ost-Batterie ging in einer Entfernung von zwanzig Schritten auf und ab. James Playfair zählte ungeduldig die Minuten; wie langsam und schwerfällig

---

*Leichtes Boot, dessen beide Enden in eine Spitze auslaufen.

schienen sie ihm hinzugehen!

Um halb neun Uhr hörte James endlich ein Geräusch von nahenden Schritten; er befahl seinen Leuten, mit eingelegten Rudern zu warten, und begab sich etwa zehn Schritte vorwärts. Aber hier traf er auf einen Posten Küstenwächter, etwa zwanzig Mann, die soeben die Runde machten. Der Kapitän zog einen Revolver aus dem Gürtel, er war fest entschlossen, sich im Notfall mit der Schußwaffe zu verteidigen. Was konnte er jedoch gegen diese Soldaten machen?

Nun kam der Anführer der Wache auf ihn zu; er hatte das Boot bemerkt und fragte:

»Was ist das für ein Boot?«

»Das Gig des Delphin.«

»Und Sie sind? . . .«

»Kapitän James Playfair.«

»Ich glaubte, Sie seien schon abgereist und befänden sich bereits im Fahrwasser von Charleston.«

»Ich bin zur Abreise fertig . . . ich sollte sogar schon unterwegs sein . . . aber . . .«

»Aber?« fragte ungeduldig drängend der Anführer.

Ein plötzlicher Gedanke stieg in dem Kopf des Kapitäns auf, er erwiderte ruhig:

»Ich habe einen von meinen Matrosen in der Zitadelle einsperren lassen und hätte ihn beinahe vergessen. Zum Glück dachte ich im letzten Augenblick noch daran und habe soeben Leute abgeschickt, um ihn zu holen.«

»Aha, der liederliche Kerl, den Sie nach England zurücktransportieren wollen?«

»Derselbe.«

»Wir hätten ihn ebensogut *hier* hängen können«, sagte der Wachhabende und lachte über seine Bemerkung.

»Davon bin ich überzeugt, es ist aber doch besser, daß die Dinge ihren regelmäßigen Gang gehen.«

»Nun, Glück auf, Herr Kapitän! Und hüten Sie sich vor den Batterien auf der Insel Morris.«

»Danke, ich bin unbesorgt. Da ich einmal durchgekommen bin, denke ich auch ohne Unfall wieder herauszukommen.«

»Glückliche Reise!«

»Besten Dank.«

Die Truppe entfernte sich wieder und der Strand hüllte sich abermals in tiefe Stille.

In diesem Augenblick schlug es neun Uhr; das war der verabredete Moment. James fühlte, wie sein Herz zum Zerspringen klopfte – ein Pfiff ließ sich hören – der Kapitän erwiderte sofort mit einem gleichen Zeichen. Dann wartete er, empfahl seinen Matrosen mit einem Zeichen der Hand Schweigen und horchte mit vorgebeugtem Haupt in die Dunkelheit hinaus. Plötzlich erschien eine Männergestalt, die in einen weiten Tartan gehüllt war und sich spähend nach allen Seiten umblickte. James eilte auf ihn zu: »Mr. Halliburtt?«

»Ich bin's«, lautete die Antwort.

»Gott sei Dank!« rief der Kapitän. »Steigen Sie sofort ein, wir haben keinen Augenblick Zeit zu verlieren. Wo ist Crockston?«

»Crockston?« fragte Mr. Halliburtt im Ton höchsten Staunens. Wen meinen Sie damit?«

»Nun, den Mann, der Sie befreit und hierher geführt hat.«

»Mich hat nur der Kerkermeister der Zitadelle hierher begleitet«, antwortete Mr. Halliburtt.

»Der Kerkermeister?« James Playfair wußte nicht, was er nach diesen Aussagen denken sollte, und tausend Befürchtungen stürmten auf ihn ein.

»Der Kerkermeister! Nun ja, natürlich! Das wäre mir der Rechte dazu gewesen«, ließ sich plötzlich eine wohlbekannte Stimme vernehmen. »Der Kerkermeister schläft wie ein Murmeltier in meiner Zelle!«

»Crockston, du! Du bist's!« rief Mr. Halliburtt.

»Keine weitläufigen Aufklärungen jetzt, mein Herr; in wenigen Minuten werden Sie alles erfahren. Es handelt sich um Ihr Leben, eilen Sie!«

Die drei Männer nahmen im Boot Platz.

»Vorwärts!« befahl der Kapitän.

Die sechs Ruder fielen zugleich in ihre Dollen.

»Holt an die Riemen!« gebot James Playfair; und das Gig glitt schnell und geräuschlos wie ein Fisch durch die dunklen Wogen von Charleston-Harbour.

Neuntes Kapitel

Zwischen zwei Feuern

Das Gig flog, von den sechs starken Ruderern geführt, pfeilschnell auf den Wassern der Reede dahin; der Nebel verdichtete sich mehr und mehr, und James Playfair konnte sich nur mit großer Mühe auf der Linie seiner Aufnahmen halten. Crockston hatte sich vorne ins Boot gestellt, und Mr. Halliburtt saß hinten neben dem Kapitän; er hatte in der ersten Überraschung, seinen Diener wiederzufinden, mit ihm sprechen wollen, es war ihm jedoch dringend Schweigen geboten.

Als aber das Boot einige Minuten später auf Reede war, entschloß sich Crockston zu sprechen; er wußte wohl, wie so manche Fragen sich jetzt in Mr. Halliburtts Innern drängen mußten.

»Ja, mein lieber Herr«, begann er jetzt, »unser Kerkermeister befindet sich in diesem Augenblick in meiner Zelle; er brachte mir mein Abendessen, und ich war so undankbar, ihm dafür zwei tüchtige Faustschläge, einen ins Genick und einen auf den Magen als Narkotikum zu verabreichen. Darauf habe ich mir seine Kleider und das Schlüsselbund angeeignet und mich darangemacht, Sie aufzusuchen, was mir auch alsbald gelang. Wie ich Sie dann vor den Augen der Soldaten fort und aus der Zitadelle führte, brauche ich nicht weiter zu erzählen. Die ganze Sache machte sich sehr leicht und einfach.«

»Und meine Tochter?« fragte Mr. Halliburtt.

»Miß Jenny erwartet uns an Bord des Schiffes, das uns jetzt nach England bringen soll.«

»Wie! Meine Tochter ist hier? Sie erwartet mich?« rief der Amerikaner und sprang in großer Erregung von seinem Sitz auf.

»Ruhig, Mr. Halliburtt!« mahnte Crockston. »Noch wenige Minuten, und wir sind gerettet.«

Das Boot schoß mit großer Schnelligkeit, aber ein wenig aufs Geratewohl, durch die Finsternis dahin, denn James Playfair konnte die Laterne des Delphin nicht bemerken; er war zweifelhaft über seine Richtung, und die Dunkelheit war so dicht, daß die Matrosen nicht das Ende ihrer Ruder erkennen konnten.

»Nun, Herr James?« fragte Crockston.

»Wir müssen bereits über anderthalb Meilen zurückgelegt haben. Siehst du nichts, Crockston?«

»Nein, und ich habe doch scharfe Augen. Aber ich habe keine Sorge, wir werden schon ankommen ... und in der Zitadelle haben sie noch keine Ahnung ...«

Crockston hatte seine Worte noch nicht beendet, als plötzlich eine Rakete in die Luft emporzischte und hoch oben verschwand.

»Ein Signal!« rief James Playfair.

»Teufel!« fluchte Crockston, »das muß von der Zitadelle ausgehen.«

Eine zweite und gleich darauf eine dritte Rakete stiegen in derselben Richtung auf wie die erste, und alsbald wurde dasselbe Signal eine Meile vor dem Boot wiederholt.

»Das kommt von dem Fort Sumter«, rief Crockston, »und bedeutet, daß ein Gefangener entflohen ist. Schnell darauflos gerudert. Alles ist entdeckt!«

»Holt fest an, Matrosen!« feuerte James Playfair seine Leute an. »Die Raketen haben mir die Fahrstraße erhellt, und ich habe den Delphin in einer Entfernung von kaum achthundert Yards* bemerkt. Halt! Jetzt höre ich auch die Schiffsglocke. Tüchtig darauflos; wenn wir in fünf Minuten an Bord sind, sollen zwanzig Pfund euer sein.«

Die Matrosen fuhren in größter Schnelligkeit mit dem Gig davon; es schien fast über die Fluten hinzuschweben. Aller Herzen schlugen heftig. Soeben war ein Kanonenschuß von der Stadtseite her abgefeuert, und Crockston hörte mehr als er sah, wie ein Körper auf zwanzig Faden Entfernung von dem Boot schnell vorbeifuhr. Es mußte eine Kugel gewesen sein.

Nun begann die Glocke der Delphin aus voller Macht zu läuten; das Boot näherte sich – noch wenige Ruderschläge und man legte bei. Einige Sekunden darauf sank Jenny ihrem Vater in die Arme.

Das Gig wurde sofort aufgehißt, und James Playfair stürzte

*Etwa 700 Meter.

auf das Verdeck.

»Herr Mathew, haben wir vollen Dampfdruck?«

»Ja, Herr Kapitän.«

»Lassen Sie das Ankertau durchhauen, und dann mit größtmöglicher Schnelligkeit vorwärts!«

Wenige Minuten später trieben die beiden Schrauben den Dampfer nach dem Hauptfahrwasser und brachten ihn so aus der gefährlichen Nähe des Fort Sumter.

»Wir können nicht daran denken, das Fahrwasser der Insel Sullivan zu wählen«, erklärte James Playfair dem Obersteuermann Mr. Mathew; »wir würden direkt durch das Feuer der Konföderierten müssen. Fahren wir also möglichst nahe an der rechten Reede hin, und lassen wir uns eine Salve von den Batterien der Nordstaatlichen gefallen. Haben Sie einen zuverlässigen Mann am Steuer?«

»Ja, Herr Kapitän.«

»Lassen Sie die Laternen und die Schiffslichter auslöschen; wir führen schon zuviel, viel zuviel Licht an dem Reflex der Maschine mit uns; das aber können wir nicht ändern.«

Während dieser Unterredung fuhr der Delphin mit fast unglaublicher Schnelligkeit dahin; als er jedoch schwenken mußte, um die rechte Seite von Charleston-Harbour zu erreichen, mußte er einem Seegatt folgen, das ihn für kurze Zeit wieder in die Nähe von Fort Sumter brachte, und er befand sich keine halbe Meile von dem gefährlichen Punkt entfernt, als es plötzlich in allen Schießscharten des Forts aufleuchtete, und mit entsetzlichem Getöse ein eiserner Orkan über den Steamer hinwegfegte.

»Zu früh, ihr Hauptkerle, zu früh!« rief James Playfair und lachte laut auf. »Vorwärts! Herr Ingenieur! Wir müssen zwischen zwei Feuern hindurch.«

Die Heizer schürten von neuem die Glut, und der Delphin erzitterte unter den Anstrengungen der Maschine, als wollte er voneinanderbersten.

In diesem Moment ließ sich ein zweites Krachen hören, und ein neuer Hagel von Projektilen pfiff hinter dem Steamer her.

»Zu spät, ihr Dummköpfe!« rief der junge Kapitän mit Donnerstimme.

Crockston stand gleichfalls auf dem Deckzimmer und rief wohlgemut:

»Eins wäre passiert. Nur noch ein paar Minuten und wir sind mit den Konföderierten fertig.«

»Du scheinst zu glauben, daß wir von dem Fort Sumter nichts mehr zu fürchten haben?« fragte James.

»Ja, aber dafür alles von dem Fort Moultrie am äußersten Ende der Insel Sullivan. Von dort aus droht uns jedoch nur eine halbe Minute lang Gefahr, und wenn man uns treffen will, muß der geeignete Augenblick wahrgenommen und richtig gezielt werden; wir kommen nahe.«

»Gut! Die Lage des Fort Moultrie wird uns gestatten, gerade in das Hauptseegatt einzulaufen! Also Feuer! Feuer!«

Im nämlichen Augenblick, und als ob James Playfair das Feuer selbst kommandiert hätte, wurde das Fort von einem dreifachen Blitz erhellt. Man vernahm ein furchtbares Getöse, und gleich darauf krachte es gewaltig an Bord des Steamers.

»Diesmal haben sie getroffen!« meinte Crockston.

»Herr Mathew, was gibt's?« rief der Kapitän seinem Obersteuermann, der auf dem Verdeck stand, zu.

»Der Klüverbaum in See.«

»Haben wir Verwundete?«

»Nein.«

»Nun, dann zum Teufel mit dem Mastwerk; gerade in das Fahrwasser! Gerade! Und steuern Sie auf die Insel zu.«

»Die Sklavenhalter geprellt!« rief Crockston; »wenn wir schon Kugeln in unser Gerippe bekommen sollen, wollen wir nordstaatliche haben; die sind leichter zu verdauen!«

Wirklich war die Gefahr noch nicht vorüber, denn wenn auch die größten Geschützbatterien erst einige Monate später auf die Insel Morris gebracht wurden, so konnten die dort befindlichen Kanonen und Mörser ein Schiff wie den Delphin doch mit Leichtigkeit in den Grund bohren.

Die Nordstaatlichen auf der Insel sowie auch die Blockadeschiffe waren durch die Salven auf den Forts Sumter und Moultrie alarmiert worden. Die Belagerer konnten zwar nichts von diesem nächtlichen Angriff, der nicht ihnen zu gelten schien, begreifen, sie mußten sich jedoch bereithalten, ihn zu erwidern, und hielten sich dazu bereit.

Das alles bedachte James Playfair, als er in dem Fahrwasser der Insel Morris vorwärtsdampfte, und er hatte Grund zur Besorgnis, denn nach Ablauf einer Viertelstunde wurde hier und da die Finsternis von Lichtern erhellt, und ein Schauer kleiner Bomben fiel um den Steamer nieder, so daß das Wasser hoch auf und bis über seine Verschanzungen spritzte. Einige dieser Geschosse fielen sogar auf dem Verdeck des Delphin nieder, aber glücklicherweise mit ihrer Grundfläche nach unten, so daß die furchtbare Gefahr für das Schiff vorüberging.

Eigentlich wurden diese Bomben in der Absicht geschleudert, daß sie in hundert Stücke zerspringen und dann eine Fläche von hundertundzwanzig Quadratfuß mit einem griechischen Feuer bedecken sollten, das durch nichts zu löschen war und zwanzig Minuten lang brannte. Eine einzige dieser Bomben hätte ein Schiff in Brand stecken können, wenn sie sich nämlich bewährten; zum Glück für den Delphin aber waren sie erst neuerdings erfunden und noch sehr unvollkommen konstruiert. Wenn die Bomben in die Luft geschleudert waren, hielt eine falsche Rotationsbewegung sie mit dem Boden nach unten geneigt, so daß sie mit der Grundfläche niederschlugen und nicht mit der Spitze, in welcher der ganze Perkussionsapparat enthalten war. Einzig und allein dieser Konstruktionsfehler rettete den Delphin von einem gewissen Verderben. Der Fall dieser an und für sich nicht besonders gewichtigen Bomben verursachte dem Schiff keinen großen Schaden, und es setzte unter dem Druck des übertriebenen Dampfes seinen Weg rüstig fort.

In diesen gefährlichen Augenblicken nahten sich dem Kapitän trotz seiner gegenteiligen Befehle Mr. Halliburtt und dessen Tochter. James Playfair wollte beide nötigen, wieder in die Kajüte zurückzukehren, aber umsonst – Jenny bestand darauf, zur Seite des Kapitäns bleiben zu wollen.

Mr. Halliburtt hatte soeben von Jenny erfahren, wie großherzig und voller Edelmut sein Retter sich gegen sie gezeigt habe; er drückte dem Kapitän nur schweigend die Hand.

Der Delphin dampfte nun mit enormer Geschwindigkeit dem hohen Meere zu; er hatte nur noch drei Meilen in diesem

Fahrwasser zurückzulegen, um in die Fluten des Ozeans zu gelangen; zeigte sich sein Weg an der Einfahrt frei, so war er gerettet. James Playfair kannte, wie schon erwähnt, alle Geheimnisse der Bucht von Charleston auf das genaueste, und er lenkte mit unvergleichlicher Sicherheit sein Schiff durch Finsternis und Klippen. Schon glaubte er, die Gefahren seiner kühnen Unternehmung überwunden zu haben, als ein Matrose vom Hinterdeck herrief:

»Ein Schiff!«

»Wo?« fragte James.

»An Backbord.«

Der Nebel war gestiegen, und man konnte infolgedessen eine große Fregatte bemerken, deren Manöver augenscheinlich darauf gerichtet waren, das Fahrwasser zu versperren und dem Delphin ein Hindernis in den Weg zu legen. Man mußte sie unter jeder Bedingung an Schnelligkeit überholen, und um dies zu ermöglichen, die Maschine noch zu größerer Geschwindigkeit bringen. Gelang dies nicht, so war alles verloren.

»Holen an Steuerbord! Ganz!« donnerte der Kapitän. Dann stürzte er auf die Brücke über der Maschine. Er ließ hier eine der Schrauben hemmen und schwenkte nun mit fabelhafter Geschwindigkeit in so kurzem Radius, daß es schien, als habe der Delphin sich um sich selbst gedreht. Auf diese Weise hatte er vermieden, auf die nordstaatliche Corvette zu stoßen und rückte, genau wie sie, nach dem Eingang in das Fahrwasser vor. Jetzt war der Sieg nur noch eine Frage des Wettrennens, und James Playfair sagte sich, daß die glückliche Lösung derselben mit der Rettung Jennys, seiner selbst und der ganzen Mannschaft identisch sei.

Die Fregatte war dem Delphin noch um ein Bedeutendes voraus, aber man sah an den Strömen schwarzen Rauchs, die seinen Schornsteinen entströmten, welche Kraft er einzusetzen gedachte, um sie zu überholen. Kapitän James Playfair war nicht der Mann danach, ohne heißen Kampf zu unterliegen.

»Wie steht's?« schrie er dem Ingenieur zu.

»Auf dem Maximum des Drucks«, antwortete Mr. Mathew; »der Dampf entweicht durch alle Ventile.«

»Belasten Sie die Ventile«, befahl James Playfair.

Das Kommando wurde ausgeführt, und zwar auf die Gefahr hin, das ganze Fahrzeug in die Luft zu sprengen.

Der Delphin begann noch schneller dahinzuschießen; die Kolbenstöße folgten sich mit entsetzlicher Hast; alle Grundplatten der Maschine bebten unter den Stößen, die einander überstürzten – es war ein Moment, in dem auch das ruhigste, kühlste Herz erzittern mußte.

»Das Feuer forciert, noch immer mehr forciert!« rief James Playfair.

»Unmöglich«, entgegnete der Ingenieur, »die Ventile sind hermetisch verschlossen und unsere Feuer voll bis oben hin.«

»Füllen Sie sie mit weingeistgetränkter Baumwolle; wir müssen um jeden Preis an dieser verwünschten Fregatte vorbei und sie überholen!«

Bei diesem Befehl sahen die unerschrockensten Matrosen einander an, aber sie zögerten nicht, ihn auszuführen. Einige Ballen Baumwolle wurden in den Maschinenraum hinuntergeworfen, einem Fasse Weingeist der Boden ausgeschlagen und dieser Brennstoff dann, nicht ohne Gefahr, in die weißglühenden Feuerschlünde eingeführt. Das Brüllen des Feuers war bereits so stark, daß die Heizer einander nicht mehr verstehen konnten; die Feuertüren wurden weißglühend, die Kolben flogen auf und nieder wie an einer Lokomotive, die Manometer* gaben eine fast unglaubliche Spannung an.

Der Steamer flog über die Wellen dahin; seine Fugen krachten, seine Schornsteine spieen Flammenströme empor, die sich mit den Rauchwirbeln vermischten; der Delphin wurde von einer rasenden, wahnsinnigen Schnelligkeit fortgerissen, der Raum zwischen ihm und der Fregatte verringerte sich, schwand dann gänzlich, und jetzt ging der Steamer an dem feindlichen Schiff vorbei – er hatte es überholt.

»Gerettet!« jubelte der Kapitän.

»Gerettet!« frohlockte triumphierend die Mannschaft.

Schon war der Leuchtturm von Charleston im Südwesten nicht mehr deutlich sichtbar, der Glanz seines Feuers erbleichte, und man fing an zu glauben, daß alle Gefahr über-

*Dampfdruckmesser

standen sei, als eine Bombe, die von einem auf hoher See kreuzenden Kanonenboot abgefeuert war, pfeifend durch die Finsternis dahinfuhr. Man konnten an dem Zünder, der eine Feuerlinie hinter sich zurückließ, ihre Spur verfolgen, und es war dies ein Moment der Angst, der jeder Schilderung spottet, niemand sprach ein Wort oder ließ einen Ausruf der Furcht oder des Schreckens hören; aber die verstörten Augen hingen mit furchtbarer Erwartung an der von dem Projektil beschriebenen ballistischen Kurve. Man konnte nichts tun, um dem Geschoß auszuweichen, und nach Verlauf einer halben Minute fiel es mit entsetzlichem Geräusch auf das Verdeck der Delphin nieder.

Die Seeleute flüchteten in namenlosem Schrecken nach dem Hinterdeck, und keiner von ihnen wagte, sich der Bombe auch nur um einen Schritt zu nähern, während der Zünder mit unheimlichem Knistern weiterbrannte.

Da lief ein einziger Mann mutig auf die furchtbare Zerstörungsmaschine los, nahm die Bombe, die tausend Funken aus ihrem Zünder hervorsprühte, in seine kräftigen Arme und schleuderte sie mit übermenschlicher Anstrengung über Bord. Dieser Mann war Crockston.

Kaum hatte das Projektil die Oberfläche des Wassers erreicht, als ein entsetzlicher Krach erfolgte.

»Hurra! Hurra!« schrie enthusiastisch die ganze Mannschaft des Delphin, Crockston aber stand vergnügt beiseite und rieb sich die Hände.

Einige Zeit darauf durchfuhr der Steamer rasch die Wasser des Atlantischen Ozeans; die amerikanische Küste verschwand in der Finsternis, und die Feuer, die sich fern am Horizont kreuzten, verkündeten, daß zwischen den Batterien der Insel Morris und den Forts von Charleston-Harbour ein größerer Angriff stattfand.

Zehntes Kapitel

Saint-Mungo

Bei Sonnenaufgang des folgenden Morgens war die amerikanische Küste vollständig verschwunden, nicht ein einziges Schiff zeigte sich am Horizont, und der Delphin, der nach und nach seine Schnelligkeit mäßigte, fuhr ruhiger auf die Bermuda-Inseln zu.

Von der Fahrt über den Ozean ist wenig zu berichten, kein Unfall unterbrach ihren regelmäßigen Verlauf, und zehn Tage nach der Abreise von Charleston bekam man die Küste Irlands in Sicht.

Was sich nun zwischen dem jungen Kapitän und Miß Jenny zutrug, werden selbst die wenigst Scharfsehenden erraten; und wie konnte Mr. Halliburtt sich besser für den Mut seines Retters dankbar erweisen, als dadurch, daß er ihn zum Glücklichsten aller Sterblichen machte? James Playfair hatte nicht abgewartet, bis man sich in englischen Gewässern befand, um dem jungen Mädchen und ihrem Vater von den Gefühlen seines Herzens Kunde zu geben; und wenn man Crockston glauben darf, so nahm Miß Jenny dies Geständnis mit glückseligem Lächeln entgegen.

So ereignete es sich, daß am 14. Februar des Jahres 1863 eine große Volksmenge unter den kolossalen Gewölben der Kathedrale Saint-Mungo in Glasgow versammelt war. Man sah unter ihnen Seeleute, Geschäftsmänner, Industrielle und Beamte, kurz Mitglieder aller Stände und Professionen.

Unser alter Crockston mußte heute als Trauzeuge bei Miß Jenny, die im Brautstaat prangte, fungieren. Der brave Amerikaner hatte sich höchst feierlich in einen apfelgrünen Frack mit blanken Knöpfen geworfen. Onkel Vincent stand stolz neben seinem Neffen.

Kurz, man feierte die Hochzeit von James Playfair aus dem Hause Vincent Playfair u. Co. zu Glasgow und Miß Jenny Halliburtt aus Boston.

Die Zeremonie wurde mit angemessenem Glanz vollzogen; jeder kannte die Geschichte der Delphin, und jeder war der

Ansicht, daß die Aufopferung des jungen Kapitäns hier ihren gerechten Lohn fand. Nur er allein behauptete, daß er über Verdienst beglückt sei.

Am Abend dieses Tages fand ein großartiges Souper, dem ein pompöser Ball folgte, bei Onkel Vincent statt; und was das Gastmahl anbetraf, so verdient Crockstons Ausnahmeleistung rühmende Erwähnung: er verrichtete wahre Wunder eines guten Appetits!

Unter die in Gordon-Street versammelte Menge ließ Onkel Vincent zu Ehren des denkwürdigen Tages eine beträchtliche Masse Schillinge verteilen.

Überall fand das frohe Fest den ungetrübtesten Widerhall, was man, nebenbei bemerkt, nicht immer von Feierlichkeiten dieser Art sagen kann. Man freute sich sowohl des eigenen Vorteils wie des Glücks der zunächst Beteiligten.

Als spät am Abend die Gäste sich verabschiedet hatten, küßte James Playfair seinen Onkel auf beide Wangen.

»Nun, Onkel Vincent?« fragte er.

»Nun, lieber Neffe?«

»Bist du zufrieden mit der reizenden Ladung, die ich an Bord des Delphin mit heimgebracht habe?«

Und er wies auf seine liebenswürdige junge Frau.

»Ich sollte meinen!« rief der würdige Kaufherr. »Ich habe meine Baumwolle mit dreihundertfünfundsiebzig Prozent Gewinn verkauft!«

COLLECTION JULES VERNE

1. Von der Erde zum Mond
Direkte Fahrt in 97 Stunden 20 Minuten
2. Reise um den Mond
3. Reise um die Erde in 80 Tagen
4. Reise zum Mittelpunkt der Erde
5. Fünf Wochen im Ballon
6./7. Zwanzigtausend Meilen unter dem Meer
8. Abenteuer von drei Russen und drei Engländern in Süd-Afrika
9./10. Abenteuer des Kapitän Hatteras
11./12./13. Die Kinder des Kapitän Grant
14./15./16. Die geheimnisvolle Insel
17./18. Das Land der Pelze
19. Eine schwimmende Stadt
Die Blockadebrecher
20. Eine Idee des Doktor Ox
Meister Zacharius
Ein Drama in den Lüften
Eine Überwinterung im Eis
Eine Mont-Blanc-Besteigung
21. Der Chancellor
Tagebuch des Passagier J. R. Kazallon
22./23. Der Kurier des Zaren
Michael Strogoff
24. Schwarz Indien
25./26. Reise durch die Sonnenwelt
27./28. Ein Kapitän von 15 Jahren
29./30./31. Die Entdeckung der Erde
32. Die fünfhundert Millionen der Begum
33. Die Leiden eines Chinesen in China
34./35. Die großen Seefahrer des 18. Jahrhunderts
36./37. Das Dampfhaus

38./39. Der Triumph des 19. Jahrhunderts
40./41. Die Jangada
42. Die Schule der Robinsons
43. Der grüne Strahl
44./45. Keraban der Starrkopf
46. Der Südstern oder das Land der Diamanten
47. Der Archipel in Flammen
48./49./50. Mathias Sandorf
51. Robur der Sieger
52. Ein Lotterie-Los
53./54. Nord gegen Süd
55./56. Zwei Jahre Ferien
57. Kein Durcheinander
58./59. Die Familie ohne Namen
60./61 Mistreß Branican
62. Das Karpatenschloß
63. Claudius Bombarnac
Notizbuch eines Reporters
64./65. Der Findling
66./67. Meister Antisers wunderbare Abenteuer
68./69. Die Propeller-Insel
70. Vor der Flagge des Vaterlandes
71. Clovis Dardentor
72./73. Die Eissphinx
74./75. Der stolze Orinoco
76./77. Das Testament eines Exzentrischen
78./79. Das zweite Vaterland
80. Das Dorf in den Lüften
81. Die Historien von Jean-Marie Cabidoulin
82./83. Die Gebrüder Kip
84./85. Reisestipendien
86. Ein Drama in Livland
87. Der Herr der Welt
88. Der Einbruch des Meeres
89. Der Leuchtturm am Ende der Welt
90./91. Der Goldvulkan
92./93. Reisebüro Thompson & Co.
94. Die Jagd nach dem Meteor
95. Der Pilot von der Donau
96./97. Die Schiffbrüchigen der Jonathan
98. Wilhelm Storitz' Geheimnis
99./100. Cäsar Cascabel